Laura a la ciutat dels sants

Miquel Llor

Laura a la ciutat dels sants

A cura de Lluïsa Julià

educaula

Educaula
Col·lecció Les Eines

Col·lecció dirigida per Llorenç Soldevila
Comitè assessor: Josep Camps, Xavier Cortadellas,
Ferran Gadea, Dolors Requena, Fina Salord, Isabel Soler,
Maria del Roser Trilla i Francesc Vernet

Disseny de la col·lecció: Ferran Cartes / Montse Plass
Realització: Tamara Sánchez

La primera edició d'aquesta obra va ser publicada
per Proa l'any 2007.
Primera edició en aquest segell: març del 2010
Segona edició: març del 2011
Tercera edició: juliol del 2011

www.educaula.cat
educacio@educaula.cat

Fotocomposició: Edilínia, SL
Dipòsit Legal: B-26.379-2011
Impressió: Limpergraf, SL
ISBN: 978-84-92672-72-1

Introducció

Miquel Llor
L'escriptor i el context literari dels anys vint i trenta

Entorn familiar i infantesa

Miquel Llor i Forcada nasqué a Barcelona l'11 de maig de 1894, encara que la seva família provenia del camp. La família paterna era de l'Espluga de Francolí, a la Conca de Barberà (Tarragona), tot i que en relació amb Barcelona, on l'avi havia obert un restaurant que no prosperà gaire. L'àvia materna, en canvi, era nascuda a Tossa de Mar, vila marinera de la comarca de la Selva, però anà a viure a l'interior de Catalunya, a Vic, en casar-se amb Miquel Forcada. Sembla que no s'adaptà a la vida i el tarannà de la ciutat, en una època, ple segle XIX, d'ambient tancat i de costums rígids. A Vic, capital d'Osona, va néixer Empar Forcada, la mare de l'escriptor, persona delicada i sensible. Amb el temps Vic esdevingué un referent personal i literari molt important per a l'escriptor. Llor sempre va mantenir-hi una estreta relació. Vic era la ciutat de la seva mare i de la família materna. De fet, l'escriptor porta el nom de l'avi, i del patró de Vic, sant Miquel. Allí comptava amb amics i coneguts que freqüentava i això li permeté tenir un coneixement real i minuciós de la ciutat que més tard convertí en base per a la seva novel·la més emblemàtica, *Laura a la ciutat dels sants* (1931). Però la ciutat de Vic també proporcionà al futur escriptor el ressò d'un ambient literari i artístic molt important en la segona meitat del segle XIX i primer terç del XX. Hi van viure figures carismàtiques com l'intel·lectual Josep Torras i Bages (1846-1916), nomenat bisbe de Vic el 1899, i impulsor d'una doctrina catalanista i cristiana –*La tradició catalana* (1892)– de gran incidència per al conjunt de Catalunya; d'altra banda, al seminari de Vic, s'hi educa la generació d'intel·lectuals del moment, entre els quals cal esmentar el poeta Jacint Verdaguer (1845-1902) o el novel·lista Martí Genís i Aguilar (1847-1932), que l'any 1867 formaren l'*Esbart* de Vic, nucli literari i catalanista que esdevingué referent central del moviment literari de la Renaixença. El mateix Llor es fa ressò de la importància d'aquest grup: «Mossèn Cinto [Verdaguer], el canonge Collell, Genís i Aguilar, Serra i Campdelacreu i els germans Masferrer constituïren l'*Esbart* famós. Ells, abrandats de flames romàntiques, a còpia de balbucejar idil·lis i elegies, madrigals i sonets, cooperaren des de Vic, a l'obra de Milà i Fontanals, de Rubió i Ors, de Marian Aguiló; ajudaren a fonamentar els sòcols del nostre desvetllament nacional.»[1]

Francesc Llor, el pare de l'escriptor, topògraf de professió, era una persona nerviosa i inestable. En casar-se amb Empar Forcada, a la darreria del segle XIX, el matrimoni s'instal·là al número 198 del passeig de Sant Joan de Barcelona, on nasqueren els seus tres fills, Joan, Miquel i Esperança. De caràcter poc emprenedor, Francesc Llor no es responsabilitzà de l'economia familiar ni de l'educació dels fills, de manera que, de petits, els tres germans s'arreceraren en la figura i el món de la mare i d'ella els vingué l'interès artístic que mostraren, sobretot Miquel i la seva germana Esperança. La situació, però, també va generar una estreta relació entre els tres germans, relació que van

1. Miquel Llor: «El cas del doctor Genís i Aguilar», *Mirador*, 73, 31-07-1930, p. 4.

mantenir sempre. Tingueren una educació primària escassa, en petites escoles situades en pisos foscos de l'Eixample barceloní i pujaren en un ambient precari i trist que després Llor descriu a *Història grisa* (1925), la seva primera novel·la, situada encara en una Barcelona vuitcentista, de carrers estrets i humits, de vides «grises», costumistes, amb escenaris que l'acosten a Emili Vilanova. Un «autor nou, fet i dret com si fos un autor vell» –escrivia Caterina Albert en llegir la novel·la–, és a dir, madur i amb coneixement sobre la Barcelona del XIX.[2] Una Barcelona i uns personatges que també reapareixen en alguns contes de *L'endemà del dolor* (1930).

Anys d'aprenentatge. Rere les petges de *Tàntal*

La situació familiar, plena de privacions, es veu agreujada a partir de l'adolescència, quan tant Miquel com el seu germà Joan desenvolupen una greu escoliosi –desviació de la columna vertebral, sense tractament en aquell moment– que els fa patir enormement, físicament i psicològica, sobretot a Miquel, i que afavoreix el seu caràcter introvertit. És en aquests anys d'adolescència que comença a fer els primers intents narratius, es crea el seu món literari i artístic i treballa d'aprenent en una impremta. Llegeix profusament, estudia francès i anglès pel seu compte, llengües que estima i de les quals traduirà posteriorment. Aviat s'interessa pel teatre, l'òpera i la música en general, aficions que ja no abandona i que tenen un relleu important en la seva obra.

2. Caterina Albert i Paradís: carta datada a Barcelona, octubre de 1925. (Arxiu Miquel Llor).

Desenvolupa un gust exquisit i posa de manifest l'afany de bellesa que sempre perseguirà en un dur contrast, per a un jove amb ambicions, amb el físic deformat que se li imposa com una realitat indefugible, que el turmenta i l'aïlla. La literatura, doncs, aviat esdevé una forma de sublimació de la pròpia realitat, tant física com econòmica. Llor, però, no es dóna mai en espectacle. En canvi, transcendeix aspectes de la seva realitat personal en una novel·la esplèndida i moderna, *Tàntal* (1928). Com el personatge clàssic de *Tàntal*, Eloi, el protagonista, és un jove intel·ligent i lúcid, però turmentat pel temor de no poder aconseguir la integració social que desitja –èxit professional i un matrimoni per amor– i acaba en un procés de neurosi autodestructiu:

> De vegades sabia que ell era el poeta consagrat per la crítica voluble, fora l'abast de l'enveja pàl·lida dels fracassats, de tots aquells Elois que glorien per despit, la passivitat de la insuficiència. El llibre famós era a les seves mans, però ell no el gosava mirar car no tenia record d'haver-lo escrit mai. El triomf era una mixtificació [...]. S'afanyava a explicar a les persones de més a la vora, l'origen de les fallides d'aquell Eloi que era allí, enmig del grup intel·ligent; però ningú no l'entenia; els aplaudiments culminaven el triomf de l'artista. Immerescut triomf! Ell no era cap pintor; era sols un míser, un míser, un home fosc com qualsevol manobre o llenyataire de la muntanya.
>
> –Mediocre! –recriminava una veu des de la consciència.[3]

La mediocritat, el confondre's amb la massa anònima, davant una realitat intel·lectual cada vegada més cosmopolita, seguint els brillants models noucentistes que imposaven Eugeni d'Ors o

3. Miquel Llor: *Tàntal*. Barcelona: Edicions 62, p. 100.

Josep Carner, dóna lloc a aquests personatges literaris hipocondríacs, neuròtics i, alhora, dandis i cosmopolites. Els trobem en novel·les d'altres autors que s'incorporen al panorama literari per aquells mateixos anys; una de molt significativa, la incorporació del concepte de subconscient de Sigmund Freud, que revoluciona la visió de la psicologia moderna i, doncs, dels personatges de ficció, com veurem més endavant.

Mentrestant, Miquel Llor fa diverses feines d'oficinista després de ser declarat inútil per al servei militar. El 1915 comença a treballar de delineant a l'Energia Elèctrica de Catalunya i, entre 1918 i 1922, entra a la secció Tècnica de la Companyia Maquinista Terrestre i Marítima. En surt per treballar novament de delineant a l'empresa de patents i marques del seu germà Joan. Al principi de la dècada dels vint, però, Llor comença a introduir-se en l'ambient literari català i deixa enrere «una època de desorientació en la qual no sabia què m'interessava més, si la música o la literatura, i escrivia per a practicarme en l'idioma».[4]

La generació de 1918 i la novel·la dels anys trenta

El debat sobre la novel·la

El final de la Primera Guerra Mundial (1914-1918) assenyala canvis profunds en tots els ordres vitals que amb el temps donen pas a una societat amb nous valors, com els de la joventut i l'esport, més moderna i més igualitària, amb el reconeixe-

4. Fernando Gutiérrez: «Del artista y su obra. Miquel Llor», *El Liberal*, 26-12-1934.

ment de la capacitat civil de la dona, que a l'Estat espanyol es concreta, emblemàticament, en la llei del divorci de 1932. L'any 1918 constitueix, doncs, una primera data simbòlica important, ressenyada per alguns escriptors catalans, com Josep Pla o J.V. Foix, que reivindiquen el fet de pertànyer a la «generació de 1918», la dels joves que rondaven els vint anys el 1918, i diferenciada respecte a les generacions precedents, la modernista i la noucentista.

L'inici del debat sobre la novel·la coincideix, justament, amb el final del període més hegemònic del noucentisme, amb la mort d'Enric Prat de la Riba el 1917 i la desaparició, per motius diversos i en els anys successius, d'Eugeni d'Ors i Josep Carner, que n'havien estat els principals artífexs literaris. Tant Ors com Carner consideraven –com succeïa a la literatura francesa, cultura de referència en aquells moments– que la creació del llenguatge literari provenia fonamentalment de l'obra dels poetes i dels gramàtics, mentre que s'establí la idea, comunament acceptada entre els escriptors, que la novel·la era un gènere menor i secundari, popular, no apte per a la construcció d'una cultura que es volia sofisticada, racional, irònica, deslligada de la realitat quotidiana. De fet, aquesta idea havia potenciat durant el primers anys del noucentisme altres gèneres importants dins de la prosa: el periodisme, l'assaig, la reflexió, el dietarisme, l'evocació subtil, és a dir, la prosa de no ficció que havia tingut en el *Glossari* d'Eugeni d'Ors una de les realitzacions més impactants. En canvi, havia deixat de banda les grans ficcions del període modernista, tot i que els principals autors, com Narcís Oller, Prudenci Bertrana, Joaquim Ruyra, Josep Pous i Pagès, Santiago Rusiñol o Caterina Albert, veuen reeditades algunes de les seves obres i intenten, en els anys vint, continuar amb força la seva obra.

Després d'un període de discussió del qual es fan ressò

diversos articles apareguts a la premsa, l'any 1925, tot coincidint amb la reflexió sobre la literatura produïda en el primer quart de segle, els mateixos escriptors publiquen diversos articles que emmarquen el tema. Entre aquests, cal destacar els de Josep M. de Sagarra –«La por a la novel·la» i «La utilitat de la novel·la»– i la resposta de Carles Riba –«Una generació sense novel·la»– en què defensa la importància dels poetes en la creació del català literari, mentre oblida globalment la tasca dels narradors i novel·listes modernistes; però també cal assenyalar la participació en el debat de Josep Pla, Joan Estelrich o Gaziel, que apuntaven la incapacitat no de la tradició literària catalana, sinó de la generació sorgida del noucentisme per escriure novel·les. Fins i tot s'havia donat el cas que l'any 1917 Carles Soldevila, jove i brillant deixeble dels noucentistes, com el mateix Riba, publicava *L'abrandament*, un relat típicament noucentista, amb un pròleg de Josep Carner que qualificava el text de «novel·la».

Més enllà de la discussió, l'important va ser la creació d'un ambient propici al gènere de la novel·la, de la ficció, en un moment, també cal dir-ho, en què es comença a veure la producció d'una novel·la com a negoci i, doncs, la creació d'una infraestructura comercial –editorials i revistes, escriptors i públic lector– que podia atiar i donar resposta a aquesta nova realitat.

El mateix 1925 apareixen *Història grisa* de Miquel Llor i *Coses vistes* de Josep Pla, tot i que el volum de Pla era l'inici d'una extensa obra que s'emmarca en la prosa de no ficció. En canvi, la novel·la de Llor va precedida d'un pròleg de Carles Soldevila, ja decantat a favor del gènere, que anota la importància que la novel·la aparegui l'endemà mateix de la polèmica, i, doncs, com a resposta. Amb *Història grisa* s'inicia l'eclosió de tota una generació que entre 1925 i 1939 donarà algunes de les obres emblemàtiques de la narrativa catalana del segle xx:

Laura a la ciutat dels sants (1931) del mateix Llor; *Mort de dama* (1931) de Llorenç Villalonga; *Vida privada* (1933) de Josep M. de Sagarra; *Terres de l'Ebre* (1932) de Sebastià Juan Arbó; *Camins de França* (1934) de Joan Puig i Ferrater, escriptor més gran però que arriba ara a la maduresa literària, a banda d'impulsar-ne la producció i dirigir-ne diverses col·leccions; així com Mercè Rodoreda que, després de les primeres novel·les, despunta amb *Aloma* (1938).

I d'altres com *Fanny* (1929) de Carles Soldevila, *Judita* (1930) de Francesc Trabal, *Una mena d'amor* (1931) de Cèsar-August Jordana, *Algues roges* (1934) de Maria-Teresa Vernet o *La peixera* (1938) d'Anna Murià, els quals popularitzen el gènere entre un públic cada vegada més nombrós, sobretot femení. Estan escrites amb un estil fresc que es fa ressò de la mentalitat més oberta, superadora dels prejudicis morals anteriors, i que afronta les relacions de parella en un clima més desimbolt; d'altra banda, s'incorpora amb èxit la primera generació d'escriptores. Encara cal afegir Xavier Benguerel, que obté el primer èxit amb *Suburbi* (1936), tot i que, juntament amb Rodoreda, desenvolupa la major part de la seva novel·lística després de la guerra civil.

L'ambient literari: tertúlies, premis i editorials

L'ambient literari barceloní facilita l'eclosió de l'escriptura de Miquel Llor, com ell mateix explica en una entrevista a Mercè Rodoreda, en què detalla el procés d'estudi de la llengua i el deute amb la llengua de Josep M. de Sagarra.[5] El 1922 assisteix

5. Mercè Rodoreda: «Una estona de conversa amb Miquel Llor», *Clarisme*, 9-12-1933.

als cursos de literatura de Jordi Rubió i Balaguer, professor i director de la Biblioteca de Catalunya, organitzats per la Mancomunitat de Catalunya, i l'any següent, el 1923, s'inscriu a la Secció de Literatura de l'Ateneu Barcelonès, entitat en què desenvolupa diversos càrrecs –vicepresident i secretari de la Secció de Literatura– fins l'any 1936.

> Era la casa dels escriptors i dels amics dels escriptors –escriu Domènec Guansé–. Els homes de lletres més eminents hi anaven habitualment. Hi havia els que hi anaven a treballar de debò perquè trobaven allí més llibres de consulta i més revistes que no pas en llurs magres biblioteques personals. Els vèieu atrinxerats darrere un rengle de diccionaris, la mirada hostil, amb por que els destorbessin. Eren els galiots de les lletres. Altres hi anaven de pas, a escriure-hi alguna fugissera nota periodística, a despatxar-hi la correspondència, a llegir-hi una estona, a fullejar les novetats literàries internacionals... El bibliotecari us proveïa liberalment de quartilles, de paper de cartes, de sobres amb el nom de l'Ateneu. Mentre llegíeu o escrivíeu, podíeu xarrupar tranquil·lament el cafè o la copa sense temença de molestar el veí. De la taula estant, podíeu enviar al correu o a la redacció el que havíeu escrit.[6]

Llor hi va trobar el caliu necessari per emprendre la seva carrera literària, escriure, traduir i fer vida de diletant, a més de consultar la rica biblioteca oberta de dia i de nit. Entre alguns dels personatges amb qui Llor estableix relació, cal comptar-hi Just Cabot, Màrius Gifreda o Joan Cortés, tots ells amics íntims de l'escriptor, després director i redactors, respectivament, de *Mirador* (1929-1936), revista sobre art, literatura i política; Car-

6. Domènec Guansé: *Abans d'ara. 30 retrats literaris*. Barcelona: Editorial Aymà, 1966, p. 143-144.

les Soldevila, Josep M. de Sagarra o Carles Riba, que freqüenten l'Ateneu i les seves tertúlies, dirigides per «Quim» Borralleres. De fet, la biografia de Miquel Llor mostra el grau de maduresa i de consolidació que aconsegueix la literatura catalana en aquest període. Barcelona, però també altres ciutats del país, establiren les seves tertúlies en ateneus, cafès o hotels, hi assistien contertulis habituals de paraula brillant, i altres de passavolants. Algunes tertúlies concorregudes van ser les del Cafè Continental i, posteriorment, la del Cafè Colón, presidida per Sagarra. Llor, que les freqüentava, hi excel·lí pel caràcter amè de la seva conversa, pel seu estil i vestuari modern i elegant, amb les seves característiques ulleres rodones, tot ell tocat d'un cert dandisme com corresponia a l'època.

Va ser a l'Ateneu Barcelonès, a la «Penya de l'Ateneu», on es gestaren dues iniciatives que van ser importants en la vida literària de Llor: el premi Crexells de novel·la i la revista *Mirador*.

Fou al final de l'any 1927 quan sorgí la idea de crear un premi de novel·la important, a l'estil del premi Goncourt atorgat a París. La iniciativa coincideix amb l'eclosió de novel·les i novel·listes catalans i en un moment en què els premis poden servir d'esperó a la producció literària. Es decidí que portés el nom de Joan Crexells (1896-1926), economista de la seva generació, mort en plena joventut. El 1928 se'n féu la primera convocatòria, que no s'atorgà, però a partir de 1929 –i fins el 1938– va ser el premi de més prestigi i el que donà a conèixer o popularitzà la majoria de novel·listes de la nova generació: Miquel Llor, Josep M. de Sagarra, Carles Soldevila, Maria-Teresa Vernet, E. Martínez-Ferrando, Francesc Trabal o Mercè Rodoreda. L'any 1936 es crea el premi Club dels Novel·listes a iniciativa de Francesc Trabal; Miquel Llor n'és el president.

Pel que fa a les editorials, cal destacar, a partir de l'any 1924, la tasca de la Llibreria Catalònia, que després de comprar el fons de l'Editorial Catalana (creada el 1917 i dirigida en un principi per Josep Carner), establí diverses col·leccions dedicades a la novel·la i la prosa: «Biblioteca Universal», que incorpora els autors europeus del XIX i XX, o la «Biblioteca Catalònia», dedicada als prosistes catalans. L'empresari Antoni López-Llausàs va comptar des d'un principi amb la col·laboració directa de Carles Soldevila, novel·lista i agent cultural que també dirigia *D'Ací i d'Allà*, el magazín més avançat del moment. Van introduir autors anglesos (Dickens, Wells, etc.) i francesos (Dumas, Baudelaire, Maurois, etc.), però també els russos Tolstoi i, sobretot, Dostoievski, que constituí un veritable *boom* en el panorama literari català. El 1928 es va fundar Edicions Proa, que a partir de llavors fou l'editorial més important. Marcel·lí Antic i Josep Queralt, els dos lletraferits que la van crear, van encomanar la direcció de la col·lecció «A tot vent» a Joan Puig i Ferreter, el novel·lista més notori del moment, que portà a terme una gran tasca d'edició, amb prop de cent títols. Entre els escriptors catalans que incorpora, cal esmentar Cèsar-August Jordana, Sebastià Juan Arbó i Xavier Benguerel.

Al cap de poc les col·leccions es diversificaren, sempre amb la voluntat de bastir una cultura catalana pròpia i oberta al món. És a Proa que Miquel Llor dóna a conèixer les traduccions d'alguns dels autors polèmics i de rabiosa actualitat: *Les caves del Vaticà* (1930) d'André Gide (1869-1951) o *Els indiferents* (1932) d'Alberto Moravia, pseudònim d'Alberto Pincherle (1907-1990). També es donen a conèixer, entre d'altres, Marcel Proust (1871-1922) i Virginia Woolf (1882-1941), dues de les veus més innovadores i influents del panorama europeu que tenen una incidència important en la novel·lística catalana d'aquells anys. Miquel Llor, per exemple, es va declarar fervent seguidor de Marcel Proust, de qui admirava la subtilesa psicològica i l'estil evocador, quasi evanescent. Havia traduït fragments de *Pel camí de Swann*, el primer volum del seu *A la recerca del temps perdut*, el 1926.

Una altra iniciativa important és l'editorial La Mirada. Fundada el 1925 pel grup de Sabadell i amb un catàleg selecte, el 1935 s'incorpora a Edicions Proa.

La narrativa i el pensament literari de Miquel Llor

Mentre publica les primeres novel·les, Llor aconsegueix l'estabilitat econòmica. El 1928 s'incorpora a l'Ajuntament de Barcelona i després de diverses feines lligades a la correcció de textos, el 1932 ocupa el càrrec de corrector d'estil de les publicacions de l'Ajuntament, una feina que li permet seguir depurant la llengua i dedicar-se amb deteniment a la seva obra literària. Aquest mateix any mor el seu pare i Llor se'n va a viure amb la seva germana Esperança, ja casada, amb qui estreny, encara més, la seva relació. Des d'aquest moment, la vida personal de Llor no sofreix canvis importants i es consolida com a escriptor.

Després de les novel·les *Història grisa* (1925) i *Tàntal* (1928), en què es presenta com un escriptor amb personalitat pròpia, amb una «densa cultura moral» indispensable, segons Carles Riba, per a un bon novel·lista, el 1930 aconsegueix la maduresa narrativa i és l'any en què desplega una major activitat literària. D'una banda, el seu primer recull de contes, *L'endemà del dolor*, obté el Premi Extraordinari de l'Ajuntament de Girona, i *Laura a la ciutat dels sants* és distingida amb el premi Crexells. Tant el recull com la novel·la constitueixen la seva obra més significativa i l'aportació més important a la narrativa catalana. De fet, alguns dels contes, com «Els neguits de la Palmira» o «L'endemà del dolor», els havia donat a conèixer l'any anterior, en els primers números del setmanari *Mirador*, on escriu alguns articles en què explicita el seu pensament literari. De l'altra, el mateix any 1930 publica les traduccions d'André Gide –*Les caves del Vaticà*– i de Giovanni Verga –*Els Malànima*–, autors amb qui comparteix una mateixa visió literària: el pessimisme sobre la realitat i la incomprensió en les relacions, embolcallades per interessos personals que porten al tedi i a la indiferència.

I és que en el poc espai de temps entre *Història grisa* i *Laura a la ciutat dels sants*, en poc més de sis anys, la narrativa de Miquel Llor evoluciona ràpidament fins aconseguir una formulació personal, original i completa que denota un enorme bagatge cultural. En primer terme, la lectura de les obres clàssiques i del XIX i la consolidació d'una visió moderna de l'individu a partir dels estudis de psicologia de Sigmund Freud i el pensament de Gide que porten la novel·la psicològica a una formulació molt més dura, centrada en la idea de la deshumanització de la persona humana en la societat moderna. En conseqüència, s'ofereix un individu arrossegat per passions i patologies inconfessables. Un aspecte que s'imposa en la literatura europea a través de la interpretació que Gide fa del novel·lista rus Dostoievski. Cal dir que André Gide i Marcel Proust són els autors d'expressió francesa que marquen l'escriptura de tota la generació dels anys trenta; també destaquen, en el cas de Llor, l'italià Italo Svevo, pseudònim d'Ettore Schmitz (1861-1928), i Alberto Moravia, ja citat. Però també cal dir que l'escriptor català és capaç de fer avançar la tradició narrativa catalana, continuant la força de la narrativa modernista del començament del segle XX, i transcendir-hi la seva pròpia realitat.

Així, per exemple, *Història grisa* mostra la construcció d'una obra feta de fragments de textos escrits amb anterioritat, però que el novel·lista porta a una solució moderna. Sobretot la primera part, basada en la crònica familiar de l'avi patern, com indica el primer títol que tenia l'obra –*Llibre del senyor Jeroni*–, i l'escenari d'un poble de muntanya, en la segona, que presenta ressons modernistes. Després Llor els adequa a la descripció d'una història entorn d'una parella, Maria i Peret, enfrontada per un antagonisme irreconciliable, antagonisme entre els dos sexes que impregna la novel·la europea d'aquella dècada i que constitueix una de les característiques centrals de la novel·lística de Llor. La presència d'un model de dona sensible i activa, ideal, quasi sobrenatural, que topa amb un home, habitualment feble i abúlic. En conseqüència, les relacions amoroses estan condemnades a fracassar. Com diu Carme Arnau: «*Història grisa*, doncs, inaugura un univers mental on es reflecteix una determinada visió del món, profundament desencisada: la solitud i el dolor inherents a la vida de l'home/dona sensible en el món, la incomunicació i la crueltat regnants entre els humans, fins i tot dins l'estricte nucli familiar, el culte platònic a la dona...»[7]

Entre els nombrosos textos que corroboren aquesta idea, cal citar el conte «L'endemà del dolor», en què la protagonista, una núvia morta, encarna la passió amorosa, amb referents a «Llir entre cards» d'Ausiàs Marc i a Isolda de Wagner, però, al mateix temps, també mostra l'actitud de rebuig del sentiment de dolor i de pèrdua per part de l'enamorat, que aviat oblida la noia. Així, el sentiment amorós, noble i enlairat, queda postergat per una actitud destructiva i d'indiferència.

El personatge masculí és el centre d'anàlisi de *Tàntal*, obra que va estar envoltada d'un cert escàndol per algunes escenes considerades immorals a l'època. Llor hi destaca per la capaci-

7. Carme Arnau: *Marginats i integrats en la novel·la catalana (1925-1938)*. Barcelona: Edicions 62, 1987, p. 17-18.

tat d'anàlisi psicològica, per la complexitat de les pulsions humanes, tot aplicant-hi les teories freudianes, i per la creació d'una atmosfera enrarida, asfixiant, que s'ha relacionat amb la desesperació pròpia de «l'ànima russa». La novel·la esdevé l'estudi d'una neurosi que porta el protagonista a la degradació personal i moral fins a veure's abocat a recloure's en un manicomi. Aquest fet la relaciona amb *Notes d'un estudiant que va morir boig* (1935) de Sebastià Juan Arbó.

El pessimisme del relat de Llor també emmascara, sublima i transcendeix, aspectes personals, com ja he indicat anteriorment. Rere la figura del *Tàntal* modern, hi descobrim l'artista incomprès, marginat, en contraposició a la societat burgesa que Llor freqüentava. El mateix personatge de Mateu, amic íntim del protagonista de la història, és una reelaboració de Josep Cabré, amic de Llor, que estudià Dret. Aquesta és una altra característica que cal no oblidar de la manera de treballar de l'escriptor: la utilització de la realitat, pròpia i que el voltava, com a matèria de ficció. Llor aplica la idea de la sublimació com a punt de partida de la creació artística, perquè, com diu l'escriptor, «una insuficiència de vegades és origen de la pròpia superació en allò mateix que constitueix la fallida màxima: sublima l'individu i li dóna força per ultrapassar la normalitat i ésser l'objecte de l'admiració dels altres, per bé que si el món li sabés la causa profunda del triomf seria correspost amb una esgarrifança pietosa».[8]

L'art com a sublimació, també l'art com a refugi. Culte, malalt de literatura, Llor encara troba una certa complicitat literària en la imatge que li brinda el poeta romàntic italià Giacomo Leopardi (1789-1837), un malencònic, agullonat per turments

8. Miquel Llor: «Margarida Xirgu i el teatre clàssic», *Mirador*, 154, 14-01-1932, p. 2.

físics similars, que no va aconseguir l'amor desitjat. A *Tàntal* Llor fa seus alguns dels versos més emblemàtics de Leopardi, com els del poema «L'infinit», que el transporten a una delectança del dolor: «Cosí tra questa / immensità s'annega il pensier mio; / E il naufragar m'è dolce in questo mare.»[9]

I al mateix temps, la idea de la fatalitat cenyeix els seus textos, es tracta d'una força cega, ja propugnada pels clàssics grecs, que empeny l'individu, tot i la seva consciència lúcida, a ser presoner d'ell mateix. Així ho expressa en el primer article crític que publica a *Mirador*. Llor hi reflexiona sobre el dramaturg Bernard Shaw, a qui defineix com a «irlandès ibsenià», «moralitzador sense tesi definida», «revolucionari sense esperança en cap revolució», tot remarcant aquesta visió vital desesperançada, que no creu en una transcendència vital. D'altra banda, com en el teatre, els personatges de Llor ocupen tota la centralitat de l'espai narratiu i converteixen el món en un escenari grotesc. Tot descrivint els de Shaw, el novel·lista reflexiona sobre el seu propi art: «Ningú com ell no ha arribat a descobrir amb tanta perspicàcia els sécs més ben dissimulats de les ànimes. Damunt les quatre posts de l'escenari, ell enfila els ninots de la farsa i ens ensenya els fils de les passions que els obliguen a gesticular com sants o com herois. Amb la seva mitja rialla sarcàstica, descobreix la pugna de les mesquineses enclotades al fons de la consciència dels homes, fins en la d'aquells més importants i decoratius.»[10]

9. Fragment final de «L'infinit», poema escrit l'any 1819 i reproduït en l'original italià. Llor en conserva, escrita de la seva mà, la traducció feta per Rossend Llatas: «De cara a l'ample mar, / pensa mon cor:Ací és la meva llar: / estels germans, fecunda mare terra.» Arxiu Miquel Llor.

10. Miquel Llor: «Bernard Shaw i el públic barceloní», *Mirador*, 56, 20-02-1930, p. 5.

El 1928 havia mort Italo Svevo, autor seguit i traduït per Llor, malgrat el seu relatiu anonimat fins que James Joyce el va descobrir per al públic en general. L'article que li dedica, arran de l'entrevista que Llor realitza a la seva vídua, mostra novament una actitud vital propera a la seva: «Era pessimista per naturalesa. És clar que el seu isolament dels nuclis literaris l'ajudava a enfosquir la seva visió filosòfica. Però aquell pessimisme era amorosit per una incomparable bonesa temperamental: un cristià sense fe en la divinitat de Crist.»[11]

També a *Mirador*, Llor va fer la semblança de Josep Gudiol i Cunill, arqueòleg de referència en el primer terç de segle XX, dedicat a la constitució del Museu Arqueològic de la ciutat de Vic, un dels de més envergadura del món català. Llor s'hi interessa perquè hi descobreix la figura de l'artista que «ha sabut infondre-hi un aspecte vivent» darrere cadascuna de les peces trobades i arreplegades amb moltes dificultats: «De cada retaule, de cada talla, de qualsevol objecte remarcable, mossèn Gudiol n'ha escrit l'historial acurat, minuciós, que els transforma en documents històrics, dotats de vida pròpia, florits d'anècdotes saboroses.»[12] L'article posa de manifest un altre aspecte de la importància que el novel·lista atorga al món de l'art, un món al qual es dedica comercialment després de la guerra; però, a més a més, en el moment de màxima expressió de la seva narrativa, Llor inclou Josep Gudiol en l'escenari de *Laura a la ciutat dels sants* per constituir un contrapunt d'harmonia en l'entramat d'interessos i odis en què es converteix literàriament la ciutat de Vic.

11. Miquel Llor: «Una conversa amb la vídua d'Italo Svevo», *Mirador*, 61, 27-03-1930, p. 4.
12. Miquel Llor: «Mn. Gudiol i el seu Museu», *Mirador*, 84, 4-09-1930, p. 7.

El 1931 publica *Laura a la ciutat dels sants*, dedicada a la seva germana. La novel·la constitueix el seu èxit més rotund. El converteix en un autor central i reconegut del panorama literari català dels anys trenta.

El 1934 apareix el volum de contes *L'oreig al desert*. Amb estil depurat i suggestiu, Llor hi combina el lirisme amb la ironia, sempre amb un rerefons pessimista o desencisat, però sense superar la força narrativa anterior. De fet, l'obra es replega sobre el mateix escriptor que intenta explicar el seu món i la seva pròpia persona. Llor fa bona la idea, expressada per ell mateix, que la força de l'escriptura sorgeix d'una lluita interna i personal. Darrere el protagonista de *L'oreig al desert*, s'hi troba l'amic Just Cabot, mentre que la germana Esperança i el nebot, nat aquell mateix any, informen situacions i personatges d'altres contes escrits aquells anys. Salvador Espriu, que li adreça una carta per demanar-li parer de la pròpia obra, se n'adona, i apunta directament a l'«anhel de paternitat insatisfeta»[13] que creu descobrir en Llor. De fet, cal assenyalar l'enorme importància que té, en la vida personal i literària de l'escriptor, la seva germana Esperança, sobre la qual gira la seva vida. Llor mateix es pren com a matèria narrativa en diverses ocasions. Així, per exemple, en el conte titulat «Una taca de tinta», escrit el 1935, però publicat després de la guerra, analitza la seva professió d'escriptor com una tria incompatible amb la vida de parella, i la seva situació de «solter egoista» com una conseqüència inevitable, mentre, passats els anys, es delecta en el creixement dels nebots.

El 1935 publica la novel·la *El premi a la virtut o Un idil·li a la plaça Sant Just*, en què reprèn la descripció dels costums bar-

13. Salvador Espriu: carta a Miquel Llor. Barcelona, 25 d'abril de 1934. Arxiu Miquel Llor.

celonins, en una línia vuitcentista. També, fruit del seu interès pel teatre, opta al premi Ignasi Iglésias de teatre. Però, de fet, Llor ha conclòs el cicle narratiu més important, sobre el qual tornarà, de diverses maneres, després de la guerra.

Laura a la ciutat dels sants

La publicació de l'obra. La crítica i l'escàndol

El 13 de desembre de 1930 s'atorgà el premi Crexells a *Laura a la ciutat dels sants* de Miquel Llor i de seguida es va crear una gran expectació entorn de l'obra. Josep Pla s'impacientava per veure-la publicada. No es féu esperar, al final de març de 1931 apareixia en la col·lecció «A tot vent» d'Edicions Proa, amb un tiratge de 1.500 exemplars. El jurat, format entre d'altres per Pompeu Fabra, Carles Riba, Just Cabot i Josep M. López-Picó, destacà que Llor era un escriptor dedicat exclusivament al gènere novel·lesc, així com l'esperó que el premi significava per als escriptors catalans.[14]

L'èxit de crítica fou general. Els nombrosos articles apareguts destacaven la bellesa i la qualitat de la prosa de Llor, però també el pessimisme, que es convertirà en una constant de la seva obra. De fet, *Laura a la ciutat dels sants* serví per a fer un balanç de la trajectòria del novel·lista. Just Cabot apuntava en el seu article el tema central de l'obra, la incomprensió entre els éssers humans i, doncs, l'hostilitat que alberguen la majoria de relacions, i passava a concloure que «cap gran passió no agita ningú: és un drama sord, però d'acció lentament corrosiva, sense esclats».[15] També es va destacar amb encert que, amb

14. Sense signar: «Premi Crexells 1930», *Mirador*, 96, 18-12-1930, p. 4.
15. Just Cabot: «Miquel Llor, *Laura a la ciutat dels sants*», *Mirador*, 117, 30-4-1931, p. 4.

Laura a la ciutat dels sants, Llor se situava en la línia encetada per *Història grisa*, mentre deixava de banda el camí seguit a *Tàntal*. Carles Riba en comenta el conflicte entre la protagonista, Laura, i l'entorn en què es mou, Comarquinal, i la fatalitat amb què es combinen les relacions entre els personatges. Però aquest fatalisme, aquest determinisme –insisteix–, no converteix la novel·la en una obra naturalista segons l'antic model del segle XIX, sinó que «se situa sobre la línia d'aquell realisme cerebralment arbitrat tan d'avui». També apunta la posició de l'autor, més al costat de Laura, «talment pensa en ella com en la seva primera lectora»[16] argumenta, mentre descriu els cercles de la família i dels habitants de Comarquinal, aquella petita burgesia provinciana que l'atenalla i rebutja alhora.

El cert és que la novel·la provocà un escàndol considerable i immediat des del moment en què es va identificar l'espai literari de Comarquinal amb la ciutat de Vic. I, doncs, els comportaments socials i alguns personatges es van prendre com a crítiques ferotges i atacs directes a la mateixa ciutat i a alguns dels seus personatges, somoguts per algunes passions com la usura, la hipocresia i una beateria fingida. La *Gazeta de Vich* va publicar l'únic article negatiu a la novel·la el mateix 1931. Considerava poc aconseguits els personatges, mentre titllava l'ambient de tan caricaturesc que «hi entren només dos elements: boira i hipocresia. Gairebé tot l'any una broma baixa que s'arrossega de tan densa i una colla de gent que aparentment es mengen els sants i per dintre estan farcits d'enveges, de baixes concupiscències i mesquinesa en tots els sentits, canonges que col·loquen diners de vídues a un interès del dotze o setze per

16. Carles Riba: «*Laura a la ciutat dels sants* per Miquel Llor», *La Publicitat*, 10-4-1931. Reproduït a Carles Riba: *Obres completes, 3*. Barcelona: Edicions 62, 1986, p. 76-80.

cent i l'únic raig de llum, el fundador d'un museu famós, xiroi com unes castanyoles i que és l'únic que comprèn l'esperit de la protagonista. I per mil indicis diversos l'autor us vol donar a entendre que la ciutat de Vic és això; i aquí està la monstruositat».[17] També es demanava quin «esperit de venjança implacable» havia mogut Llor a escriure-la. El malentès, doncs, va ser inevitable. Alguns habitants de Vic –clergues, intel·lectuals i algunes personalitats– es van sentir ofesos, van condemnar la novel·la d'immoral o van demanar a l'escriptor que els restituís l'honorabilitat amb una altra obra.

Segons sembla la novel·la va ser llegida amb fruïció a Vic. Se'n van vendre més de 400 exemplars, en un moment en què no es llegia gaire. Encara el 1974, en intentar treure'n l'entrellat i mesurar la distància entre realitat i ficció, M.P. Jordà lamenta no poder explicar certes coses perquè la gent se'n retreia.[18] D'entrada, titllar Vic de «la ciutat dels sants» implicava una fina ironia per criticar la pseudobeateria i la falsa bondat dels vigatans de l'època, mentre que, per una altra banda, s'identificà el personatge de Laura amb la persona de la senyora Roca Figuera, a qui li esqueien, segons deien, «les principals aventures i fets de Laura a la novel·la»;[19] i això, a banda dels aspectes pouats de la història familiar de l'escriptor, que assenyalava que els trets essencials els havia extret de la seva àvia Esperança, filla de la costa, que sorprengué pels seus hàbits de lectura, pel seu coneixement del francès i pel seu tarannà obert.[20]

17. Càrmides: «Una trista novel·la», *Gazeta de Vich*, 24-11-1931.

18. M.P. Jordà: «*Laura a la ciutat dels sants*: realitat i ficció», *Estudios Escénicos*, "Cuadernos de investigación teatral", 20 (novembre de 1974). Barcelona: Diputació Provincial de Barcelona, p. 47-71.

19. Ibídem, p. 53-54.

20. Mercè Rodoreda: «Una estona de conversa amb Miquel Llor», *Clarisme,* art. cit. (9-12-1933).

Els models de la novel·la realista. La creació d'un mite

Efectivament, el públic va llegir amb avidesa la història de Laura, una noia barcelonina, pobra però amb una certa educació artística, que feia real el somni burgès d'obtenir una bona posició social en casar-se amb un hereu ric d'una capital de comarques. Però la vida de lluïment personal i familiar, les festes literariomusicals a la casa pairal, els passeigs per una ciutat petita, enlluernada pels vestits i les formes més modernes i desimboltes de la jove, xoquen frontalment amb una societat tradicional, basada en el poder dels diners i de les influències d'unes quantes famílies que l'han dirigida durant segles, i regentada per un poder eclesiàstic intolerant que esdevé guardià del bon nom, dels bons costums, de fer seguir, si més no aparentment, el dogma de l'Església catòlica, de presència unívoca en aquell temps, i molt severa en matèria sexual. Es forma així una estructura rígida, inamovible, que conjuga l'ideològic amb el polític, l'estrictament econòmic amb allò moral, contra la qual és difícil lluitar. Pel que fa a la trama, Laura no s'avé a la vida mediocre que se li ofereix, s'enamora d'un amic de la família en qui aboca una imatge idealitzada de l'amor, i finalment decideix abandonar-ho tot i fugir.

Llor seguia així el model de «dona adúltera», de «dona insatisfeta», que s'havia desenvolupat al llarg del segle XIX i que compta amb algunes de les obres clàssiques en el gènere com *Madame Bovary* (Flaubert, 1857), *Anna Karènina* (Tolstoi, 1877) i *La Regenta* (Leopoldo Alas, *Clarín*, 1884). Novel·les basades en la necessitat d'evasió de les seves protagonistes, evasió de l'avorriment i de la monotonia de la rutina diària, en una existència sotmesa a regles molt estrictes, les d'una societat que no tolerava l'adulteri o qualsevol forma de relació fora del matrimoni. Els diferents escriptors fan de mediadors, expliquen el procés del desig de les protagonistes que segueix la trajectòria: il·lusió - realitat - desil·lusió. Analitzen les causes de la conducta femenina, les situacions que les porten a patir atacs de nervis o depressions. Les teories de Nietzsche sobre l'emancipació de la dona de final del segle XIX expliquen molt bé l'actitud imperant en la societat de l'època. El filòsof considerava que la independència de la dona era el pitjor desenvolupament d'Europa i que, a més a més, això la feia tornar més histèrica i incapaç de complir «la seva funció primera i única: la de donar fills forts».[21]

A *Laura a la ciutat dels sants* s'hi troben moltes similituds, tot i que els atacs de nervis que pateix Laura i l'actitud de Teresa ja se cenyeixen al camp de les neurosis que va aportar el naixement de les teories freudianes, molt analitzades i discutides des de les teories feministes posteriors.[22] Com a escriptor modern, Llor s'interessa també pels processos psicològics de les protagonistes, processos que descriu en paral·lel a la mentalitat social imperant. La «ciutat dels sants», Comarquinal, té moltes semblances amb els ambients descrits en les novel·les realistes; sobretot amb els costums rancis, antiquats, que viu Emma Bovary a Rouen, a la Normandia francesa, i el clima de beateria hipòcrita que envolta Ana Ozores, «la Regenta», a Vetusta, nom literari d'Oviedo, a Astúries. Fins i tot s'hi troben

21. Biruté Ciplijauskaité: *La mujer insatisfecha. El adulterio en la novela realista*. Barcelona: Edhasa, 1984, p. 45-47. La referència a Friedrich Nietzsche (p. 46) pertany al llibre *Más allá del bien y del mal*. Madrid: Alianza, 1982. La traducció catalana és nostra.

22. Sandra M. Gilbert i Susan Gubar: *The Madwoman in the Attic. The Woman Writer and the Nineteenth-Century Literary Imagination*. New Haven i Londres: Yale University Press, 1979.

escenes similars –com les trobades amoroses a l'interior d'una església– que apunten a una realitat ideològica europea amb molts elements semblants.

L'escriptor català va prendre la ciutat de Vic per construir el seu univers literari. Però la «ciutat dels sants» –o Comarquinal– és molt més que Vic, tot i que la novel·la descriu la magnífica plaça porxada, la catedral i les seves esglésies i principals convents; els carrers i passeigs més cèntrics i els seus casalicis, la situació geogràfica de la capital d'Osona, i fins i tot el clima extremat i dominat per la boira a l'hivern. Comarquinal també és una realitat ideològica, psicològica i literària, que recull una manera de viure, una concepció del món, comuna en aquell moment a moltes altres ciutats i viles europees. No és pas un fet aïllat. Altres novel·les, coetànies a *Laura a la ciutat dels sants*, anteriors i posteriors, han suscitat reaccions semblants; com la que va tenir lloc a Mallorca, quan Llorenç Villalonga publicava *Mort de dama* el 1932 i algunes persones es van identificar amb els personatges grotescos de la ficció. I pel que fa als models europeus citats, cal recordar que també Flaubert va ser dut als tribunals per la seva *Madame Bovary*, acusat de fer un retrat immoral dels caràcters de ficció. Tolstoi va rebre crítiques d'immoralitat a través d'articles publicats a la premsa i Clarín, l'autor de *La Regenta*, va ser acusat des del púlpit pel bisbe d'Oviedo. I és que en totes les novel·les apuntades, el comportament de les protagonistes posa en relleu la confrontació amb les normes socials imposades, la duplicitat dels valors burgesos del XIX, que s'havien establert sòlidament des de segles i que, com a tot Europa, semblaven començar a esquerdar-se en la societat catalana de la Segona República (1931-1939).

L'escriptor català va ser ben conscient de fins a quin extrem posava el dit a la llaga i escrivia, l'endemà mateix de rebre el premi, un article de descàrrec. Sota el títol d' «Ambients» intentava de posar el pes de les seves creacions en els personatges mateixos, en aquesta «Laura d'ara, que no sap ben bé què vol, ni es pot avenir als somriures hipòcrites ni a les genuflexions farisaiques de la ciutat dels sants. Només m'interessen els ambients interiors d'aquelles figures; explicar els estats d'ànim que les contorsionen, que les impulsen a plorar o a riure, a fer el sant o a fer el dimoni».[23] I tornava a insistir en la voluntat de la protagonista per sobrevolar per damunt de la mediocritat oferta, de tractar-la com un cas d'inadaptació a la conducta «normal», a la conducta burgesa. Il·lusa, conclou, pensa trobar la felicitat a cada cantonada, però «se li fon en acostar-hi la mà; s'adona que topa amb una catedral de boira».[24] Tot i així, el novel·lista no es pot estar de manifestar el seu coneixement sobre la ciutat de Vic. «Me n'he valgut», puntualitza, «perquè de temps ha que m'havien cridat l'atenció els fariseus descolorits d'aquell indret de Catalunya on m'ha semblat descobrir algun tret temperamental comú als seus habitants».[25]

Els aires renovadors de la Segona República permetien aquest clima obert propi de la literatura dels anys trenta, però, en acabar la guerra civil, la dictadura del general Franco (1939-1975) s'emparà en la jerarquia catòlica per imposar una moral restrictiva, religiosa i espanyolitzant, que ho amarà tot, els costums i els valors ètics i morals, aplicant novament una manera de fer que semblava superada. Aquesta nova societat va exercir una pressió aclaparadora sobre Miquel Llor. Hi ha constància de les indicacions efectuades per diverses personalitats eclesiàstiques en el sentit que calia restituir l'honorabilitat de la ciutat

23. Miquel Llor: «Ambients», *Mirador*, 96, 18-12-1930, p. 4.
24. Ibídem.
25. Ibídem.

de Vic i dels seus habitants. El 1941 Llor accedia a escriure una segona part de la novel·la, titulada *El somriure dels sants.* Hi descrivia el retorn de Laura en plena República, en el moment en què justament la llei del divorci posava fi a la submissió de la dona. Una Laura renovada decidia tornar a Comarquinal i conviure amb el seu marit, un home primari a qui res no la unia i doblegar-se davant la moral franquista que la convertia en dona submisa al marit i mare abnegada als fills i a la llar.

Escrita el 1941, en els anys més durs de la postguerra, *El somriure dels sants* apareixia publicada el 1943, en traducció castellana i, posteriorment, el 1947, l'editorial Janés en donava el text original en català. Va ser una de les primeres obres que va superar la censura franquista per ser publicada en català; però va ser una mena de claudicació al servei de la societat franquista dels anys quaranta, en què uns tenien por i els altres passejaven el seu triomf. Al cap del temps, el 1981, Maria Àngels Anglada revisava el mite de «la ciutat dels sants» en una narració autobiogràfica titulada *No em dic Laura.* Nascuda a Vic l'any 1930, Anglada reviu l'Espanya franquista i el seu relat permet entendre la pressió exercida sobre Miquel Llor. Situada l'any 1942, quan Anglada tenia dotze anys, descriu «el franquisme temible de les petites ciutats on tothom es coneix» i on es produïen denúncies anònimes, com la que suposà el desterrament del seu pare «simplement per catalanista, a punta de pistola».

L'escriptora també descriu la influència clerical com una altra mena de xarxa «que planava damunt dels carrers de la ciutat dels sants» i el decàleg extens de prohibicions i pecats. «Recordo –escriu Anglada– totes les botigues i els personatges del carrer [de la Riera], habitat, aleshores, per velles famílies, totes benpensants i missaires. La classe mitja de Vic era, gairebé sense excepcions, de dretes: la divisió política s'establia entre catalanistes i carlins, perquè aquests darrers havien esdevingut quasi en bloc franquistes i espanyolitzants.»[26]

El personatge rebel i somniós creat per Llor no tenia cap possibilitat de sobreviure en l'ambient de postguerra descrit per Anglada. Potser per això, l'escriptora ofereix la història d'un personatge del mateix nom, mort de tifus durant la guerra i sols present en la ment trasbalsada del seu pare.

Per altra banda, darrerament ha estat Emili Teixidor, novel·lista també nascut a la Plana de Vic, a Roda de Ter, l'any 1933, qui n'ha fet una actualització detallada a *Laura Sants* (2006). L'encàrrec de fer un guió de l'obra clàssica per a la televisió permet desplegar tot tipus d'arguments al personatge-narrador que decideix desplaçar-se a Vic per preguntar-se si seria possible, ara, al segle XXI, una Laura com la descrita el 1930. Tot i que es fa evident –i ho demostren algunes històries de la novel·la– que la dona de classe benestant ja ha fet la seva pròpia revolució, el seu trencament amb les convencions familiars i socials de fa un segle, les cadenes i les imposicions continuen en altres grups socials, mentre la insatisfacció també existeix, desplaçada ara a altres models de relació. Teixidor crea la seva pròpia Laura, però, a més a més, dóna sentit al mite de la il·lusió de l'amor ideal que representen les protagonistes clàssiques perquè «el públic –escriu–, la humanitat, parlava d'elles com si fossin persones de carns i ossos, com si haguessin existit de veritat. Existien. Vivien en la nostra imaginació i formaven part dels nostres somnis, del nostre vocabulari, dels nostres models, de la nostra educació moral». Aquest és «el poder de la ficció, la inevitabilitat de l'univers imaginari»,[27] conclou Teixi-

26. Maria Àngels Anglada: *No em dic Laura*. Barcelona: Ed. Destino, 1988, p. 125.

27. Emili Teixidor: *Laura Sants*. Barcelona: Columna, 2006, p. 293.

dor en referència a l'educació literària, però també psicològica i moral que significa la lectura de *Madame Bovary*, *Anna Karènina*, *La Regenta* o *Laura a la ciutat dels sants*. Aquest és el poder del mite.

Estructura social i conflicte. Una novel·la moderna

Si com deia György Lukács les millors novel·les són fruit de crisis socials, és evident que, a *Laura a la ciutat dels sants*, Llor es fa ressò del problema de fons que encara imperava en l'estructura social de l'època, sobretot en un espai tancat com era Vic. Em refereixo, com ja he anat apuntant amb anterioritat, al codi social establert, basat en el matrimoni catòlic, indissoluble i fet per conveniència econòmica entre la petita burgesia, és a dir: per aconseguir ampliar el patrimoni familiar, les cases i les terres. I a aquesta fi, responia l'estructura de l'hereu mascle, i se sacrificaven fills i filles. A *Laura a la ciutat dels sants*, la conducta de l'oncle Llibori Terra Negra sobre els seus fills i família –carlí convençut i fadristern que desbanca l'«hereu-escampa» del seu germà– representa una suma caricaturesca dels aspectes més negatius que es podrien donar. Covard i roí, gasiu i libidinós, entre les històries que exemplifiquen aquest comportament pairal destaca el desheretament del seu fill a causa d'un casament no convenient; i el sacrifici de la seva filla, que acaba morint, en casar-la amb un xicot tuberculós.[28] És evident, però, que s'arbitraven formes d'esbargiment masculí sota

28. Veg. Lluïsa Julià: *«Laura a la ciutat dels sants» de Miquel Llor*. Barcelona: Empúries, 1994, on faig un estudi detallat de tots els personatges i de les seves històries.

una moral hipòcrita, mentre que la dona s'emportava la pitjor part. Educada en el sacrifici personal, tenia la funció de casar-se, tenir fills i portar la casa. Les lleis avalaven aquesta submissió considerant la dona com un ésser inferior en el codi civil, de manera que no podia decidir sobre la seva vida ni sobre els seus béns sense la tutela del pare, germà o marit fins al final del segle XIX i, segons els països, més tard. Justament l'evolució de les lleis atorgant drets a les dones entre la segona meitat del segle XIX i la primera del segle XX mostra la subjugació en què es trobava. Recordem, per exemple, que la primera organització feminista a Catalunya és de començament del segle XX i que té un caire conservador, de mantenir el sistema, i que la primera organització estatal és de l'any 1918. La llei del divorci és sols de 1932, però tot i així no era una pràctica comuna.

Llor remarca aquesta situació a través de la configuració de dos espais: Barcelona, d'on prové la seva protagonista, i Comarquinal. Barcelona és vista, als ulls provincians, com la gran metròpoli moderna, però a la qual s'assimila el vici i la pèrdua dels bons i vells costums. Per altra banda, els homes s'escapen a Barcelona i les dones es deleixen per tenir-ne notícies, però tothom fa veure que no en sap res i s'hi refereixen com un «lloc de perdició» per la moral massa laxa i liberal.

El gran conflicte de l'obra es concreta en el fet que Tomàs de Muntanyola, l'hereu d'una antiga família de propietaris rurals, es casa amb la dona equivocada. En lloc de fer-ho amb una filla de Comarquinal, hereva al seu torn d'alguna part de patrimoni i educada en el sacrifici i l'abnegació, decideix fer-ho amb una noia de fora, que ningú no coneix, i, a més a més, com desgrana l'obra, no sols és de costums poc conservadors, sinó pobra de solemnitat. Però, quan arriben a Comarquinal per primera vegada, Tomàs està encantat d'escandalitzar els seus conciutadans amb una dona que vesteix seguint la moda europea i és una mica provocativa; per altra banda, la seva tria obeeix a una mentalitat més oberta, es riu d'alguns personatges de la vila i es manifesta obertament anticlerical. Perquè també aquest personatge serà objecte de difamació i la seva persona es veurà cenyida al malnom que reben els homes de la seva família: «Cal Calçot», sinònim d'home feble, que viu enganyat, a mercè de la dona (p. 218).

El gran encert de Llor és situar el personatge de Laura, una «noia mal preparada per a la vida de família» (p. 127), enemiga de la mediocritat i convençuda que pot canviar les coses, en un context en què, per oposició, serveix de mirall de contradiccions, contradiccions de la protagonista, però també del sistema social que encarnen els personatges de Comarquinal. I en el nivell més personal, les relacions triangulars Laura - Tomàs - Teresa; Laura - Pere - Teresa; i les relacions entre les dues dones, entre Laura i Teresa, la cunyada, la dona que encarna l'esperit de la tradició centenària, pairal, de tot Comarquinal. Amb les seves relacions, de competència, de rivalitat, però també de complicitats i emmirallaments, Llor analitza les raons internes del comportament de la dona, aconsegueix un retrat en profunditat, com no trobem en cap autor català anterior. Hi analitza dues psicologies femenines davant el desig. Laura i Teresa, Teresa i Laura, totes dues víctimes del sistema. D'aquesta manera, l'obra es decanta per posar més en relleu la dictadura del sistema que l'adulteri mateix, que no passa del nivell de les murmuracions i conjectures.

Als anys trenta, les novel·les catalanes escrites per homes continuaven mantenint un model femení tradicional, encara que encobert sota les noves formes de lleure. Les novel·les com *Fanny* de Carles Soldevila i altres que hem esmentat, estrictament contemporànies a *Laura a la ciutat dels sants*, presenten uns personatges femenins poc consistents, volubles i sense criteri propi, que s'han adaptat, en el millor dels casos, a les formes ciutadanes: beuen, fumen i vesteixen segons la moda francesa (porten pantalons i el cabell curt, *à la garçon*), però continuen tenint el mateix objectiu vital que les generacions anteriors: casar-se i tenir fills.[29] Cal remuntar-se a la narrativa de començament del segle xx, a Oller i els modernistes, per trobar novel·les que treballen en aquesta direcció. Narcís Oller, l'autor realista, n'havia fet objecte de la seva *Pilar Prim* (1906), una dona lligada al marit difunt a través del testament, però, sobretot, havien estat els narradors modernistes qui l'havien tractat, sobretot l'escriptora Caterina Albert, *Víctor Català*, que criticava el sistema burgès que estacava la dona al marit i creava el personatge de la Mila, a *Solitud* (1905), una dona que acabava per abandonar-lo.

Miquel Llor no dibuixa una dona forta com la Mila. De fet, Laura no abandona el casalici dels Muntanyola i Comarquinal, més aviat fuig després d'un desvari erràtic, i, quan pretén tornar, n'és foragitada; però Laura és filla de la idealitat modernista, encarna alguns aspectes de la *donna angelicata* de Dante i Petrarca que es va actualitzar en el tombant del segle xx. Fins i tot es reforça pel nom i la història de Beatriu, la cosina acollida a casa de l'oncle Llibori Terra Negra, amb qui Laura té més d'una coincidència, i a qui ajudarà a sortir de Comarquinal. El personatge de Laura sempre està envoltat d'una aurèola d'idealitat que el situa per damunt de la resta de personatges, «ella es refiava de la puresa inicial» dels esperits (p. 127), però, aquesta noblesa de sentiment, en lloc d'afavorir-la, sovint la tanca en un mutisme personal i la priva d'actuar al seu favor. En certa manera, doncs, participa d'alguns valors romàntics

29. Anne Charlon: *La condició de la dona en la narrativa femenina catalana (1900-1983)*. Barcelona: Edicions 62, 1990, p. 94-97.

que la converteixen en un personatge eteri, sobretot davant la terrenalitat de Teresa.

Laura i Teresa, heroïnes de fang

Laura no es presenta com una heroïna èpica: no destaca especialment ni pel seu físic ni per la seva intel·ligència. El tret que la distingeix més és la sensibilitat que el seu pare va potenciar a través d'una educació artística: musical i literària, tot i que desordenada (p. 91-92). La lectura és un hàbit assumit per Laura; al llarg de l'obra se la presenta sovint llegint en el seu «racó íntim», però sembla que aquestes lectures no l'ajudin a la seva formació intel·lectual, sinó que li serveixin per evadir-se de la realitat. Aquest aspecte, afegit a l'abandó de les tasques domèstiques, la presenten com una ésser d'aparador, decoratiu, dotat per a la coqueteria, però poc hàbil per assumir cap responsabilitat i, per tant, abocada a aspirar una posició social a través del matrimoni. Llor insisteix molt en aquest fet, fins a l'extrem que quan Laura pensa començar una nova vida, mantenir-se, treballar, mossèn Joan Serra li recorda que «el seu pare no va ensenyar-li de res més que de sofrir i cantar una mica, per al goig de les persones que li siguin a prop» (p. 293), i la solució de Laura, acollida en un convent, és dedicar-se justament a l'educació de noies, una educació intel·lectual completa que els serveixi per conèixer i afrontar les passions vitals.

De fet l'educació que reben les noies és, al costat de l'origen familiar, un aspecte central en la configuració tant de Laura com de Teresa. Llor es fa ressò dels canvis educacionals que tenen lloc entre el segle XIX i els anys trenta del segle XX. Normalment les noies rebien una educació domèstica: cosir, planxar i cuinar i altres aspectes molt laboriosos entorn de la llar que es consideraven idonis per a la funció de portar-la a què estaven destinades. Aquesta és la formació que rep Teresa, mentre l'educació intel·lectual, anar a escola d'una manera regular, i aconseguir qualsevol tipus de coneixements reglats encara era un dret a aconseguir. Evidentment, el fet que la dona no estudiés anava lligat a la consideració secundària que rebia davant el sexe masculí. Una preeminència remarcada al llarg de l'obra. L'educació de Teresa respon al model tradicional. És una noia ben educada en les tasques de la llar, com correspon a les dones de la seva família; així, «prepara la casa (amb tot l'ordre i la severitat que varen ensenyar-li la mare, la padrina, les ties i una àvia remota)» (p. 67), però, amb el pas de l'obra, s'adonarà que ha estat una formació exigua, sacrificada al domini del mascle, de l'hereu, al qual respecta com si venerés una cosa sagrada, tot i que s'adona que ella és més capaç i més intel·ligent que el germà. El plany més agut, però, es produeix quan Teresa pren consciència que se l'ha mantinguda ignorant en els propis sentiments i en l'expressió de l'amor. Així, si l'orfenesa de mare i l'educació anàrquica del pare és un llast que Laura no podrà superar, l'educació en la ignorància del propi ésser és el pes que sega la vida afectiva de Teresa, la qual, incapaç de superar-lo, transforma el sentiment en autoimmolació i venjança. Diu el narrador sobre Teresa: «Ara s'adona bé que ha estimat en Pere anys i anys, en silenci i resignada. Ja no és la frisança més o menys justificada de la noia gran vora un adolescent; és la passió de darrera hora, d'una dona de quaranta-dos anys a la qual la distracció egoista d'una mare malalta i la severitat d'unes ties devotes i analfabetes varen pansir la flor dels seus anys tancant-la en una casa amb pretensions de convent d'aficionades. Per a la Teresa l'amor no va poder ser res més que un somni d'amor, teixit de delícies infernals» (p. 181).

Sigui des de la perspectiva de Laura, la barcelonina sense

fortuna, sigui a través d'una pubilla rica, tant l'una com l'altra tenen en el matrimoni l'única opció vital. L'única opció que dóna sentit a la vida, sobretot a través dels fills, i que permet l'expressió del desig sense pecar segons els dogmes de l'Església Catòlica. Aquesta estructura ideològica rígida fa que tant Laura com Teresa aboquin en el matrimoni i en el marit totes les aspiracions personals, i en parlin amb una ansietat que, lògicament, la realitat ha de desil·lusionar: «I la frèvola Laura, barcelonina òrfena d'un no ningú mal pianista, mal pintor, bon fabricant de castells a l'aire, no té sinó ulls per a mirar el seu Tomàs a través del vel malva que l'aire li ondula. Encara no se sap avenir que pugui anomenar-lo marit, paraula fins un mes abans misteriosa com la màgia dels contes de fades que il·lustraren la seva infantesa, explicats pel pare, aquell il·lús sensible i desmemoriat» (p. 67).

Per a la Teresa, el matrimoni del seu germà posa de manifest el propi desig i els difícils camins que aquest ja ha seguit. Resignada a la solteria, sense marit o sense fill a través del qual viure, el germà esdevé l'objecte del seu amor, que Llor treballa des de conceptes freudians de substitució. Teresa es deixa anul·lar per ell, l'obeeix cegament, «perquè li plaïa de sotmetre's, amb una mena de terror deliciosa, a la tirania o al capritx d'en Tomàs» (p. 131). És el germà, és l'hereu, és l'home. Per això l'aparició de Laura li desperta les pulsions sexuals més amagades i adormides: «El marit!, misteri torbador i que per a la nova mestressa de Muntanyola no era cap misteri. De vegades la Teresa la contemplava com qui vol penetrar un enigma; aquella persona més jove que ella, tan reposada, coneixia els secrets de l'amor! Per quin mèrit ella en posseïa la plenitud, alliberada de pecat?: d'aquell pecat terrible que, sols amb l'horror de pensar-hi la veu es nuava a la gola de la Teresa, òrfena d'amor, amb sols el record d'un vell somni d'amor impossible, com un desvari» (p. 132). Per això, espia la cambra de la parella; per això, per por al pecat del sexe en què ha estat educada a les monges, es tanca en la seva habitació i es fica al llit amb els rosaris entortolligats als dits.

Però per a la societat burgesa de l'època, el matrimoni és «una cadena» o un sacrament que uneix home i dona de manera indissoluble. Laura hauria de seguir el model que significa Teresa als ulls de la gent, perquè, malgrat ella, encarna «les virtuts pairals de la raça» (p. 131), la prudència, l'honestedat, l'estalvi, que asseguren la continuació del sistema. Hauria de viure absorbida en les tasques de casa, cosa que no farà mai, i hauria d'haver sabut «sacrificar, com qualsevol esposa normal, la pròpia independència amb el fi de mantenir-se inflexible en el deure que la tradició li imposava, s'hauria anul·lat per reduir-se a mida del gruix moral d'en Tomàs» (p. 191). Però Laura no abdicarà mai de la seva independència, ni es rebaixarà mai al nivell primari que aviat descobreix en el seu marit. Al contrari, després dels primers mesos de matrimoni, dels viatges per Europa i del luxe viscut, Laura desperta de l'embriaguesa dels sentits i es troba amb un home, Tomàs, rude i sense cap interès per les coses que a ella li interessen: la música i la lectura o la conversa l'adormen, de manera que tota relació es concreta en el sexe. Un sexe també primari que aviat es converteix en una mena de jou que ha de suportar. Llor reforça la visió negativa de les relacions a través del naixement i la mort de la filla; de manera que Laura no pot trobar-hi una sortida, mentre Tomàs actua sota la pressió de tenir un hereu; per això, segons Laura, «anava cada setmana a les Aulines amb l'únic objecte de fecundar-la» (p. 246).

Per això Laura focalitza en Pere l'amor ideal, un amor sobrehumà, sense tracte físic, que també rebrà un dur revés quan es concreta; també en Pere es transforma «en un ésser instintiu, enrogit, anhelós» (p. 305), que Laura assimila al zel animal, i el rebutja.

Sens dubte que les relacions més complexes i innovadores es produeixen entre les dues dones i, en concret, en la complicitat, el reconeixement i la rivalitat davant en Pere, l'objecte delitós de l'amor de totes dues. És mentre l'esperen, en les converses amb ell i sobre ell, que assistim a l'expressió del desig de Teresa. Perquè si Laura no s'avé a la mediocritat que la vida li ofereix, és a través d'ella, de la ficció que Teresa construeix sobre Laura, que la verge de quaranta anys viu el despertar del seu propi desig, un sentiment que desconeixia, però que se li desvetlla de forma cruel en les relacions que es produeixen davant d'ella mateixa, sense que en sigui l'objecte. Teresa viu una veritable tortura, se li fa evident que en Pere no la veu, que Laura viu el seu propi amor sense adonar-se de la seva existència. El pes de la seva «feminitat inútil», de la seva eixorquesa és intolerable. Teresa elabora el seu propi desig a través d'un únic record, a través d'aquelles imatges gravades dels xicots nus banyant-se al gorg de la Bruixa quan ella era una jove esplèndida reprimida per una mare que Teresa odia (p. 177).

Llor explica amb detall el procés psicològic d'anul·lació, de substitució i d'autoimmolació de Teresa, fins a l'extrem que el procés d'aquest personatge és el més ric, el més matisat i el que conté la major força tràgica de la novel·la. Conté detalls metafòrics que al·ludeixen a la desfloració (beu en la copa en què ha begut en Pere i es fa sang al llavi, p. 180) o al sacrifici de la seva vida (cus una vella nina que porta un hàbit de monja, p. 210). Però la repressió sexual extrema que pateix li impedeix actuar d'altra manera. Decideix una lenta i pausada venjança sobre Laura, a qui creu poder doblegar. Presonera d'ella mateixa, Teresa es converteix en l'escarceller de Laura. En aquest sentit és molt interessant l'episodi de les Aulines, la finca on reclou Laura per sotmetre-la a un procés d'envilimient que la rebaixi al nivell d'una simple pagesa, però Laura en surt enfortida, viu l'aïllament com un procés d'espiritualització del seu amor.

Molt més que la mateixa Laura, Teresa desvirtua la realitat. En la desolació més absoluta, arriba a un estat neuròtic delirant, a un desdoblament perillós de la personalitat. Llavors té lloc la «conversa definitiva» entre les dues dones. Teresa s'ofereix a fer-li d'alcavota per protegir el seu tresor, però davant l'acord impossible decideix salvar el «prestigi guanyat amb tant d'esforç» (p. 288) i la fa fora. Laura marxa, però Teresa és, encara més, la víctima de la societat benpensant.

L'art com a refugi. La prosa i l'estil

Escriure va ser la gran passió de Miquel Llor, la raó de la seva vida. Per això, com Flaubert davant les acusacions per haver escrit *Madame Bovary*, Miquel Llor podia haver exclamat: «Laura Muntanyola sóc jo.» Perquè l'obra són els personatges, i els diàlegs i l'ambient i les paraules; i *Laura a la ciutat dels sants* és un obra d'estructura perfecta, meditada, matisada en cada detall i amb una prosa artitzada, de narrador delicat, amb ànima de poeta. Remarca aquest fet el testimoni d'Elias Valverde, nebot i biògraf de l'escriptor, segons el qual Llor tenia penjat a la seva habitació el següent fragment de Marcel Proust: «Preparar el llibre minuciosament, amb perpetuals reagrupaments de forces com per a una ofensiva, suportar-lo amb fatiga, acceptar-lo com una regla, construir-lo com una església, seguir-lo com un règim, vèncer-lo com un obstacle, conquistar-lo com una amistat, sobrealimentar-lo com un fill, crear-lo com un món.»[30] El llibre, doncs, ho demana tot, ho és tot, un univers literari al qual es deu l'escriptor. L'interès artístic de Llor es veu en diferents aspectes de la novel·la. En primer terme, en l'estructura i l'estil, com anotava ara mateix, però també en la importància de l'art, de la música i de les mostres d'art català que Llor introdueix en la novel·la a través del personatge de Joan Serra, el capellà, de malnom «Ferro Vell», justament perquè, retent homenatge a Mn. Josep Gudiol, que moria en el moment en què Llor escrivia l'obra, l'escriptor li atorgava el paper de l'únic personatge positiu a l'obra, dedicat a la recerca i reconstrucció de peces arqueològiques antigues que recollia de les masies i esglesioles romàniques per a la construcció del Museu Arqueològic de Vic.

Dividida en dues parts, l'estructura de la novel·la obeeix als dos anys en què transcorre l'acció. En la primera s'explicita l'arribada de Laura a Comarquinal, els ambients i els personatges i conclou amb el divorci implícit de la parella, sobretot després de la mort de la filla. En la segona, fa la seva entrada en Pere, el personatge que trastorna i decideix el curs de l'acció. Es descriu el ritme lent de les tardes dels tres enamorats, Laura, Pere i Teresa, el procés psicològic, intern dels personatges, fins a l'escàndol i la difamació externa que determina la fugida final de Laura, el seu retorn a Barcelona.

Algunes escenes es poden relacionar amb obres d'altres autors, com l'arribada en tren, de Barcelona a Vic, similar a l'inici de *Pilar Prim* de Narcís Oller, novel·lista que Llor tenia ben present en la seva condició d'autor realista, així com algunes escenes en relació a l'església o la fugida final dalt del cotxe de cavalls que

30. Elias Valverde: *Evocació biogràfica de Miquel Llor*. Barcelona: Ed. Pòrtic, 1983, p. 91.

fan pensar en *La Regenta* i *Madame Bovary*, respectivament.

L'estil de Llor és molt cenyit, no hi ha llargues i detallades descripcions sobre la ciutat, el camp o el físic dels personatges. Les seves descripcions són impressionistes, fetes de retalls evocadors, metonímics, d'elements sinestèsics que amb traç gruixut defineixen un ambient. Així ho veiem, per exemple, en la breu descripció de l'estació de tren, en arribar a Comarquinal: «Baixen. Els bitllets, la humanitat a l'andana, els dos quarts de sis al gran rellotge, la parada de diaris, un rengle de fanals somorts, els regalims de la mànega per a l'aigua de les locomotores...» (p. 71).

Es tracta de les tècniques narratives que es desenvolupen en els primers anys del segle XX. Llor les empra amb mesura, segons els interessos narratius, per mostrar, sobretot, els estats d'ànim dels personatges, els processos piscològics. Hi trobem l'ús de la memòria involuntària de Marcel Proust, la cadència d'un tempo interior melangiós o l'ús del simbolisme. És el cas del record de les Rambles de Barcelona que la pluja fa present en Laura; no sols pel seu moviment, sinó en contrast amb l'opressió que, més que sentir, pressent en els rostres de la família Terra Negra: «S'adona que enllà de la persiana plou dolçament tot i fer sol, com aquella matinada, abans de conèixer en Tomàs, venint d'una festa amb la tia Amèlia i la cosina. La Rambla, lluent i sense renou, eixordava de brunzits d'ocell; la pluja movia les fulles tendres. Els carrers amples us encomanen un sentiment d'independència; aneu lliures entre la fragor de la multitud; els automòbils botzinen entorn vostre, i de tant en tant les nobles campanes de les parròquies us retornen» (p. 119). Descripció sensorial, de sorolls tamisats, percebuda més a nivell sensorial que racional; després arriba als sentiments, a les apreciacions morals, al·ludides a través de la metàfora dels arbres del Parc de la Ciutadella: «Sols amb un alè d'aire que passi veieu, al capdavall del passeig, uns quants arbres del Parc que mouen el cap com la salutació que es bescanvia, de lluny estant, entre amics de molta confiança. I la gent desconeguda que topeu no té interès a saber qui sou, ni on aneu, ni quants diners teniu a la butxaca» (p. 119).

Dins la recerca d'una prosa artitzada, poètica, Llor escriu veritables poemes en prosa. Un dels més brillants és l'inicial de la segona part, en què descriu els colors, el moviment i, sobretot, els distints sorolls: «*Silencis sonors* de sabates ferrades de l'amo quan entra, quan surt, quan torna a entrar; *drings* de claus del rebost i dels armaris; *glapits* dels gossos que jauen extenuats a la cuina i somien alguna cacera prodigiosa; *el rosari* de cap al tard; l'*esquellerinc* de Nostramo pels carrers; *les absoltes*, camí del cementiri; *els refilets* del canari, delirants; *la veu* d'alguna visita vestida de fosc que dialoga amb la Teresa...» (p. 169, la *cursiva* és nostra). Descripcions que van de la sensació epidèrmica fins a dibuixar el comportament humà, amb matisos d'ordre moral. Altres escenes riques en aquest sentit són la vida al camp, a les Aulines, o el recorregut final que Laura fa, enmig de la boira del capvespre, abans de marxar.

Al costat de la boira, un element simbòlic, progressiu i canviant a través del qual es percep l'evolució de la relació entre Laura i Comarquinal, el text ofereix altres elements simbòlics (referències o accions) més concrets que delaten, sovint fora de la percepció del personatge implicat, cap a on s'encamina la situació. Entre els més simptomàtics, cal comptar-hi els següents: la referència als personatges de Sigfrid i Isolda de Wagner en les relacions Laura - Pere, els ocells de cendra dibuixats a la tassa o l'alzina morta on seu Laura a les Aulines; tornar cecs els canaris per part d'en Tomàs o el fet de posar-se l'anell per part de la Teresa.

Cal afegir-hi el simbolisme dels topònims o dels noms

–Collat Negre, el gorg de la Bruixa, les Aulines, Terra Negra–, que contrasta amb la caricatura esperpèntica dels malnoms: Nas de Rei, Cal Calçot o Ferro Vell..., i posa en evidència l'agre sarcasme que l'autor aplica sobre els personatges, ja que alguns d'ells arriben a l'estricta caricatura.

Finalment, l'art es fa present a través del narrador, amb les seves referències a la música, habitualment lligades al personatge de Laura i al sentiment amorós. Aquest és un element que sempre separa Laura de Tomàs, mentre que l'apropa a Pere. L'escena que millor explicita aquest fet té lloc a l'ermita romànica de Sant Roc, quan els dos enamorats es comuniquen a través de la música de Bach o de Frescobaldi. De fet, és el mateix Joan Serra, el savi sacerdot, que és conscient que transcendeix en l'ocupació artística les pulsions sexuals sempre de mal reprimir (p. 291-292).

La guerra i la postguerra

Com a tants altres escriptors catalans de la seva generació, la guerra civil i la dictadura franquista van convertir Miquel Llor en un derrotat. A diferència d'altres escriptors, com Rodoreda o Trabal, Llor no es mogué de Catalunya. Un cop acabada la guerra, s'instal·là a viure a la plaça de Sant Jaume, al mateix pis on havia viscut de solter, ara amb la seva germana i família. També tornà a l'Ajuntament i s'encarregà de la distribució de beques a la secció de cultura, però tot el món literari dels anys trenta havia desaparegut; sense context i en la trista penúria, escriure era difícil, tot i que Llor va reprendre la seva obra, que compaginà amb un negoci d'antiguitats que inicià el 1942. La feina d'antiquari li permeté viure millor i viatjà sovint per l'Estat espanyol, França, Itàlia i fins i tot Suïssa. Lentament reprengué l'activitat literària. L'any 1947 publica *Cinc contes*, relats escrits el 1935, i publica en català *El somriure dels sants*, que constitueix la segona part de *Laura a la ciutat dels sants*. Escrita el 1941, potser sigui, com ja hem assenyalat, l'error més greu de la seva carrera literària, amb la refutació de les seves pròpies tesis de poc més d'una dècada abans. Hi presenta una Laura submisa, de retorn a Comarquinal i a la família Muntanyola. Tot i així, la novel·la va rebre el premi Concepció Rabell 1947 convocat pels Jocs Florals a l'exili, a París, i això va propiciar un dels fets literaris més entranyables que va viure Llor a la postguerra, perquè amb motiu de recollir-lo viatjà a París, on retrobà, després d'anys de silenci, l'amic Just Cabot, que hi residia i formava part del jurat. Però el gruix important de la seva obra de postguerra és la novel·la *Jocs d'infants*, publicada el 1950 i que passà desapercebuda, així com el volum que l'any 1952 reunia *Tots els contes*. *Jocs d'infants* és una evocació plena de sensibilitat i nostàlgia de la Barcelona del final del Vuit-cents: descriu l'existència d'uns veïns en una casa de l'Eixample. Llor hi desplega una esplèndida maduresa narrativa per recrear els tòpics del quadre de costums com ja havia iniciat a *Història grisa*, l'obra amb què es donà a conèixer.[31]

Llor va quedar presoner de *Laura a la ciutat dels sants*, la seva obra mestra, de la qual feia una versió teatral el 1950, versió que restà inèdita fins el 1974. Però, a més a més, les circumstàncies polítiques no permeteren una recepció normal de la seva obra. El 1958 publicava *Un camí de Damasc*, la seva darrera obra, que obtingué el premi Joanot Martorell. Mentrestant, es proporcionà un cert clima literari a través de les

31. Antonio Vilanova (1950): «La novela de Miguel Llor», dins *Auge y supervivencia de una cultura prohibida. Literatura catalana de posguerra*. Barcelona: Ed. Destino, 2005, p. 359-363.

tertúlies renovades. Els dilluns es reunien a casa seva amics íntims, escriptors i artistes; en els darrers anys, hi anava Josep M. de Sagarra. També assistí a les tertúlies que se celebraren a l'hotel Ritz i es relacionà amb Carles Riba i Puig i Ferreter, entre d'altres, i formà part d'alguns premis, com el Víctor Català i el Concurs de Cantonigròs els darrers anys de la seva vida. El 1960 Llor es jubila i obre una botiga d'antiquari a Tossa de Mar. El nom de la botiga, L'Aura, segueix evocant la protagonista de la novel·la, convertida ja en mite. Més tard, el 1966, l'escriptor mor a Barcelona, a l'edat de setanta-tres anys. Posteriorment, l'any 1977, van publicar-se alguns contes encara inèdits amb el títol *Viatge a qui sap on i altres narracions*.

'Laura' cinematogràfica

Paral·lelament, *Laura a la ciutat dels sants* feia la seva via cinematogràfica. La traducció al castellà d'Ignasi Agustí publicada el mateix 1943, conjuntament amb *El somriure dels sants*, hi degué influir. Va ser el director Enric Gómez, català afincat a Madrid, qui s'interessà per fer-ne una versió cinematogràfica. A través de l'amic i editor Jaume Aymà pare, coproductor d'Olimpia Films, una de les empreses cinematogràfiques importants dels anys quaranta, sol·licità el permís per iniciar el guionatge i Llor no sols va acceptar, sinó que col·laborà activament en el projecte. El treball de guionatge s'allargà entre el final de 1949 i el començament de 1953. Tot i la fidelitat a l'obra, hi havia l'escull important de passar la censura cinematogràfica. Enric Gómez intentà adequar el guió per no tenir-hi cap entrebanc. Segons les cartes conservades, l'acció se situà a l'any 1905, de manera que no calia cenyir les escenes eròtiques al realisme més descarnat que l'estricta contemporaneïtat hauria exigit.

Per altra banda, el director canvià el final: en lloc de la fugida cap a una nova vida, proposà el suïcidi de la protagonista, establint un paral·lelisme entre fugir i morir. En canvi, Miquel Llor es decantava per un final conciliador, com ja havia proposat a *El somriure dels sants*. Preferia el retorn de Laura, que era acceptada pel marit. Però les raons del director eren clares per rebutjar aquest final: «Això defraudaria l'espectador. Tornar? I com? Dient què? Convencent a qui? I al final del film? Arriba un moment –continua– en què els personatges tenen vida pròpia, més enllà de la voluntat del creador. I vostè ho sap; crec, que, en tal moment, l'autor és fidel a la seva obra passant d'autor a biògraf, a reporter dels fets a què els seus personatges s'aboquen. I no oblidem que aquesta dona està desil·lusionada del seu marit. [...] ¿Quina esperança queda per a la pobra Laura? Sobretot amb la seva sensibilitat, que no pot conformar-se a vegetar, amb tot i que ja no té opció a escollir la conformitat?»[32]

El director apel·là al mite i adequà el personatge de Laura al model del segle XIX. Com Emma Bovary, com Anna Karènina, se suïcidà. Un final que curiosament semblava que no havia de tenir problemes amb la censura. La pel·lícula, però, no es va filmar, tot i que Enrique Gómez tenia previst realitzar-la en els Estudios Chamartín o Sevilla Films. L'any 1955 el director va morir i el projecte s'abandonà. D'aquesta manera, Llor veia frustrada una de les seves il·lusions més importants.

Segons sembla, el 1962 es féu un nou intent, també fallit, de fer-ne la versió cinematogràfica en català. En aquesta ocasió se'n van fer càrrec Josep M. Font i Jordi Feliu, però diversos problemes, entre els quals hi ha els econòmics, feren desistir del

32. Carta mecanografiada, datada a Madrid, el 16 de desembre de 1952. Arxiu Miquel Llor.

projecte. Finalment, el 1986, Gonzalo Herralde congregà Ángela Molina, Juan Diego, Terele Pávez i Sergi Mateu en els principals papers per a la seva versió cinematogràfica de *Laura, del cielo llega la noche*. El film d'Herralde, discutit pel que s'apartava de l'original de Llor, encara ofereix una visió més tancada de la societat de Comarquinal en convertir el personatge de Pere –Adrià en la pel·lícula– en germà bastard i refusat pels germans Muntanyola. Així, el triangle entre Teresa, Tomàs i Adrià (Pere) pren la força d'un drama rural primitiu, remarcat per un final dramàtic, mentre Laura queda molt desdibuixada, quasi etèria, en un ambient que desconeix, ignora i, finalment, rebutja.

LLUÏSA JULIÀ
Estiu de 2006

Bibliografia essencial

Sobre la narrativa de Miquel Llor

ARNAU, Carme: «Crisi i represa de la novel·la», dins RIQUER, COMAS i MOLAS: *Història de la literatura catalana*, 10. Barcelona: Ed. Ariel, 1987, p. 51-62.

ARNAU, Carme: «Miquel Llor o el tantalisme», dins *Marginats i integrats en la novel·la catalana (1925-1938)*. Barcelona: Edicions 62, 1987, p. 11-50.

CABOT, Just [?], «Premi Crexells 1930», *Mirador*, 96, 18-12-1930, p. 4.

CABOT, Just: «Miquel Llor, *Laura a la ciutat dels sants*», *Mirador*, 117, 30-04-1931, p. 4.

CHARLON, Anne: *La condició de la dona en la narrativa femenina catalana (1900-1983)*. Barcelona: Edicions 62, p. 94-97.

GUANSÉ, Domènec: «Miquel Llor», dins *Abans d'ara. 30 retrats literaris*. Barcelona: Editorial Aymà, 1966, p. 146-150.

JORDÀ, M.P.: «*Laura a la ciutat dels sants*: realitat i ficció», *Estudios Escénicos*, "Cuadernos de investigación teatral", 20 (novembre de 1974). Barcelona: Diputació Provincial de Barcelona, p. 47-71.

JULIÀ, Lluïsa: *«Laura a la ciutat dels sants» de Miquel Llor*. Barcelona: Empúries, 1994.

MONNÉ, Pilar i PELEGRÍ, Iolanda: «Miquel Llor. Cronologia», «Obres i articles» i «Bibliografia», *Estudios Escénicos*, "Cuadernos de investigación teatral", 20 (novembre de 1974). Barcelona: Diputació Provincial de Barcelona, p. 41-46 i 73-85.

MONNÉ, Pilar i PELEGRÍ, Iolanda: «Pròleg» a *Viatge a qui sap on i altres narracions*. Barcelona: Edicions 62, 1977.

RIBA, Carles: «*Laura a la ciutat dels sants* per Miquel Llor», *La Publicitat*, 10-04-1931. Reproduït a Carles Riba: *Obres completes, 3*. Barcelona: Edicions 62, 1986, p. 76-80.

RODOREDA, Mercè: «Una estona de conversa amb Miquel Llor», *Clarisme*, 9-12-1933, p. 2.

VALVERDE, Elias: *Evocació biogràfica de Miquel Llor*. Barcelona: Ed. Pòrtic, 1983, p. 91.

VILANOVA, Antonio: «La novela de Miguel Llor» (1950), dins *Auge y supervivencia de una cultura prohibida. Literatura catalana de posguerra*. Barcelona: Ed. Destino, 2005, p. 359-363.

YATES, Alan: «El debat sobre la novel·la (1917-1925)», dins *Una generació sense novel·la?* Barcelona: Edicions 62, 1975, p. 147-200.

Articles citats de Miquel Llor

LLOR, Miquel: «Bernard Shaw i el públic barceloní», *Mirador*, 56, 20-02-1930, p. 5.

LLOR, Miquel: «Una conversa amb la vídua d'Italo Svevo», *Mirador*, 61, 27-03-1930, p. 4.

LLOR, Miquel: «El cas del doctor Genís i Aguilar», *Mirador*, 73, 31-07-1930, p. 4.

LLOR, Miquel: «Mn. Gudiol i el seu Museu», *Mirador*, 84, 4-09-1930, p. 7.

LLOR, Miquel: «Ambients», *Mirador*, 96, 18-12-1930, p. 4.

LLOR, Miquel: «Margarida Xirgu i el teatre clàssic», *Mirador*, 154, 14-01-1932, p. 2.

Nota sobre l'edició

Miquel Llor va revisar i modernitzar *Laura a la ciutat dels sants* en les diferents edicions. El canvi més important es produeix l'any 1947, arran de fer-se'n càrrec l'editor Josep Janés de Barcelona. Es tracta de la quarta edició de la novel·la. Llor introdueix, entre altres, l'ús de l'article nominal, actualitza el lèxic i abandona algunes expressions que considera antigues o que poden ser desconegudes o massa concretes per al lector de postguerra. També n'actualitza la puntuació. És l'edició utilitzada, sempre amb actualitzacions gràfiques i algun canvi circumstancial, a partir de la qual se n'han fet les posteriors; les diverses a la Biblioteca Selecta i, des de 1979, a la col·lecció MOLC. Basada en aquest text de «Les Millors Obres de la Literatura Catalana», la present edició corregeix els errors detectats i regularitza les vacil·lacions gràfiques i lèxiques, entre les quals els noms propis.

Per realitzar aquest assaig he comptat amb l'Arxiu de Miquel Llor i la memòria personal d'Elias Valverde Llor, a qui agraeixo l'evocació que ha fet de la persona i de l'obra del seu oncle al llarg de múltiples converses.

Laura a la ciutat dels sants

A la meva germana Esperança

Primera part

Tot just el tren ha sortit d'entre les fragors del túnel que travessa el massís abrupte de Collat Negre, ja fa estrany a la Laura el canvi sobtat de la llum. S'adona que l'aire esdevé espesseït com per una resta d'aquell fum de la màquina que va escapant-se, retardat, per la boca del túnel. Fins li sembla que el sol i tot s'entela amb un començ de grogor malaltissa.

La Laura cuita a abocar-se a la finestra; i la mutació del paisatge encara la sorprèn més. Ja no veu cap gorg clapat de molses reverdides per la frescor del setembre amb la mica de riu tremolós al fons, ni les masies rosses prop del brodat d'escuma de les rescloses, amb oliveres ben ordenades, com a punt per a una dansa de mirinyacs de cendra.

Tot ha quedat part enllà de Collat Negre, i Barcelona encara és molt més enllà, a setanta quilòmetres. La Laura es gira cap aquell punt incert on el seu pensament situa Barcelona i la claror dels seus ulls es torna greu per un començ d'enyorament. Després, fixa l'esguard vers la direcció que duu el tren, cap aquell altre punt incert on abans d'una hora veurà com si Comarquinal sortís de sota terra, amb els campanars de la Seu, del Seminari, dels asils i de les cases de penitència, enmig dels camps de patates i moresc, gairebé tot el paisatge del Pla, que ara comença, alterat només per la grisor d'alguns pujols de llicorella, que aguanten ermites acompanyades d'un xiprer esberlat pel llamp.

Tanmateix, no és pas així com s'havia figurat el paisatge de Comarquinal, entrevist aquell dia de juny que va passar-hi amb el cotxe d'en Tomàs. Aleshores, els camps eren verds, ondulats per l'oneig sedós de les espigues, el cel lluïa com el mar de la Costa Brava i tot era fresc i somrient.

Només fa tres mesos! La Laura considera que ha triomfat de les insídies cordials de les amigues barcelonines, quan li deien que en Tomàs de Muntanyola no es casaria amb ella. I heus aquí que l'endemà en Tomàs va preguntar-li si el voldria per marit. Al cap d'una setmana li duia l'anell, aquell magnífic brillant que ara la Laura besa i que, quan va veure'l per primera vegada, li va fer sentir un cobriment de cor. Dos mesos més tard es casaven en aquell racó de la Barcelona antiga, somnolent i amb quietuds de poble. Avui fa un mes que la seva mà freda i suau va posar-se, per tota la vida, a la mà tosca i ferma d'aquell minyó de trenta anys, amo absolut del patrimoni dels Muntanyola.

La Laura es gira per mirar el seu marit. Ja fa una estona que el cap d'en Tomàs ha començat a decantar-se contra els coixins polsosos del vagó. Dorm, i la Laura el mira per a ella sola. És el seu home! Seu? Ella prou sap que sí; abans, una bala perduda entre fires, gallardets de festes majors i rialles grasses de mosses d'hostal. Però ara el reté, definitivament, aquell amor per la noia ciutadana, blava d'ulls, de veu sense estridències, harmoniosa de línies. Ella és d'una bellesa sense gaire esclat, que en Tomàs va descobrint de mica en mica, en aquest mes d'amor que la Laura ha conegut a les cambres d'hotel de Londres, de París, de Florència.

–És com si cada cop m'adonés d'alguna cosa nova que encara no t'havia sabut veure –sol dir-li ell.

–I quan se t'acabin els descobriments? –ja li ha preguntat més de dues vegades la Laura. Però ell no l'escolta; l'abraça, l'arrossega cap a l'embriaguesa dels sentits. Per a ella és com un vi d'un poder fins aleshores no sabut i, malgrat totes les conjectures entre amigues, no hauria pogut ni sospitar-ne la força i la dolcesa.

Feliç?, sí que serà feliç amb en Tomàs, aquell xicot cepat,

home de bon estómac, generós a l'hora de repartir propines, que duu la butxaca sempre plena d'una barreja de bitllets de banc i monedes, massa dringants per al gust de la Laura. Però la franca rudesa d'ell, per la mateixa novetat, no desplau a la Laura. La seva delicadesa femenina encaixa bé amb la vigoria del mascle que, de més a més, és l'amo Muntanyola, caça amb una *Hammerless,* única a Comarquinal, i esclafa l'aviram dels pobles amb el seu cotxe esquitxat de fang.

Com a bon hereu dels Muntanyola, ell va poder encomanar uns quants milers de misses per a l'ànima de la seva mare, que sempre havia mirat l'hereu amb aquell respecte amb què solen venerar-se les coses sagrades, respecte que ha heretat la filla gran, la Teresa, que a hores d'ara prepara la casa (amb tot l'ordre i la severitat que varen ensenyar-li la mare, la padrina, les ties i una àvia remota), per tal de rebre dignament els nuvis, com escau al bon nom dels Muntanyola que ostenta el germà segon, afavorit amb l'heretatge, puix que el fill gran morí abans de poder enorgullir-se amb el títol d'hereu.

I la frèvola Laura, barcelonina òrfena d'un no ningú mal pianista, mal pintor, bon fabricant de castells a l'aire, no té sinó ulls per a mirar el seu Tomàs a través del vel malva que l'aire li ondula. Encara no se sap avenir que pugui anomenar-lo marit, paraula fins un mes abans misteriosa com la màgia dels contes de fades que il·lustraren la seva infantesa, explicats pel pare, aquell il·lús sensible i desmemoriat.

«Si el pare em veiés!», pensa, contemplant-se al mirall de la seva cartera de llangardaix, la més cara que en Tomàs va veure en un aparador de París, on els seus ulls, una mica bovins, foren atrets per les pampallugues dels llums.

Si el pare la veiés, vestida amb aquesta capa de viatge, clara i tèbia!, el capell de roses, perfumada amb el muguet més subtil. Si li veiés les perles del coll, d'un orient tan rar!, i el brillant de prometatge! A més, el marit, ben plantat, hereu d'una nissaga de nobles rurals, que la mira de genolls a terra com si fos una santa d'altar.

Però la Laura sent una mica de neguit. No; li fa l'efecte que el pare, aquell home pobre, vacil·lant, mancat d'idees clares, no s'hauria enlluernat gens amb tantes d'esplendors. Potser hauria dit que aquell matrimoni, convingut precipitadament, era poc sòlid, com si l'haguessin conjuminat a la manera de qui mercadeja sense confessar-ho.

Pensant-ho bé, ella, què sabia d'en Tomàs, d'aquell xicot sanguini que no veia mai quina cara fa la gent, com si fos sol al món? I ell, què havia volgut saber de la Laura, d'aquella desconeguda entrevista a casa d'uns amics de tots dos, a Barcelona, vestida de mig dol pel pare, demanada al cap de quinze dies i amb la qual es casava al cap de tres mesos?

A estones, la Laura diria que, molt endins, sent, com un retret molt lleu, la veu del pare, aquella veu del pare, aquella veu que cantà tota la vida amb un entendriment apegalós, *La primavera* i *El noguer,* de Schumann, sense haver-ne pogut encertar mai la melodia justa. I aquella veu de repte és la pròpia veu d'ella que insinua una queixa, molt tímida encara.

–Ca! –reacciona la Laura abocant-se a la portella, feliç dins la roba perlada. Està segura del seu poder per a retenir l'afecte de l'espòs. En Tomàs li ha dit i repetit que, a Comarquinal, serà la reina envejada. Laura de Muntanyola! Sona bé! Quina felicitat conviure amb la gent del poble del marit!, ser ben bona i amable! Perquè és amb la riquesa quan podeu manifestar els vostres sentiments més autèntics.

Una mà calenta es posa al bescoll de la Laura; en Tomàs s'ha despertat.

–Què mires? –li pregunta.

–Aquest tel de boira, que sembla com si volgués tapar el sol.

–I el taparà; no ho dubtis. La nostra terra no és com la capital, on sempre fa bo. La boira no ens deixa de petja fins a darreries de maig –declara en Tomàs amb la seva veu gutural, d'home que està avesat a enraonar a ple camp–. En canvi, tampoc no tenim aquella humitat als vespres, com a Barcelona, que us fa estar grocs i us malmet el pit.

–No pas a tothom –observa la Laura molt pacífica.

–És clar que no! Tu n'ets una. Per això t'he triat. Eres el que hi ha de bo i millor a Barcelona, i m'ho emporto a casa. I encara que no tenim grans divertiments, em sembla que d'aquí a un parell de mesos no ho canviaries per cent Barcelones.

Cert que la novetat del canvi encanta la Laura. Passar un quant temps sense veure la Barcelona amarga per a una noia pobra i malavinguda amb la mediocritat de la vida quotidiana; no veure l'esclat dels rics, no petjar més la pols oliosa de greix de motors d'automòbil, d'automòbils dels altres! No veure passejar la gent ben vestida, mentre que ella duu a contracor la roba aprofitada, al costat de la cosina i de la tia, amb les quals visqué des que se li va morir el pare.

En canvi, ara comencarà a viure en repòs en un casal venerable, rodejada de bells mobles, els armaris plens de roba fresca i honesta. Passejarà amb cotxe propi. Podrà recalcar-se al braç d'un minyó que fa goig i és un dels propietaris de més renom en aquella ciutat de segona categoria. La Laura sap que podrà anar i venir de Barcelona, cada setmana si li passa pel cap, lluint bones robes. Serà com si es deixés dur per l'encís d'un dels contes del pare mort.

Feliç! Sí, que serà felic; i estimarà sempre aquell marit que Déu li ha ofert amb la seva divina generositat.

–Oh sí! –exclama tot d'una, com desvetllant-se–, sí, que t'estimo! –i la seva mà, cenyida pel guant perfumat, acaricia el coll de l'home, un coll fornit, una mica moradenc de tan roig.

Què et passa? –pregunta ell, amb estranyesa–. Gairebé m'has espantat.

–És que t'estimo molt, i encara vull estimar-te molt més –fa la Laura amb vehemència.

–Prou que m'ho figuro –parla ell, en to d'home segur de la seva vàlua–. Ja n'has après, en aquesta mesada! –insisteix en Tomàs, picant l'ullet. I li planta la seva gran mà a l'espatlla, tal com hauria fet a qualsevol bordegàs de les seves masies–. Però també em sembla que no cal fer *cine* tot el sant dia i a ulls de la gent.

La Laura intenta riure, per fer companyia a la gran rialla del marit, però se sent amb poca força. No gosa manifestar aquest començ de disgust, perquè comprèn que amb la llargària de les paraules i la simplicitat d'enteniment d'en Tomàs, s'esvairia el sentit d'aquella impressió, que no té importància.

A més, veu que ell, amb el front acostat al vidre de la portella, s'entreté entelant-lo amb l'alè; l'ungla hi escriu molt de pressa: Laura, Laura, Lau...

I la Laura estima més que mai aquell home, per aquest impuls que ell mateix no se sap i, bo i asseguda, li besa amb tanta delicadesa la mà que ell ni se n'adona.

«És ben meu», rumia, joiosa de tenir alguna cosa seva, ella que no havia tingut mai res més que el gran desig de viure, a estones una vida assossegada i profunda, voltada d'arbres i de silencis, i en d'altres estones brillant i somoguda.

–Ja arribem, aboca't –fa ell amb la il·lusió d'ensenyar-li el poble–. Veus? Allò és la fàbrica de paper que et deia, amb la franja vermellosa. Som parents de lluny. A l'altra banda hi ha la plaça de toros. No trobes que fan joc? ¿Veus el campanar de les *Mosteles* sense creu? Els maleïts francesos se la varen emportar. Els Pirineus ja són nevats.

I la Laura segueix amb la mirada aquell índex que assenyala, joiós, els camps de patates renegrides per la tardor que comença, els turons nus, calcinats, el doble rengle de xiprers que duen al cementiri i les teuleries roges. Quatre capellans amb el baix dels pantalons de vellut blanc de pols passegen per la carretera del pont, sota el tel de boira de la tarda provinciana, en aquella hora fina que a Barcelona comencen a resplendir els aparadors, mentre els salons de te encenen els llums i els músics eixorden el públic amb els esgarips d'unes cançons de negres que a tothom agraden i ningú no entén.

En Tomàs posa les mans damunt les espatlles de la seva dona i la contempla de dalt a baix.

–A veure? –comença.

–Què inspecciones? –fa ella, estranyada.

–Miro si faràs prou efecte. Segurament que la Teresa vindrà a rebre'ns amb algú més. I com que la meva germana és del motlle antic!... Va bé; els cauràs com una bomba.

–Sí que em sap greu! –es queixa la Laura–. Sort que no duc res que pugui fer mala impressió.

–Ja ho inventaran ells –observa càndidament l'home.

–Tu en tens la culpa. Per què no m'ho has advertit a Barcelona?

–Si justament és el que vull! Ja veuràs quin rebombori mourà la teva vinguda; els grinyols que sentirem de la parentela! Serà divertit de debò.

–Escolta!... –intenta objectar la Laura mentre en Tomàs despenja la maleta i l'abric.

Baixen. Els bitllets, la humanitat a l'andana, els dos quarts de sis al gran rellotge, la parada de diaris, un rengle de fanals somorts, els regalims de la mànega per a l'aigua de les locomotores... La Laura ho entreveu i passa una mica encongida, agafada al braç del marit, el qual saluda abundosament els coneguts que veu, de lluny estant.

–No t'ho deia? Mira la jardinera de casa! Com es coneix que ha vingut la Teresa! És ella qui encara s'entossudeix a ferla servir.

De sobte, la Laura s'adona d'un rengle d'ulls, iguals, que la fixen insistentment, una mica esparverats. La família. Són ulls rodons, de color d'acer, que fiblen; miren terriblement tristos, seriosos, mentre la cara somriu amb falagueria. Veu els rostres dels Muntanyola, cares de trets regulars, poc o molt afuades. Dues taques de rosa, enceses i naturals, a les galtes colrades per l'aire i pel foc del braser, assenyalen l'Angelina, filla de l'oncle Llibori Terra Negra, cap de la família. En Jaume, el germà de l'Angelina i hereu de la casa, somriu tot acovardit, amb el barret de les festes a la mà. I al mig, erecta, tosca, amb una ombra lívida entorn dels ulls brillants, es dreça la Teresa, la germana d'en Tomàs.

D'una llambregada ressegueix la silueta de la Laura, sumptuosa, perfumada amb muguet. La Laura veu com, a la cunyada, se li ennegreix més la cavitat dels ulls; però un somriure naturalíssim mitiga la duresa de l'esguard. Abraça la núvia, la besa amb llavis prims i freds. L'abric de la Teresa, recte, sever, desprèn una bona olor de pomes guardades a la calaixera, olor de fadrina assenyada.

Mentre es diuen algunes insignificances amables, en Tomàs conta una plagasitat als cosins, i l'Angelina riu distretament, amb l'atenció absorbida per la forastera. Els ulls de les dones es desvien quan la Laura puja l'estrep massa alt i se li enfila la roba que li posa al descobert el genoll sota el tel sedós de la mitja.

En Tomàs mira el ròdol de curiosos amb urc de gall triomfador. La Teresa també veu la gent que els mira: per això, quan seu a la vella jardinera tota guarnida amb cortines de tela blanca encartonada, es tiba bé la faldilla, s'ordena els plecs del vel de blonda, i un sospir resignat li fa tremolar la medalleta de la Primera Comunió damunt la ruixa que li adorna el pit.

Així que el cotxe se n'ha anat amb tots els seus cascavells i amb cruixits de molles rovellades, a la placeta del davant de l'estació comenten l'arribada dels noucasats. És un grup de xicots de casa bona que passegen l'oci, amb les gorres apelfades i les sabates de colors atrevits fins a l'hora de l'aperitiu o del rosari.

–Se l'ha triada bé, el *Calçot* –insinua un mig parent d'en Tomàs amb qui està renyit per mor de rivalitats de joc i de bona fortuna amorosa.

–Les d'aquí no li eren prou bones –fa el cap de colla d'un grup de minyons arriscats que ostenten el títol de solters a les targetes de visita, per fer esgarrifar les famílies–. Quan va marxar, ja vaig dir-li: Casa't, casa't, Tomàs, que tindrem dona.

–No sé qui em va dir que, aquesta, ja se la coneixia no sé pas d'on.

–Oh, prou! –fa un sarauista de quaranta anys, perseguidor de casades madures–. És poca dona per al meu gust, un cargol sense closca.

–Perquè la veieu vestida –observa l'arrendador de la plaça de toros, que sol publicar versos coixos amb intencions verdaguerianes al setmanari local–. Despulla-la, i ja veuràs si és menjar fi.

–No us hi encaparreu més –adverteix el secretari d'una confraria afeccionat a les adolescents que encara verdegen–. Per a tots n'hi haurà.

La jardinera travessa la plaça, menada per en Tomàs, que vol lluir les seves habilitats de conductor a ulls de la muller. Però la Laura mira les gradacions de la llum, entre la mica de boira que esfuma delicadament les façanes de les esglésies de més enllà. Per sobre de les teulades verdoses d'humitat, s'adormen els sons compassats que assenyalen el rosari.

–Que bé que se senten les campanes! –fa la Laura, meravellada.

–Gràcies a Déu, no és com a Barcelona –observa la Teresa amb un somriure eixut–. Allí, entremig de tant xivarri, no se sap ni quan passa Nostre Senyor.

Al fons de la gran plaça porxada es dreça la Casa de la Ciutat, resseguida d'ornamentacions del barroc més sobri de Catalunya; la pupil·la translúcida del rellotge s'obre a mig aire del campanar. Tomben per la Rambla, vorejada d'arbres, de convents, amb el banc de pedra que la segueix de dalt a baix, fins a les escales neoclàssiques que baixen cap al passeig dels Trinitaris.

–Ja hi som! –fa en Tomàs, molt content, saltant abans que el cotxe s'aturi.

En veure el casal, obrat de pedres polides pel sol i les pluges, la Laura sent el mateix cobriment de cor d'ara fa dos mesos, quan en Tomàs va donar-li l'anell de prometatge. I en passar sota la volta i llegir el nom del propietari, que va d'hereu a hereu, esculpit a la llinda amb una creu al mig, li fa l'efecte que entra en aquella casa sota tàlem.

Els cosins s'han acomiadat fins a l'endemà. El mosso i la minyona, amb la dida d'en Tomàs al davant, reben els senyors. L'hereu se'n torna. La Teresa, al peu del cancell, diu a la Laura:

–Passa –com qui dóna entrada franca a un estrany.

Ensenya la casa a la cunyada, aquella casa mig vista poc abans de casar-se en una visita d'un parell d'hores. La Laura ja disposa mentalment la manera de col·locar els bells mobles, solemnials, mal ordenats per la rutina. Aquells tresors lluiran amb l'esplendor que els pertoca. Els ulls se li encanten en l'escena romàntica d'un gravat perdut paret amunt del menjador, sobre un rellotge més o menys americà, de reflexos metàl·lics. Acaricia amb la mà les marqueteries florides de nacre i vori, de les calaixeres, dels canteranos i el setial de les àvies; es posa en els daurats imperials d'una consola oblidada en un passadís fosc.

–Quina delícia! –exclama, no podent reprimir el seu goig.

–No l'hem treta mai d'aquí perquè és molt atrotinada i no és gens pràctica. A les golfes, n'hi tenim dues més, amb tot d'altres baluernes.

–Quin greu! Potser restaurada, per a la sala!... –insinua la Laura–. D'aquesta casa, podríem fer-ne un palau.

–Ja no s'estila. Però –afegeix molt de pressa la Teresa, nerviosa–, tu mateixa; des d'ara a tu pertoca fer i desfer.

–Jo? –interroga la Laura, obrint molt els ulls.

–Qui més mestressa? –I sense abandonar l'expressió de prudència autoritària–: És clar que nosaltres no hem volgut tocar mai res de tal com ho tenia la mare. –I assenyala el retrat d'una pubilla sanitosa i optimista de cara, com en Tomàs, vestida a la manera d'una senyora de l'any vuitanta-cinc. Els ulls de la filla, aclarits per dues llàgrimes mal reprimides, s'aturen a contemplar la imatge de la qui fou mestressa de Muntanyola. Després mira la Laura com qui compara, i diu–: Però no has d'estar-te de res per aquests miraments, que només són meus; perquè en Tomàs, rai, és desmemoriat com tots els homes.

I subratlla la frase en un to de desdeny que glaça la sang de la forastera; però es fa càrrec del sentiment de gelosia, d'amor a les coses d'aquella casa on la Teresa ha nascut, on tot evoca el record de la mare i que ara perilla d'esvair-se amb la intromissió d'una dona estranya. La Laura abraça la cunyada i li diu amb la seva veu més temperada per una efusió que es desvetlla:

–No ho diguis mai més, això que si he de ser mestressa o fer el que vulgui. Aquí tot seguirà com tu has fet sempre prou bé.

–Sí: ja pot estar content en Tomàs!

–I ho estarà ell i jo. El meu pare va ensenyar-me de tenir horror a manar i ser manada. Cal independència per a tots i viure tan bé com es pugui. Una cosa vull –i la Laura rodeja amb els braços la cunyada–: ser molt amigues, perquè en Tomàs sigui feliç i també per ser-ho nosaltres.

Espera la correspondència a la seva abraçada, però els braços de la Teresa queden rígids dins les mànigues, ni amples ni estretes.

–Déu ho vulgui –resumeix en un to que té més de dubte que de desig, però no gens esperançat. Els braços de Laura es deixen anar lentament.

–Potser que em canviés la roba? –diu, insegura.

–És clar –respon la Teresa anant cap a la porta–, entretant baixaré una estona a la cuina amb les noies, que ja és fosc i encara no hem dit el rosari.

S'atura un moment per escoltar la resposta de la Laura. És un toc de prova, per saber si la cunyada ho deixarà estar tot a fi d'anar amb ella a complir el seu deure de persona de bé. Però la Laura desempaqueta un barnús de color de rosa; i li respon distretament:

–Així, mentre esperem en Tomàs, escriuré a la meva cosina Maria per fer-li saber que ja hem arribat.

La Teresa se'n va sense fer soroll. La seva mà resseca, de senyora que no desdenya de feinejar com una minyona, mà de verge de quaranta anys, gira el pestell i tanca darrere seu amb suavitat conventual.

Tot just és a la part de fora que dubta un segon, i s'ajup a mirar pel forat del pany. Veu la Laura dreta al mig de la cambra, que ha començat a llevar-se el vestit. A la lluna del mirall, sota les irradiacions de la llum, compareix la nuesa rosada de la forastera, dins la lleu guarda de les robes íntimes, brodades, talment com la Teresa no hauria pogut sospitar-ne l'existència, ni menys que hi hagués cap dona prou poc escrupolosa per a vestir-s'hi. S'abriga amb les flonjors del barnús tebi, com si sortís del bany, i es contempla al mirall. El somriure li torna al llavi quan fa lluir el brillant de l'anell, a la manera d'una alosa encisada. Es posa la mà al pit, decanta el cap i s'estufa el cabell.

La Teresa ja en té prou. Es redreça, la boca contreta i la mà closa sobre el pit cast que no ha rebut mai el contacte del sol i ben poc de l'aigua. Tot baixant amb cautela l'escala, al punt en què s'adona de la Filomena, la dida, aturada a baix com qui espia, li diu amb veu dolguda:

–Déu ens guardi d'un ja està fet.

En l'endemig, la Laura ha obert la maleta, ha abocat damunt el llit un garbuix de robes, capses, llibres i fotografies. Després contempla les cambres, paramentades amb mobles simples, moderns, que ella va escollir a Barcelona. Les butaques són còmodes i sòbries de color, la catifa és suau i d'un bell gruix. Ara només caldrà ordenar-ho amb encert, descongestionar aquell amuntegament i la confusió casolana, d'un gust de burgesia rural. Se sent tan sufocada, tan fora d'ella, que obre el balcó i s'hi aboca; la boira fa com un halo daurat entorn dels fanals encesos; però és freda, i la Laura torna a dins com si sentís una pressió enemiga que la rebutja. No en fa cas. S'asseu, agafa un paper flairós d'ambre, descargola l'estilogràfica i comença:

«Maria:

»Ja hem arribat a Comarquinal; ja sóc a casa *meva*. Si sabessis quin so tan dolç té aquesta paraula! I a quina casa he entrat! Prou la veuràs quan vindràs. Mobles com catedrals, llums de cristalls, *escaparates* amb sants, una cuina com un saló, amb tots els estris d'aram i llar de foc! Tenim escalfapanxes i jardí.

»Qui havia de dir-ho a la pobra Laura, recollida a casa vostra perquè no rodés com una ploma per aquesta Barcelona del meu cor! Però no creguis! Comarquinal és tota una senyora ciutat, amb bones esglésies i convents a desdir! Pertot sents un silenci tan agradable, que quan m'adormi em sembla que no em despertaré fins al cap de vuit dies. A més, m'han dit que als voltants hi ha uns quants arbres i que vora el pont de la riera hi ha un bosquet i tot.

»Estic cansada de tant de pujar i baixar trens i de veure cares i terres noves. En Tomàs no em deixa tocar de peus a terra; quina dèria que té aquest xicot per mi! Casa't, Maria, i ja sabràs dir-m'ho. Que diferent que és l'amor de tot allò que ens figuràvem!; però el que és jo no tornaria pas enrere, malgrat la basarda que sento quan penso que ni en Tomàs ni jo gairebé no hem tingut temps de conèixer-nos. Ell és un xicot directe i no es farà mai interrogacions empipadores; és d'aquells que, segons a quines mans hagués caigut, l'haurien desgraciat. Ja veus si és feixuga, la responsabilitat amb què Nostre Senyor ha volgut provar-me.

»Sols dues coses m'han fet mala impressió d'ençà que sóc casada, i totes dues d'avui: la boira d'aquesta terra, una boira humida que sol venir cada vespre i cobreix tot el Pla vuit mesos de l'any, l'altra ha estat la rebuda que m'ha fet la germana d'en Tomàs. Té quaranta anys, però és com si en tingués quatrecents. Es veu que és una bona dona, però esquerpa i engelosida de la seva rutina. Em sembla que, tret de la mica dels deures religiosos, els seus delers no van pas més enllà dels fogons al cove de la roba. Però tinc confiança que sabré guanyar-me'n la voluntat.

»Així i tot, sento una mica d'angúnia, com si de sobte hagués entrat en un món desconegut i perillós. Però no hi fa res; sense risc no valdria la pena d'haver vingut al món. Vull rescabalar-me, servir per a alguna cosa, esquivar el fantasma de la mediocritat. Voldria ser ben feliç, i, si Déu vol, prop meu tothom ho serà. Ves, que em sembla que ja hi sóc a mig camí.

»Acabo perquè en Tomàs puja l'escala. Digues a la tia Amèlia que s'ha alliberat per sempre de sentir les meves eternes escales i arpegis. Ara que tinc un piano d'aquells que només es somien, és quan enyoro i estimo més el de casa teva, tan modest i fidel, però que va saber distreure'm en les hores més neguitoses de la meva vida.

»Fins aviat.

LAURA.»

En havent dit el rosari mentre l'olla vessa i les minyones cabdellen una troca vora la taula de noguera que guarda el pa de nou lliures i la ganiveta centenària, la Teresa determina anar-se'n vist que la Laura no té pressa a baixar.

Surt de casa amb l'abric de seda negra, els guants de pell grisa, el vel una mica fluix perquè fa més noia i el retrat de la mare, en esmalt, penjat al coll. Camina amb tota la pressa que li permet la seva gravetat de persona assenyada, en la qual han convergit, destil·lades, totes les virtuts pairals de la família i de la contrada. A més, a Comarquinal, una senyora que es respecti, si per cas ha de sortir sola no va amb presses; podria fer malpensar. Allí només caminen de pressa els pagesos i altre gent ordinària com els obrers que a còpia de fàbriques, camions, motors, serres elèctriques i la resta d'enginys diabòlics, van omplint d'un soroll insòlit l'aire adormit d'aquella ciutat plana, ungida de santedat formal, on mai no ha estat permès l'establiment de dones de mala conducta, per bé que, segons diuen algunes males llengües, als solters i a més de quatre casats d'allí, no els fan gens de falta.

La Teresa, al punt de travessar la plaça, se'n desdiu; més val anar per sota les arcades que formen el magnífic quadrat. Per allí no serà tan vista i les senyores que en aquella hora solen fer visita darrere els vidres dels primers pisos no podran comentar la seva anada. Correspon a les salutacions de les persones conegudes amb somriures més o menys intensos, graduats segons la categoria de qui la saluda. El somriure adquireix el màxim de finor quan veu la senyora vídua del notari Torroella amb les filles, una a cada costat.

–On va tan encaparrada, la Teresa de cal *Calçot*? –insinua la mare, tombant-se dissimuladament perquè l'al·ludida no s'adoni que la miren.

–Deu anar a casa el seu oncle Llibori, a contar-li l'arribada de la jove –respon una filla, sense perdre el posat de noia prudent.

Les dames s'interrompen per saludar tres capellans que les miren de reüll per sota la teula.

–Té raó, que avui els arriba la forastera! –observa la mare–. Per això aquesta se'n va a casa el *Nas de rei* a fer conxorxa. Ja planyo aquella infeliç, que no sap quina harpia tindrà per cunyada. Ara no recordo com l'anomenen!

–Li diuen Laura.

–Qui l'haurà vista arribar?

–De segur que la Marieta de casa les *Noies*. Com que sempre és a la porta de la botiga, veu tothom qui arriba.

–I si ens hi deixéssim caure? Diu que han rebut novetats de Barcelona –fa l'altra noia.

–Anem-hi –ordena la mare–. Podem passar per aquí el carrer Baix. Potser encara veurem si la Teresa entra a casa en Llibori.

–Mamà, et sembla bé que passem per davant el *cuartel*? Si

algú ens veiés, què semblaríem?

–Ja és fosc, i passarem lluny del portal.

Entren molt serenes pel carreró Baix, clar d'aparadors de modes i d'ornaments religiosos. Al punt d'arribar a la Rambla, tenen la sort de veure com la Teresa de cal *Calçot* fa la camada per pujar el graó de la porta del *Nas de rei.*

–No ho deia? –prorromp la senyora Torroella, amb els ulls aclarits de goig, sota el vel del capell perfumat amb naftalina.

–Anem a casa el senyor Llibori un cop hàgim vist les *Noies*? –pregunta la filla petita–. Així la Teresa haurà tingut temps de dir-ho tot.

–Sí, anem-hi! –pidola l'altra filla–. De passada l'Angelina em donarà la mostra de l'escot de ganxet que m'ha promès tantes vegades.

En l'endemig, la Teresa puja l'escala a la claror estantissa d'una bombeta protegida amb un morrió de filferro que la guarda de les males mans. Fixa l'esguard, reverent, en un *Jo regnaré* de planxa aporcellanada, truca. Les converses s'aturen darrere la porta, tosca, envernissada amb color de fusta de locutori setcentista.

A casa del senyor Llibori Terra Negra, *Nas de rei* de sobrenom, en aquelles hores ja s'han retirat, tret de l'hereu, en Jaume, perquè els vespres passa l'estona, amb un altre hereu, a casa de les filles d'un guarda del cementiri, amb disgust del senyor Llibori, per bé que ja sap que les bromes d'aquells xicots no tenen mala intenció.

La Teresa troba la família repartida en els llocs que corresponen a cadascú vora la gran taula amb cobertor ordit a punt de ganxet, que fa joc amb els farbalans del pàmpol, amb els respatllers dels balancins, amb les cortines i amb la rellotgeria. L'Angelina, filla de la casa, i la Beatriu, la neboda pobra, han contribuït a la decoració de la casa Terra Negra, a còpia de nuar quilòmetres de fils: milers d'hores en què les noies, dins les aules humides del convents mansuets, coven tota mena de fantasies i l'enteniment se'ls perd per senderes nuvoloses. Cada passada enginyosa, pilans, espinetes i aranyes, els dibuixa una interrogació confusa a la qual la gent gran, amb somriures prudents, no respon mai; les adolescents topen de mans contra unes portes barrades, darrere les quals hi ha el Maligne a l'aguait sempre, amb un carregament de pecats saborosos.

Els dos esplèndids gerros de Xina que va dur, qui sap d'on, un oncle remot, mercader, sustenten un parell de rams triomfals i encarcarats, de fúcsies i tulipes obrades amb les sedes més vistoses de les «esclaves de Crist». Un *Don Carlos* amb boina i barba llança esguards furibunds des del seu marc de banús, a un dolç i agut Lleó XIII que, de l'altre pany de paret estant, el beneeix sense fer-ne gaire cas, prop d'una al·legoria del trànsit de l'Home, figurada en una successió de graons d'inútil ascens i descens, amb tot de personatges enfilats com un mostrari de senyors vestits d'òpera.

–Ja la tenim aquí, la nostra Tereseta! –diu amb veu mel·líflua l'amo de la casa, el senyor Llibori, aixecant els ulls del plec de rebuts d'una germandat de pobres que s'entreté a omplir amb el sant deler de fer obra caritativa.

La Teresa es deixa caure a la cadira amb una batzegada tràgica, i exclama amb els ulls botits:

–Oncle, ja és a casa: ja no em queda més remei que deixarme trepitjar o anar-me'n. –I un sanglot mal reprimit li trenca la veu.

L'Angelina, la filla, deixa el ganxet i va a donar-li copets a l'espatlla per consolar-la. La Ventura, antiga serventa d'una cosina morta (recollida a casa del senyor Llibori amb categoria de mitja senyora, perquè quan morirà cedirà a l'Angelina el passament de què gaudeix), sospira compadida i una mica enretirada del cercle lluminós del pàmpol, tal com escau a una persona inferior. L'estudiant de capellà, roig de clatell i amb les ungles negres, dóna un cop de colze a en Pere, el fill petit, sense aixecar el cap de la llibreta de comptes on tots dos estan abocats. La Beatriu, la neboda pobra, va i ve com una persona manada.

–Trepitjar-te! –clama l'oncle Llibori–. Primer se'n tornaria allà d'on ha vingut. –I la barbeta aspra i cendrosa li refrega el plastró esfilagarsat. Per sota la gorra, que no es lleva sinó per Nostramo i pel senyor Bisbe, li lluen els ulls tèrbols, darrere les ulleres entelades de blau.– El que has de fer, com qui no hi pensa, és no donar-li mai les claus de cap armari; si de bell antuvi la hi acostumes, després ja no gosarà exigir-les.

La Teresa fa que sí amb el cap, submisa.

–Encara no sé entendre com no li vares poder treure aquesta noia del cap, a en Tomàs –confessa l'oncle amb pena.

–Prou que vaig provar-ho, però no va voler escoltar-me quan jo li retreia que ella era una forastera, vinguda Déu sap d'on. En Tomàs em va jurar que si ella el rebutgés es llançaria daltabaix de la resclosa. «Cap dels nostres passats no hauria fet un casament així», li deia jo. «Els passats eren uns pagerols que no sabien de lletra –em va respondre– i es casaven amb les unces de les pubilles lletges quan l'oncle capellà els ho manava. Jo sóc un home a la moderna!» I què havia de fer jo, sinó creure'l? És l'hereu!

–És clar. És l'hereu!, és l'hereu! –repeteix l'oncle amb el front més cavil·lós que el d'un jugador d'escacs.

–Per a mi, van donar-li alguna beguda, al senyor Tomàs, a Barcelona –s'arrisca a suposar la Ventura, tot regant una planta minúscula amb un porronet de vidre.

–Si el pare visqués, no ens hauríem vist en aquest tropell! –prossegueix la Teresa, emmelangida–. Però es va morir quan en Tomàs tenia quinze anys. Ja sabeu que no va voler seguir la carrera, i com que ell ha pogut fer-se passar tots els gustos!... Qui més amo que ell? –observa com si parlés d'una llei incommovible.

–I va anar a caure en mans de gent de Barcelona, on tothom va tan mudat, amb aquells badalls de gana que fan pel carrer i el deliri que tenen per casar les noies.

–I rep qui no hi té cap culpa –remuga la Ventura senyant-se un badall encomanat pels badalls imaginaris dels barcelonins.

–Ara que, de bon gust a triar-la, n'ha tingut en Tomàs –observa l'Angelina reprenent el cabdell del fil i el ganxet per on retardar-se en la tasca imposada–. La Laura fa goig i és bonica de la cara.

–També ho és el dimoni, quan li convé –murmura la Teresa amb una ganyota de repugnància–. A mi no m'ha agradat mai. Té massa pretensions per ser una pobra.

–No sé qui va dir-me que duu una mitja de goma –insisteix la Ventura amb un gest tan despectiu que li fa cruixir les barnilles de la cotilla.

–Això, ho fa córrer la mala llengua de la Torroella –observa l'oncle Llibori, molt segur–. Està que no hi veu, perquè s'havia posat al cap casar en Tomàs amb aquella bleda de la seva filla gran. M'he fixat molt en la Laura i us asseguro que no porta res a les cames, ni mitges com qui diu.

–I tant! –sospira la Teresa amb horror–. Si la mare ho veiés...

–I en Tomàs què fa? –pregunta el senyor Llibori amb un ample somriure que li eriça els pèls de la barbeta.

–La mira com qui contempla una Mare de Déu.

–El deu fer tornar mig boig –accentua l'oncle amb fruïció, com qui engoleix una beguda llaminera–. Ja en veurem, de comèdia.

–I per cert, que no vull haver de sufocar-me per ells. Aquí

no és com a Barcelona.

–Deu haver portat un bé de Déu de coses boniques! –fa l'Angelina comptant punts.

–Amb els diners dels altres, no costa gaire. I la roba de sota que duu!: com la d'una ballarina de *Pai-Pai*... Déu em perdó. Sedes i brodats a desdir...

–Ja pots pensar! –insisteix el senyor de Terra Negra, tan vehement com abans–; tot roba prima i poc folgada.

–Només d'una maleta que ha desfet al meu davant –reprèn Teresa abaixant la veu– he vist que treia camises de color taronja, blaves i una o dues de negres.

–Negres! –repeteix la filla, amb èxtasi.

–Negres! –fa la Ventura, amb sécs al front.

–Negres? –pregunta l'oncle prement la ploma entre els dits, un llampec als ulls, que la blavor de les ulleres esborra.

En Pere i l'estudiant bescavien una mirada i un altre cop de colze.

El senyor Llibori exhala, compungit:

–Me'n faig càrrec. Com s'enginyarien, si no, certes dones per tenir els homes encaterinats?

–Ja em veig fora de casa meva! –gemega la Teresa amb una mica de plor, agut com un xiscle de conill–. Tant com m'he afanyat perquè la nostra casa no es ressentís, i ara es presenta una sobrevinguda, per aprofitar-se del bon nom dels avis.

L'oncle assossega la neboda amb paraules encoratjadores.

–Per a alguna cosa encara sóc el cap de família i puc aconsellar el teu germà, si per cas aquesta noia volgués sortir de les tresqueres que pertoquen a les dones de la nostra família. Per sobre de tothom, has de ser tu, perquè t'ho mereixes i perquè tens part a la casa. Pensa que ella ni la roba que porta al damunt no és seva, mentre que tu tens un bon dot, i això és la teva força i el teu dret.

La Teresa plora unes quantes llàgrimes de dolç reconfort.

–De segur que es vestirà com una disfressa, com si fóssim a París. –I la Muntanyola anomena París amb horror, perquè mig sap que en aquella remota ciutat escandalosa es cometen una mena de pecats que fan estremir la Teresa.

–Disbauxes dels que no han tingut mai una pesseta seva –sentencia l'oncle, compadit–. Gent que han hagut de viure sempre en cases de lloguer.

–Potser es posarà la camisa negra –salta el noi, aixecant el front de sobre el quadern d'aritmètica, amb tots els cabells estarrufats.

–Calla, llengut –repta el pare, molt sever.

L'estudiant mira l'amo de darrere estant de les ulleres que li engrandeixen enormement el terror dels ulls inexpressius, i s'emporta en Pere a la cuina.

La campaneta ressona en la buidor de l'entrada i fa el miracle d'aturar la conversa. Les orelles es paren, amatents per endevinar qui arriba.

–Ah! –xiuxiueja l'Angelina molt de pressa–. Són les Torroelles.

El senyor Llibori fa ganyotes de miop per desxifrar l'hora, complexa entre els daurats del rellotge amb llambregades de pèndola solemnial.

–Me'n vaig –declara la Teresa–: no vull donar-los el goig que s'adonin del meu trasbals. Vénen per saber.

La senyora Remei de Torroella i les seves filles queden quisap-lo sorpreses en veure allí la germana d'en Tomàs. Ella els fa uns quants compliments tan ben simulats com els de les visitants, i s'acomiada de tots. Com que és de la família, només l'acompanya la Ventura; al pas de la porta, l'exminyona li diu, amb misteri:

–Ja cal que tingui mirament, senyora Teresa. Noies acostumades com ella, res no els fa vergonya ni coneixen la prudència.

–Tens raó –sospira la Muntanyola, deferent però sense desprendre's del posat sever que distingeix el senyor del criat–. Em sento com esporuguida.

–Cregui'm a mi, i dispensi que m'hi posi; a segons quines hores vigili que les portes siguin ben tancades. A alguns casats, sembla que tot els hagi d'estar bé, i no es fan càrrec que tenen persones solteres a la vora.

–Que Nostre Senyor m'ajudi! –torna a sospirar la germana d'en Tomàs i comença a baixar l'escala.

–Santa nit, senyora Teresa –sil·labeja, felina, la mitja senyora. I tanca la porta amb la suavitat que escau a tota casa respectable.

En l'endemig, les visitants s'han assegut amb aire optimista; somriuen i fan el distret.

–Que m'has preparat la mostra de l'escot? –pregunta una de les amigues a l'Angelina.

–Venim del novenari dels Felipons.

–Si no hi va ningú! –observa l'amo de la casa.

–Som pocs i triats –indica la dama–. Una església plena és com un carrer.

–Hem vist el teu germà –diu una de les Torroelles a l'Angelina–. Anava amb la Pepeta de l'enterramorts, cap al carrer del Pont, que és tan fosc.

–Aleshores, què faria en una església de Barcelona? –pregunta el senyor Llibori, amb un somriure pacífic.

–Quan hi vaig, ni la missa no m'aprofita. Recordo una festa a la Catedral; vessava de gent. Em varen donar un pessic!... No hi he tornat més. No sé com gosen dir-ne Catedral, rònega, fosca i plena de racons.

La Ventura entra, s'acosta a l'altra filla de la senyora Remei i li diu, com qui no gosa:

–Si sabés que la jove del *Calçot* ens durà la moda de les

camises de color; fins en porta de negres!

–On vas tan de pressa? –pregunta la senyora de Torroella en veure passar la Beatriu, la neboda pobra.

–Quan una té prou feina, no li vaga d'estar parada –respon l'al·ludida amb veu dura, de persona poc habituada a les falagueries.

–Ja ho sabem, que ets treballadora –insisteix la senyora amb veu bona com qui fa una almoina–. Vine a seure una estona amb nosaltres!

–Creu, dona! –indica l'amo, condescendent sense mirar-la.

I aquella noia borrosa dins les robes de mig dol seu en silenci, l'esguard humiliat que mira de reüll el vestit de la visitant.

–Se n'ha anat la boira –fa la Ventura mirant a través de la cortina de ganxet–. Plourà.

–Si sabés, Llibori, què m'ha dit el meu germà, el canonge! –fa de sobte la senyora Remei, joiosa–. S'han rebut noves de Roma; s'assegura la beatificació de la tia dels senyors de Vilella.

–Ja és hora! Com s'hi coneix la mà del fill capellà! Com que està tan bé amb un dels cardenals italians!...

–És el que he dit: aquell xicot pujarà de seguida. Amb la germana de l'àvia mig santa, ell aconseguirà la prebenda que més li convingui.

–Són eixerits, els Vilella –insinua el senyor Llibori, amb un posat d'home que sap coses profundes–. Me'n vaig assegurar aleshores que l'hereu, en Pep, va fer aquell negoci estrany dels blats, que tot Comarquinal se'n va escruixir.

Torna el silenci. Sembla que a la penombra de la cambra floti una interrogació que ningú no gosa formular. Però, de sobte, el senyor Llibori exclama:

–Ja deuen saber que tenim novetats!

–Com diu?

–Sí!, que ens han arribat els nuvis, i per cert que...

–Digui, digui! –I les tres dames estiren el coll per poder escoltar bé.

–Doncs...

La boira! Va caient, espessa, grisa, negra; abriga la plana tardoral i adormida en la nit. La boira protectora guarda la ciutat estesa al cor del Pla, mentre que els pobles de les rodalies, més elevats de nivell, veuen lluir els estels i un començ de lluna.

Però la boira, amb les seves flonjors humides, preserva la ciutat d'influències estranyes, perquè vegeti entre els seus sants morts i vius; perquè dormiti recollida en ella mateixa i no se li escapin els bons ni els mals pensaments. Els campanars, malgrat l'aparent deler d'alliberar-se, regalimen oprimits dins la boira subtil com els somriures dels habitants de Comarquinal. Les imatges que s'estan a les façanes de les parròquies, amb palmes, ceptres, escapularis i llibres de pedra picada, sembla que s'ajupin sota el pes de les túniques xopes d'humitat.

El silenci i el repòs suren a la superfície de Comarquinal, per bé que els comaratges diürns de les bones senyores és de nits quan solen bescanviar-se per boca de marits i fills, al casino, al cafè o en altres indrets de més mal concretar. Avui, el comentari màxim ha estat dedicat a l'arribada de la nova mestressa de Muntanyola. Al Casino dels senyors, a la Falç, al Cercle de Sant Lluís (les tres societats distingides), ja han estat anomenats, peça per peça, els detalls del vestuari íntim de la barcelonina. Els pronòstics més suculents i arriscats han estat dirigits a en Tomàs entre glop i glop de cafè i fum, mentre les boles entretopen damunt la verdor calenta del billar i els cops de nusos de dits assenyalen el moment d'escapçar el tuti subhastat.

A dins les alcoves amargues algun marit, quan torna, encara evoca la il·lusió de les sedes acolorides, les mitges impalpables i les turgències de la forastera, tot contemplant amb ulls enyorats el posat de la muller adormida.

Passen les hores lentes a dalt dels campanars del Seminari, de les *Mosteles*, de la Casa de la Ciutat i de Santa Marta. La foscor esdevé lívida, amb aflotonaments de boira esponjada. Enllà de Comarquinal, el sol ja posa un voraviu del seu or més tendre a les carenes de Collat Negre. La neu dels Pirineus es torna rosada. Els ocells pugen en cerca de la tebior del sol, com si volguessin fugir dels trets del caçador, negre, que fangueja pels sembrats amb els gossos de flanc panteixant.

La ciutat es desvetlla. Ja de bon matí que el sol pugna amb la boira, fins que, potser a les deu o les onze, guanya la partida, clivella la massa de vapors emperesits. Un raig, pàl·lid, llisca de biaix entre un porticó mal clos al dormitori dels senyors de Muntanyola, topa amb un mirall i es desvia fins que s'atura al coixí dels nuvis.

La Laura, somnolenta, d'antuvi no comprèn què l'enlluerna ni on es troba; però de seguida en fa memòria. El sol!: com a Barcelona! Qui ha dit que a Comarquinal no el veuen cap matí? És un bon indici. Ves com el primer dia el poble ja se li mostra amb un posat ben rialler!

Es tomba i veu en Tomàs adormit. La ratlla frisosa del sol li passa entre els cabells, embullats sobre la coixinera. La Laura en constata la suavitat amb mà entendrida. Tanmateix, és un home simple i bell! Somriu, agraïda, al somriure del bon Jesús representat en una estampa de la paret. Prega amb fervor de persona satisfeta. Ben cert que Nostre Senyor li ha concedit centuplicades aquelles gràcies que la Laura abans no gosava ni somniar, de por d'un càstig de cobdícia. Podrà dur una vida còmoda. Es sacseja per assegurar-se de la flonjor del llit, i en

Tomàs també es sacseja, inconscientment.

–No hi fa res! –pensa la Laura–. Així, sense que te n'adonis; però el bon Déu ja sap que no hauràs de penedir-te'n mai.

Quina frescor de llençols!, de fil honorable i amb enormes brodats a la gira, primaris però que estimeu de seguida mirant-los amb ulls de bona voluntat. La Laura prou vol llevar-se, però no en té esma, mai no n'ha tingut esma. És en aquella hora terrible quan s'adona que peca de feblesa. A baix se senten passes de persones matineres. La Laura ha envejat tota la vida els qui matinegen, però no n'ha pogut seguir el bon exemple. Llevar-se d'hora, quina delícia; claror límpida, el cel net, les cames àgils, l'enteniment clar. Algun dimoni que la vol perdre no l'ha deixada que perseverés en aquell propòsit. Fet i fet, res no és comparable a llevar-se tard, fora d'algun dia assenyalat, per anar a saludar les glòries matinals i enyorar-les tota la vida, del llit estant.

La Laura no sap que la Teresa ja ha anat a missa i a veure dos malalts pobres, que mentre trasplantava de la torratxa un gerani bord ha renyat la cuinera per certes confusions en el compte de la despesa, que fa una hora que planxa esperant els nuvis, amb la xocolata presa i uns quants sécs al front. La Laura, mig asseguda, entreveu en la penombra l'esclat dels miralls, la polidesa dels mobles nous, el daurat d'una cornucòpia, l'iris melangiós que s'encomana de prisma a prisma a l'aranya del saló, l'ombra solemne del piano (el meravellós piano!), les porcellanes diàfanes, el batec del rellotge damunt el canterano. Tot seu, ella que no havia tingut res, avesada al capritx del pare, que li va infondre el gust per les belles coses inútils.

Recorda que, a quinze anys, formada sense el guiatge de la mare, morta temps ha, no havia après gaire gramàtica ni gens de geografia, que comptava amb els dits, però sabia les castes dels gossos de luxe, percebia amb el tacte la qualitat de les porcellanes i de les laques. Els modistes de més anomenada li eren familiars, de nom, així com les fustes més rares i flairoses per a obrar mobles i pipes i bastons per a senyors de debò. Dante, Goethe, Napoleó, Llull, Confuci, li eren com uns amics de casa; però no en sabia res. Jugava amb nines fastuoses i com qui diu renovades més sovint que les soles de les seves sabates. L'anarquia més confusa va guiar-li les disciplines musicals.

Això fins que la tia Amèlia, vídua amb una filla, recollí el germà vagabund i la Laura. L'home treballotejà amb un fotògraf fins a l'hora de la mort. La Laura va poder saber què era una casa de debò, va poder anar aclarint algunes de les grans confusions que ennegrien els seus coneixements informes. El bon ordre d'aquella casa la salvà, però els primers anys d'incertitud li deixaren un solc profund. Va mig saber la situació geogràfica de Barcelona, de Chicago, de Petrograd; va aconseguir que els dits li obeïssin amb una regularitat mitjana les lleis del ritme; distingí Bach de Mozart, Wagner de Debussy. Instintivament preferí *La princesa de Clèves* a *La dama de les camèlies* i a les altres lectures de color de rosa. La seva tia Amèlia va guiar-la per la sendera d'una fe simple, sense colzades tortuoses ni misticismes tèrbols. Es va penjar al coll una creu d'or que havia dut la seva mare i des d'aleshores té, entre els altres llibres, un *Kempis* del pare a l'abast de la mà. Ella i la cosina varen tenir la gràcia de saber fer-se els vestits amb encert, però en el seu cor no minvà el gust per les robes tallades amb art, les pells sumptuoses, les joies, tot allò que veia passar en la brillant desfilada dels figurins estrangers. Compadí les amigues pobres que anaven al passeig de Gràcia per afectar una riquesa que ningú no creu i, al cinema, es delia amb els galops del Derby entre la boirina dels prats d'Epsom; el cap li rodava a cada viratge d'un vol de balandres damunt la seda frunzida del mar de Niça i s'embriagava en la immobilitat vertiginosa d'uns avions entre els núvols emplujats del cel de Hollywood.

Com que la tia Amèlia evità que les dues cosines freqüentessin nuclis de divertiment poc distingits, les noies s'avorrien moltes estones, però varen desconèixer el fregadís de xicots plebeus que haurien pogut relaxar-les amb el pretext d'un americanisme de saltataulells. Aviat la cosina inicià un festeig amb un veí, i la Laura va resignar-se a la solteria, amb els seus vint-i-quatre anys sense esperança, prop de la família, o treballant si calgués, incapaç d'avenir-se a la mediocritat d'un mig pis suburbial amb un marit de tres-centes pessetes que té llibreta a la Caixa d'Estalvis.

Un dia del sant d'una amiga comparegué en Tomàs de Muntanyola, dut a l'atzar per uns companys. Va veure aquella noia desaparellada, el cos ben modelat dins el vestit elegant; ella reia francament, tal com ell no solia veure gaire entre les seves amigues de Comarquinal. La Laura cantà unes cançons qui-sap-lo estranyes, va seure al piano i els dits li feien fer tot de sons rars, vaporosos, que no semblaven música, els ulls fixos en una solfa atapeïda de gargots esborrajats que feien coïssor als ulls del foraster. La Laura ballà amb ell, dòcil i somrient, la corba suau del pit s'acusava a cada gest d'espatlla, i un moment, l'amo Muntanyola provà que topés contra el seu. Un matís de duresa al rostre de la noia i un inici de separació bastà perquè ell se sentís mortificat i enlluernat alhora. A l'enlluernament per les turgències que prometia aquella esveltesa, s'afegí un començ de respecte a la castedat segura i sense escarafalls.

Tanmateix, així com en Tomàs havia sabut trobar al mercat una euga, una parella de bous i un cavall modèlics, aquell dia va semblar-li que es trobava al davant un exemplar de dona, d'aquella mena de dones que ell no estava acostumat a tractar ni a Comarquinal ni a les festes majors, per tal com les aristòcrates estiuejants eren inaccessibles, guardades rere una xarxa de minyons clenxinats, de parla sud-americana aigualida per un llevat de barcelonisme acusador.

En Tomàs, que havia començat aquella tarda amb tan bon humor, s'entristí de sobte; la seva corpulència, reflectida a la lluna d'un mirall, va semblar-li grossera, les mans tosques, la corbata ridícula, el vestit lamentable. I mentre que la Laura se sentia com subjugada per la força d'aquella corpulència, per la regularitat de rostre del Muntanyola, per la simple negligència del seu indument, ell envejava qualsevol d'aquells xicots neulits que papallonejaven entorn de les noies.

La tia Amèlia havia dit que aquella nit anirien al teatre. En Tomàs hi comparegué a l'ombra de l'amic introductor, i saludà les senyores amb una vermellor de cara que robà el cor de la Laura. En un entreacte ell se li va asseure al costat; ella va somriure i li digué unes paraules molt naturals amb veu neta, sense aquell to gutural que s'estila al país d'en Tomàs. La Laura duia una roba clara que li descobria la finor dels braços, que deixava traslluir la nitidesa del pit. A l'altre entreacte ell li envià una capsa de bombons monumental; l'endemà ella rebé un pom de flors copiós com una toia d'envelat de burgesos. La tia Amèlia i la cosina es miraven amb ulls de sorpresa. Fóra possible, Senyor del cel, una sort tan gran? La Laura va sentir que elles li xiuxiuejaven:

–Diuen que és un propietari qui-sap-lo important, i ben plantat... i...

La Laura torna a mirar en Tomàs adormit. Sols fa tres mesos de tot allò! Ja és seu; ara ja sap què és el matrimoni; l'amor. L'amor? Fet i fet, l'amor és ben fàcil i plaent, per bé que no pas de tant transcendentalisme com sol comentar-se entre noies.

L'amor? Qui sap si n'hi ha d'aquella altra mena, sublim i dolorosa, de què parlen els millors llibres que ella llegeix i que ompliran tants de prestatges d'aquesta casa venerable? Signar un contracte, escoltar la prèdica d'un sacerdot, el vel blanc, aquell brillant que ara fulgura allí, damunt la tauleta de nit, la fusió amb un home experimentat, que és element de plaer, serà tot això l'amor?

Cal llevar-se. La Laura salta del llit; despertarà l'home amb una sorpresa. S'embolcalla amb el barnús, entra al tocador amb prudència, es renta la cara i els braços i la boca. Fa sol! Després obre la porta, surt cap a la sala; la penombra ennuvola d'opacitats els miralls, esmorteeix l'or de les motllures.

Tot d'una el silenci d'aquell santuari de la rutina és profanat per uns sons de piano, joiosos, desarticulats, que fan esgarrifar uns quants prismes del llum i que inciten un rondineig de protesta en un vidre del balcó quan encerta el punt de coincidència de vibracions. Un eco del pensament de Mussorgsky entra en aquella sala provinciana, en l'evocació d'una festa pasqual davant la gran porta de Kíev. Diríeu que fins les antigues mestresses de Muntanyola als retrats de les parets llancen mirades rancunioses a la nova mestressa, blanca i nua dins l'embolcall de color de rosa, i contra aquell brogit intrús que ha despertat en Tomàs i ha fet ennuegar una gallina que cloquejava al ponedor.

–Aquest és el seu bon dia! –s'esgarrifa la Teresa, mirant-se amb la Filomena, la dida–. Encara sort que s'ha llevat tard, que si fos d'hora m'anguniaria pels veïns.

En Tomàs, mig decantat al llit, amb la fatiga de qui no sap què li passa, veu la porta de la sala oberta; salta del llit, tot escabellat i amb la roba arrugada, obre els porticons i s'acosta al desori del piano. Al fons de penombra, la Laura contrasta com un relleu de vori; el barnús entreobert deixa veure la nuesa de la cama. En adonar-se del marit, somriu; els braços de l'home li volten el cos.

–Deixa'm –fa ella, manyaga –. Que no t'agrada, això?

–Prou, molt; però tu encara m'agrades més.

–Ja ho sé.

–I jo també sé que ho saps; besa'm.

–Després: ara deixa'm acabar.

–No; ara.

Ella es defensa; el piano ha callat.

–Ara? –pregunta la Laura, humil–. Renta't la cara, les dents, si més no!

–No em vinguis amb compliments, ni vulguis fer la santa.

En la breu pugna, la mà de l'home s'acosta:

–No! –protesta la Laura; però en Tomàs l'aixeca a pes de braços i se l'emporta al dormitori, bàrbar amb pijama. Ella ja no protesta; tanca els ulls perquè fa massa sol...

Al menjador, la Filomena torna a acostar-se a la Teresa, i amb un posat molt expressiu li descobreix, entre els forats del dentat:

–Ja no estan per músiques!

–Es deuen vestir... –observa la germana, deixant el cabdell del fil.

–Ca! –insisteix la dida–. No s'ha fixat en el trepig d'anar i venir, al sostre?

Una rojor terrosa passa pel rostre de la Muntanyola, pudor revoltat o indignació. Fins el manyoc de claus de la cintura se li estremeix.

Aviat senten que en Tomàs baixa amb cops de peu triomfals. La Laura es queda acotxada una altra estona. Les llàgrimes li pugen als ulls, sense més ni més, per un sentiment d'humiliació, com una persona que ha estat ofesa sense haver-ho merescut. Li fa l'efecte com si algun element de la seva sensibilitat hagués rebut un contacte relaxador, com si s'hagués entelat per un baf innoble, que no es dissipa. Potser en Tomàs no farà cabal de res, tret de la pròpia voluntat? Potser ni tan sols no pensa en la pròpia voluntat!

I aquelles transmutacions del rostre de l'home, allí, a plena llum!, un minut de regressió vers una espècie inferior, ignorada de la Laura fins aquell moment...

Baixa del llit, torna al tocador, se submergeix en el bany tebi, destapa un flascó de perfum, s'aroma de muguet tot el cos, tria per vestir-se les robes més blanques. Aleshores és quan se sent purificada, lleugera; el somriure li torna al llavi. Confia que sabrà encaminar el marit, a poc a poc, vers una sendera de discreció, si Déu vol!

Baixa al menjador al punt just en què els campanars de Comarquinal sonen migdia, i quan la Teresa acaba d'abocar en un plat la xocolata presa, perquè serveixi de festí als gatons.

Cal fer-se'l ben seu, emmotllar-li l'ànima ben a mida de la seva ànima, desvetllar-li la sensibilitat, enclotada en els llimbs de la ignorància més desolada de les belles coses del món. No és un camí planer el que porta a la felicitat! La Laura creu adonar-se que, per sota les aparences simples i rialleres, Déu s'ha complagut a destinar-li una finalitat noble i espinosa, la de transformar aquell propietari en un home sensible. Creu sentir el manament com el brunzit apagat d'un pas d'aigua subterrani.

Mentre es vesteix per sortir, somriu de cara al mirall. Ella, la barcelonina pobra, fosca, se sent l'escollida, entre tantes pubilles que havien delejat l'amor d'en Tomàs, per acomplir el miracle amb el seu esforç.

A en Tomàs, que l'espera assegut a la butaca, se li encomana el somriure, i diu:

–Veig que t'agrades, presumida!

La Laura no respon perquè aquell estat d'esperit no podria explicar-lo amb paraules; d'altra banda, ella mateixa no comprèn que la vanitat s'amaga darrere del seu silenci, i que ella peca de vanitat per voler intentar la transformació espiritual d'un minyó que ja sap prou de tot.

–Cap on vols anar? –pregunta ell quan surten al carrer–. Un parell de volts per la plaça, o a la Rambla, o a fer alguna visita a la família? –Bo i recalcat al seu braç, es decanta a mirar-li el vestit, perquè frisa de poder lluir aquella dona tan elegant i seva cap als indrets més visibles de Comarquinal.

Però la tarda és serena i quieta; al capdavall de l'escletxa d'un carrer, la Laura ha entrevist una verdor d'arbres, un començament de muntanyes blaves, la possibilitat d'un espai lliure amb aire net, sense negrors de cases, sense gent.

–Potser que anéssim cap allí; deu fer bonic!

–Cap als horts vols anar, tan mudada? No hi trobarem ningú, tret d'algun ramat de xais o un pagès que llaura!

–Sí, Tomàs!; veuré llaurar de prop, jo que no ho he vist mai sinó passant amb el tren! De tornada m'ensenyaràs els racons de Comarquinal.

–No en tenim, de racons. Fem moltes reformes gràcies a l'alcalde; no ho dic perquè sigui parent nostre, però s'ha proposat transformar Comarquinal en una Barcelona en petit.

La Laura comença a sentir-se refiada, perquè sent l'aguant d'aquell braç tan ferm; ella, tan feble, es creu poderosa. Vist de més a la vora, aquell fragment de paisatge desmillora, la terra és com socarrada, els marges fangosos, els pollancres de la riera tots rovellats. Però el cel és límpid, deixa veure uns quants pobles apocats als vessants de Collat Negre. La Laura sent la cançó d'uns corders que trenen cànem al mig d'un camp, s'atura prop d'una parella de bous que llauren i que tomben el cap per mirar amb ulls tranquils la forastera, enfonsa la mà en la tebior bruna dels solcs recent vellutats, reparteix monedes entre la mainada d'uns gitanos que acampen sota el pont, que ballen i balbucegen tot de mentides rutilants davant aquella dona blanca, vestida com una dama, que no ha desdenyat de passar una mà tendra, desavesada, per les cares brutes.

–No veus, Tomàs, com no costa ser feliç? –interroga tot prement el braç de l'home, per encomanar-li la seva vibració–. Només cal fixar-nos en les coses, fins en les que no tenen importància, amb una mica de bona voluntat, oi?

–Sí, Laura; jo ja sóc home de voluntat, i tossut també ho sóc molt. Ja ens ve de família; vull dir que quan algú m'ha volgut fer creure una cosa per altra, amb un parell de miquels li n'he llevat les ganes.

La Laura assenyala cada detall que fixa la seva atenció. Així és com, per primera vegada en tota la seva vida, en Tomàs mira, si més no, la diferència de tons i qualitats d'un camp mig aterrossat mig llaurat, o d'unes muntanyes més o menys allunyades.

Els ulls se li omplen de claror quan el darrer voraviu del sol palpita al punt de fondre's darrere el serrat i que fa brillar els fils de conducció elèctrica, que aguanten un vol d'orenetes aturades a l'aguait de les altres que se'ls han d'ajuntar per al gran viatge de la tardor.

En Tomàs fa que sí amb el cap; li agrada molt tot allò que la Laura explica. De sobte, pregunta, com un infant que té por de dir una inconveniència:

–Encara no vols tornar-te'n? Fosqueja...

–Quan vulguis; però és que estem tan bé, sols!

–Que et fa por la gent?

–No; però m'agrada més estar amb tu i parlar, parlar de...

–Que ja us ha passat alguna cosa? –pregunta ell, inquiet–. Potser la Teresa...

–I, què creus que m'ha de passar amb la Teresa? –interroga la Laura, amb un séc d'angúnia al front.

–Costa tant fer estar de costat les dones! –observa ell en un to d'experiència–. Doncs, de què volies parlar-me?

–Ah, sí! –fa la Laura, tornant d'una breu abstracció–. Parlar de tot... de res.

Pensa que és prematur, massa d'hora encara. La seva obligació és laboriosa tanmateix.

–Te'n desdius? Tens secrets –es queixa ell, ofès.

–No, Tomàs! Sols vull parlar-te de tu i de mi, dels nostres pensaments, que han de ser els mateixos per a tots dos. I només estant sols ens coneixerem bé. Ja no recordes les ganes que abans tenies d'estar sol amb mi, per enraonar!

–Oh, sempre hi estaria, de sol, amb tu; però abans era per entretenir l'estona, i ara ja no ens cal entretenir-nos amb paraules, oi? –insinua fent l'ullet; i la seva mà intenta un afalac atrevit; però la Laura se separa, confosa.

–Tomàs; si algú ens veiés!...

–Aquí, rai; és molt sol. A tu t'agraden les portes ben tancades.

–No. D'això, també ens caldrà parlar-ne, però serà quan ens coneixerem de debò, quan la manera de pensar de l'un serà la de l'altre. Aleshores em donaràs la raó. Déu farà que puguis donar-me la raó.

–Ja te la dono ara i te la donaré sempre, però t'asseguro que no som els primers que venim aquí. Si aquests marges poguessin parlar, quantes d'aquestes mosses que van amb els ulls baixos per la plaça es tornarien vermelles!

La Laura frisa una mica.

–No bescantis els altres, em fa mal efecte. Això són mentides que feu córrer els homes al cafè, per semblar eixerits. Val més parlar de les nostres coses. Vull dir que hem de tenir la bona voluntat d'entendre'ns; és la nostra obligació, per defensar-nos.

–Defensar-nos? –salta ell de seguida–. Vols dir que ja comencen a parlar de nosaltres.

–Res d'això, Tomàs.

–No m'estranyaria, i el primer de tots serà l'onde Llibori. Em té rancúnia perquè quan anem de cacera encerto els trets, mentre que a ell li fa por l'escopeta i sap que ho endevino. També m'enveja perquè tu ets una dona com no en corren, i la seva, la tia, parlava papissot i li faltava un dit de la mà dreta. Provarà d'ensibornar-te contra meu, perquè de solter jo havia empaitat quatre mosses de pagès que no tenien res per perdre; i ell no sap que el faria callar de seguida, sols que li preguntés per què varen haver de casar-lo tan a corre-cuita amb la tia, aleshores que estudiava per a capellà.

–Anem de pressa, Tomàs –fa la Laura amb una mica d'esgarrifança–; tinc fred i m'esparveres.

–Per això que et conto? Encara te'n podria explicar d'altres que et farien trencar de riure.

–No vull pas saber cap més misèria de ningú –imposa ella amb un començ d'enuig que fa acovardir l'home–. Voldria viure en repòs, tal com em figurava en venir a aquesta terra. Ahir, només de pensar-hi, el cor em saltava d'alegria.

–Bé, noia; com vulguis. –I en Tomàs la segueix dòcilment.

L'aire s'ha enfredorit; un tel de boira s'escampa entre les gatoses i els esbarzers que voregen la riera. El paisatge s'esfuma i no es poden veure els primers estels.

La Laura mira el seu home, aquell minyonàs lent, que no sap on posar les mans, com un noi renyat. Ell també la mira i, tot d'una, els ulls li lluen entendrits com els d'un gos davant l'amo que li vol pegar. La Laura se n'adona i tremola, corpresa per aquella onada d'amor que flueix de l'home. Se li acosta. Ell li agafa la mà:

–Ja sé que sóc un salvatge, que no entenc les coses que saps... però t'estimo tant...

Les seves dues grans mans li queden aturades a mig aire, com si no sabés què fer-ne. Ella el mira de nou i, de sobte, esclata en un plor vehement.

–Tomàs... meu! Tinc una por!

–De què?

–De perdre't; que no em fugis dels dits, com aquesta boira. No sé per què em sento tan estranya. En dos dies que sóc aquí et veig d'una altra manera, no tan a prop meu com en aquest gran mes que hem anat pel món. Voldria que fossis un pobre com jo i haguessis de guanyar-te la vida per a tots dos. Des d'ahir només sento parlar de diner i em fa por de saber que en tens tants, i m'avergonyeixo de ser una pobra.

–Ja han començat a retreure-t'ho? –interroga en Tomàs amb despit.

–Així, vols dir que m'ho retrauran?

–No pas davant teu ni meu –prorromp amb una batzegada d'ira–. Encara que val més que et tinguin enveja que pietat; com més enraonaran, més vestits i més flocs et compraré.

–No; prefereixo que em facis costat, per respecte a la teva casa i per mi.

L'home prossegueix, sense escoltar-la, adreçant el puny clos a la massa negrosa de la ciutat.

–Vull que els enlluernis. Així sabran que he triat la dona a gust meu.

–Més m'agradarà viure com tothom, bé amb tots i en repòs.

La Laura també ho creu, amb la seva experiència de la vida estantissa dels pobres. Encara més repenjada al braç del marit, diu:

–Preferiria que m'estimessis, en comptes de tenir totes les riqueses del món. –I està convençuda que ho preferiria, ara que té les riqueses.

Tornen, feliços dins la fredor de la boira que no senten, refiats en la pròpia jovenesa, la Laura refiada en una possible i no gaire llunyana compenetració. Creu que està enamorada d'aquell home i que també és objecte de l'amor d'ell.

–Escolta! No vares dir-me que aniríem a fer una passejada pels teus masos, a conèixer els masovers?... Encara no he vist res!

–Oh, sí! Marxarem dilluns. Demà estem convidats a casa l'oncle Llibori, demà passat, a casa de l'oncle Joanet, cosí del pare. Diumenge vindran tots a casa.

–Serem massa gent; la Teresa no donarà l'abast per molt que jo vulgui ajudar-la.

–És el seu orgull poder fer seure a taula una bona colla. Cal complir i val més que tota la família vingui alhora, els últims s'ofendrien. La nostra mare ja era molt mirada; va renyir amb una germana perquè havia fet saber primer a uns cosins la mort d'una criatura seva.

Comencen els primers llums de Comarquinal, electricitat de poble, groguenca, i carrers silenciosos, amb empedrats bonyeguts i flaire de palla d'estables i de cellers amb pernils penjats a adobar.

–Sí –fa la Laura, animant-se–. Cal que comenci el meu pla de vida diària. Demà em llevaré d'hora i aniré a missa; tenim l'església a quatre passes.

En Tomàs la interromp sorrut.

–No; a la Caritat, no vull que hi posis els peus. D'esglésies rai, ens en sobren.

–Com que és la parròquia!

–Però hi ha mossèn *Galtes*, com diem al rector. Estem renyits d'ençà que va estafar-me set pessetes, al truc, un vespre als Lluïsos.

La Laura intenta protestar, però en Tomàs insisteix. La Teresa tampoc no ha anat més a la Caritat.

Arriben a la plaça, il·luminada amb una certa esplendor. Tothom els saluda amb gentilesa; alguna cortina s'enretira amb el bon fi de permetre que algun ull curiós vegi la núvia de cal *Calçot*. En Tomàs camina dret com un rei per entre les salutacions dels capells i de les gorres que s'inclinen en honor de la forastera. La Laura no s'adona que passen arran de les taules posades a la porta dels cafès de la plaça. Llàstima que és hora de buit!; sols hi ha gent al Continental, un grup de vells i de joves envellits, que fan l'andalús amb el cap de policia, a vora dels bigotis d'una parella de la «guàrdia civil». El pas de la Laura fa obrir els ulls esmorteïts sota alguna visera de gorra de seda, gorra de propietari, de rendista, de congregant. Cops de colze, acataments insinuats, calbes al descobert i ganyotes que volen semblar somriures.

–M'ha agradat passar-hi –fa en Tomàs amb veu plena–, perquè hi havia l'oncle Narcís. No ha gosat saludar-nos!

–Un altre oncle? No me n'havies parlat mai!

–No ens tractem d'ençà que en unes eleccions de regidors va falsificar l'acta del pare. És ric d'ençà de la guerra dels carlins, llavors que va heretar els diners d'un parent solter que era liberal i s'havia amagat en uns pallers. Com que l'oncle li sabia l'amagatall, va descobrir-lo, i els carlins el van afusellar.

La Laura s'atura i el braç li tremola una mica en el d'en Tomàs.

–Que estàs cansada? –interroga l'home, sol·lícit.

–Molt cansada; però és de saber aquestes coses, que no havia sentit dir mai a ningú.

–Oh!; és que per molt petit que et sembli Comarquinal, hi ha gent de tota mena! No passa com a Barcelona, on no se saben la meitat dels tràfecs, i com que ja esteu fets a veure'n molts i d'estranys, no en feu tant de cas com nosaltres.

Segueixen passejant. La Laura, en lloc de contradir el parer del marit, prefereix callar. En Tomàs potser començaria a enraonar-li fort, i la gent els observa dissimuladament. Caldrà anar desfent amb suavitat els equívocs nuats a la consciència d'aquell minyó, que li dificulten la justesa de discerniment.

La Laura sospira com qui va carregat amb un gran pes. Tanmateix, és feixuga i espinosa la tasca!; però somriu a l'esperança que Nostre Senyor ja procura que els mortals encertin el camí dels resultats favorables.

Tot d'una, en Tomàs fa un gran gest de braços, en senyal de joiosa sorpresa. És que s'han trobat de cara amb el doctor Jaume Grau, capitular de la Seu, germà de la senyora de Torroella. Presentacions, salutació generosa de la teula del reverend, correspondència de la Laura amb el respecte que li inspira aquella figura de sacerdot coronat de rulls blancs, venerables.

Amb la seva gran veu de tro, que és el dolç terror de les devotes en cantar les lletanies, augura a la nova mestressa Muntanyola una estada feliç. Tant ell com la resta de les persones que tinguin la sort de conèixer aquella senyora, una serventa als manaments de Déu Pare com cal suposar i ell no ho dubta, vist que en Tomàs l'ha escollida per presidir i perpetuar la família Muntanyola, la qual ha viscut des de sempre i en senyal de noble humilitat sota la guarda de l'Església, tothom haurà de sentir-se honorat que ella hagi volgut anar a conviure amb ells, en el repòs d'aquella ciutat que compta més de tres i més de quatre sants entre els seus fills i que viu preservada de les vanitats perilloses de la capital. Posa la mà a l'espatlla d'en Tomàs, amb entendriment contingut, com un pare; el felicita d'haver triat una esposa tan graciosa i d'aire tan modest. La seva mà fresca, que s'ha passat la vida beneint, assenyala la *modèstia* d'aquella forastera perfumada de muguet, abrigada amb *pétits-gris* de reflexos de color de lluna.

–Aquest sí, que l'haurien de fer sant! –observa en Tomàs, un cop s'han acomiadat del doctor Grau–. Enraona com si sempre s'estigués a la trona a ofici de festa major.

–A mi m'ha semblat com si parlés amb orgue –repara la Laura, amb un badall reprimit.

–I, si vols, fins enraona en vers. Llàstima que anava de pressa, perquè l'hem atrapat al punt en què sortia de casa la Ramoneta dels carquinyolis.

–Una altra història? –fa la Laura, despacientada.

–Tot Comarquinal ho sap. Fa més de quaranta anys que dura i encara surt de la botiga d'ella fent el desentès. Ara, com que és vell, només hi va a les tardes a prendre xocolata. Ja no es recorden de quan la Ramoneta tancava el seu home a les golfes amb els coloms! Sort han tingut del doctor Grau; s'han fet rics amb els carquinyolis de comí; ell és qui els va donar la recepta.

Bo i passejant, deixen la plaça i entren pel carrer Baix, cap al passeig dels Trinitaris, més sol i fred.

La Laura de bon grat se'n tornaria passeig avall, cap al silenci dels camps, de les senderes quietes, lluny de les passes que trepitgen amb discreció les llambordes, passes encaminades a les tertúlies del vespre, als casinos somnolents, als rosaris que cada deu segons assenyalen les campanes dins el tel de la boira. Travessen els carrers de més importància, emmarcats d'arquitectures esplendoroses i malmeses per obra de propietaris modernistes, les quals descobreixen als ulls meravellats de la Laura un altre Comarquinal d'història senyorívola, esborrada en la grisor d'una burgesia que viu en el sant horror de les flames lívides de l'infern.

Ella prou creu que voldria anar camps enllà, malgrat la fosca i la boira, per desig de soledat, d'estar més a prop d'en Tomàs; però no pensa que mai sinó ara ha defugit el contacte amb l'altra gent. És ara que un començ de recel l'empeny a separar-se d'aquella anella closa, potser impenetrable com una tribu remota, en els costums de la qual sap viure aquell home que se li repenja al braç i que ella vol fer seu, fer-lo pensar amb els pensaments d'ella i al qual està unida per tota la vida.

Tornen. L'home xiula una mica de cançoneta apresa en un sopar, a París, sota la xarxa de serpentines que per entre el doll dels projectors travessat de fums de cigar ratllaven els vels d'unes ballarines angleses.

A la claror dels fanals, la Laura entreveu els medallons i les columnetes renaixentistes d'un casal, millorat amb parets arrebossades de blanc i finestres rectangulars. En Tomàs li diu que és el palau del vell marquesat de Pomerol, estatge actual de la farinera. Una porta de línies neoclàssiques tanca un estable de vaques; més enllà, rere una façana barroca disfressada amb fantasies modernistes d'estuc, bateguen nit i dia els telers d'una fàbrica d'arpilleres.

–Són coses de l'antigor –objecta en Tomàs distretament quan la Laura intenta assenyalar-li algun detall agradable i vol que en participi el marit.

Passeig amunt, cap a la plaça, tornen a saludar els coneguts. Els botiguers, que els miren a través dels vidres, s'acontenten adreçant-los un cop de cap cerimoniós, tal com escau a persones de condició més humil, el somriure de motlle al llavi, els ulls intrigats.

–Aquestes dels cabells blancs són les *Noies* –fa ell un cop han somrigut–. Saben el que passa cada dia a totes les cases de Comarquinal. No te'n fiïs.

La Laura sent el pes d'aquelles llambregades que les *Noies* li claven a les espatlles, li estranya que el maniquí amb cotilla que ha entrevist a l'aparador s'ostenti tan tapat dins unes robes balderes.

–És que quan va dur-lo de Barcelona, algunes persones es

queixaven que era massa escandalós ensenyant els braços i tant tros de cama.

Un altre sacerdot els saluda. En Tomàs prou vol seguir endavant, però la Laura endevina una vacil·lació en aquell home, com qui no gosa aturar-se, ni sap anar-se'n del tot. El braç de la muller pesa una mica i en Tomàs obeeix, com el cavall a la pressió de la regna.

És un capellà menut, encongit dins la sotana que li curteja; duu una de les sabates no gaire ben cordada; somriu amb les dents molt netes i els ulls li blavegen amb assossec rere les ulleres d'or.

És mossèn Joan Serra, arqueòleg doctorat, l'home silenciós que amb ciència i paciència ha aconseguit d'organitzar un dels museus episcopals més valuosos de Catalunya, al cap de vint-i-cinc anys d'anar i venir per pagesies i ermites, a la manera d'una formiga entossudida, en cerca dels tresors artístics mal guardats o exposats a les conxorxes mercantils de rectors amb col·leccionistes americans.

Mossèn Joan es torna vermell, balbuceja una felicitació a l'amo Muntanyola, la veu li tremola en adreçar-se a aquella senyora que li allarga la mà.

–Vol dir que sabrà acostumar-se al repòs d'aquest racó del món? –li pregunta amb suavitat.

–No volia pas cap altra cosa, des de fa molts anys –respon la Laura, convençuda que parla sincerament–. No fa gaire que ho deia al meu marit; el desig més gran que ara sento és poder reposar de debò.

–Tingui compte, que és un vici tan dolç com perillós. De vegades l'esperit i tot s'hi adorm. La nostra boira és terrible. I Déu Nostre Senyor no ens dóna pas l'ànima perquè la fem servir com una maquineta cega.

–Noia –intervé Tomàs, rialler–. A tu, que t'agrada tant llevar-te tard, ja et veig de cap a l'infern.

Parlen del viatge, de les ciutats on han passejat l'embriaguesa del primer mes d'amor.

–Li costarà de fer-se al nostre paisatge auster, havent vist suara aquelles terres tan senyores!

–Aquesta tarda hem anat cap al pont d'allà baix; hi hem vist un rengle d'arbres sense gaires pretensions i alguna muntanya que m'ha fet molta gràcia –gosa dir la Laura.

–Comarquinal és ple d'encisos, però cal descobrir-los a poc a poc.

–I tant! –observa en Tomàs, enorgullit–. Qui l'ha vist i qui el veu! I amb l'empenta que duu, d'aqui a deu anys estarà desconegut.

Mossèn Joan mira el nuvi; després mira la Laura amb insistència. Reprèn:

–Ara que ve l'hivern és allí, al Pas del Rieral, on li recomano per als migdies de bon sol. Hi ha indrets on els còdols formen grans clots abrigats. Enlloc més no es trobarà tan recollida i tan lliure per a seure a llegir, veurà el Pla assolellat estès fins al peu de Collat Negre!

–Oh sí! –profereix la Laura, repenjant-se més al braç del seu home–, i vostè ens hi acompanyarà les estones que li vagui. Podria ensenyar-nos a descobrir les meravelles de Comarquinal.

–Pensi –insisteix el sacerdot, contagiat d'aquell impuls d'optimisme– que a cada cent passos trobarem un punt de vista nou, amb els turons d'un color diferent i el Pirineu al fons.

–Oh Tomàs! –fa la Laura extasiada–. Hi anirem als migdies, tu em llegiràs els llibres que hem dut i cap al bon temps...

–Aleshores –intervé mossèn Joan –ja trobarem altres llocs més escaiguts per a l'estiu, a la banda de ponent, com qui va en camí de la teva finca, les Moreres, Tomàs.

–Dilluns ens n'hi anirem –observa ell.

–Llàstima que ara ja és molt humit i no li queda gens de tendror. Però al bon temps, passant per la salzereda, les falgueres arriben fins al genoll, com un bosquet minúscul que tapa la terra, tota morada. I la font!, i el gorg de la Bruixa!...

–Els tips que m'he fet de pescar-hi truites, de jovenet –diu en Tomàs amb il·lusió als ulls–. No se n'ha sabut mai la fondària.

–I és d'una blavor tan sinistra –reprèn mossèn Joan–, que de vegades m'ha fet esgarrifar.

La Laura també se sent apoderada d'una esgarrifança, dins el seu abric de *pétits-gris.*

En Tomàs, magnífic, dret, al marge d'aquell diàleg, ja ha canviat de peu tres o quatre vegades; però la Laura no se n'adona; promet al sacerdot que aniran a veure els objectes que guarda el museu; assegura que quan tornaran de la passejada per les propietats dels Muntanyola, es reveuran per parlar i sentir música, començaran les exploracions dels rodals, sempre que faci bon sol. Tindran un llibre per als matins i un altre que Tomàs li llegirà les nits que no anirà al casino. La felicitat!...

Se separen molt amics. La Laura se sent revigorida, el cap més clar, les cames fortes, reconciliada amb tothom.

–Estic més contenta! –fa tot d'una. Aixeca els ulls per trobar els d'en Tomàs, però li observa una expressió adusta, d'home contrariat. I de seguida ja no se sent tan contenta, com si es descobrís culpable d'una malifeta oblidada.

–Què et passa, Tomàs? –comença amb dolcesa–; et veig un fet de cara que no t'havia vist mai!

–No t'ho pensis que vulgui anar d'un cantó a l'altre amb aquest home! És mig beneit, que enraona sol pels carrers. Aviat tot Comarquinal riuria de nosaltres.

–Per què?

–No el volen a cap casa. Li diuen mossèn *Ferro Vell*, perquè amb tres o quatre capellans més es gasten els diners de les caixes de les ànimes per comprar totes les rampoines que troben a les cuines i golfes de pagès. Encara no en tenen prou i sempre pidolen a l'Ajuntament, i fan combinacions amb el senyor Bisbe per treure pessetes dels propietaris que volen semblar savis.

–Però no t'adones, Tomàs, quina gran obra fan per a Comarquinal? Abans de conèixer-te ja sabia que el vostre museu és famós per tot el món.

–Prou!, amb els diners dels altres i l'anomenada per a ell. Duu sotanes de capellà pobre, perquè no li demanin comptes de la manera com administra les caritats, però tots sabem que cada quinze dies va a Barcelona amb paquets per a una cosina ben gemada que té un pis, d'ençà que varen fer anar a Amèrica el seu home, amb l'excusa que era un mal cap.

La Laura ploraria.

–Tomàs: per què dius aquestes coses tan horribles? És un home de bé!

–De què el coneixes? Per mitja dotzena de paraules que us heu dit?, perquè t'ha parlat amb gestos de sant, com fa amb les velles maniàtiques, per xuclar-los la renda? Però jo, que veig venir la gent d'una hora lluny, t'asseguro que no traurà cap cèntim de tu.

–No li has vist els ulls? Aquesta manera tan clara com mira! Diu la veritat.

–Sort que és un vell i estantís. Si fos jove...

–Què pensaries, Tomàs, si fos jove? –I la Laura tremola, aturada, amb els ulls espantats.

–Doncs, que potser algun dia el trobarien amb el cap obert d'una garrotada.

–I de mi, què pensaries?

En Tomàs vol respondre. Sembla que la seva boca no encerti a formular una amenaça prou contundent. Però veu l'actitud desolada de la Laura, l'adoloriment que li traslluеix el rostre. I es desdiu, vençut.

–No res –balbuceja–. Ja t'he dit que sóc un salvatge i no estic fet a tractar amb persones com tu.

Una onada de felicitat espargeix el disgust que es clava a la consciència de la dona com un manyoc d'espines. L'afalaga la submissió de l'home, malgrat que el domina per la bellesa i per l'influx de la seva superioritat, no pas per la força d'un raonament d'ell o d'una intel·ligència mútua. A més, aquell gruny de gelosia li és una certitud d'amor que esborra els greuges. En la pugna de l'amor, qui guanya la partida se sent generós.

–Anem –fa en Tomàs–, que si algú ens veu pensarà que fem comèdia, i a Comarquinal no hi estem fets.

–Sí, Tomàs –insisteix ella molt suau–. Vindrà dia en què em donaràs la raó, que sabràs per què t'asseguro que mossèn Joan és bo i diu la veritat.

–Però amb ell no vull pas anar a fer cap passejada.

–Amb tu sol que m'hi portis, no necessitaré la companyia de ningú. Encara t'he de fer un prec; no vull sentir dir cap més mala cosa dels altres. Ja prou que tots donarem compte a Déu de la nostra vida, però no tenim dret a malparlar de la gent. Em fóra esgarrifós viure a Comarquinal!

–Com vulguis, però no em sembla tan desesperat com dius; fins ara hem viscut molt bé així, i de vegades se saben coses divertides.

–Ja en tindrem d'altres, de diversions. T'asseguro, Tomàs, si Nostre Senyor m'ajuda, que no te n'hauràs de plànyer.

Avui, a casa del senyor Llibori Terra Negra esperen els nuvis a dinar, formalitat rigorosa entre les cases de senyors a Comarquinal. Els Terra Negra obren la tanda per tal com el senyor Llibori és el cap de família. Cert que aquest títol li pervé per herència, puix que el veritable cap de la família era el seu germà gran, pare de la Beatriu, «l'avorrida» com l'anomenen els amics. Però aquell hereu es malbaratà en pocs anys el patrimoni entre cavalls, gresques a Barcelona, fantasies de negocis i desencerts al joc. El fadristern, a còpia de santa paciència, anà adquirint, a baix preu i a l'ombra d'un curador mitjancer, els béns que l'amo Terra Negra es malvenia. I mentre el gran deixava la muller malaltissa i la filla esporuguida a la casa pairal, ruïnosa, per tal de poder fer gallardies pels racons tèrbols de Barcelona amb les butxaques plenes de bitllets de banc, el fadristern, en Llibori, dins el seu polsós magatzem de graner, es pastava la fortuna, associat a un fabricant d'embotits de porc més o menys autèntic i sanitós; després, tot sol, trametent a Barcelona vagons de blat i moresc més o menys avariat.

A la fi, el germà gran, empobrit i a les urpes dels tribunals per fraudulència, s'escapà a Amèrica (amb diners d'en Llibori, que els hi donà amb la generositat de qui es revenja d'haver nascut segon de la casa). Un cop es va saber que el «mal cap» havia mort de misèria, com escau a tota persona que deixa el camí dreturer, el nou amo del patrimoni dels Terra Negra recollí la vídua i l'òrfena. Així fou com aquella dona, que quinze anys abans havia entrat a la casa amb el cap tan alt i orgullós, de mestressa, tornava a entrar-hi gràcies a la magnanimitat del senyor Llibori, amb els ulls baixos i un parell d'úlceres a l'estómac, que li permeteren, abans d'anar-se'n al purgatori, de sofrir les vexacions que varen poder infligir-li els cunyats, els nebots, els amics i fins el servei d'aquella casa exemplar, tothom amb el somriure al llavi i la invectiva a cada tres mots.

La Beatriu es va quedar en categoria d'afegit de la família, com a testimoni de la caritat que és un dels distintius que decoren la modèstia del senyor Llibori, actual cap de la casa, com a únic oncle carnal dels Muntanyola a més de padrí i confident de la Teresa.

Les portes de la sala s'obren de bat a bat i una fredor d'aire enrarit topa el rostre de la Laura. Plecs encartonats als domassos de color de billar, catifa policroma de retalls de vellut, a l'escaparata un sant Llibori, patró de Comarquinal. El retrat, fet al llapis, de la difunta esposa de l'amo, mira la gent amb esguard de bandoler. Les rajoles, vermelles, enlluentides amb sanguina, fan esgarrifar la Laura com si trepitgés mullena. Un esparver dissecat sembla que vulgui volar, allí al damunt de la consola vora un ou d'estruç embellit amb sedes. Un gran cargol marí, retort i punxós, atreu els ulls de la Laura amb desig d'aplicar-hi l'orella i sentir-hi bramular el mar... el mar setanta quilòmetres lluny!

Decepció de la família. La Laura, malgrat dur un vestit de bon gust, no es distingeix per cap atreviment. Adéu escàndol! Per molt que l'oncle Llibori s'afanyi a mirar-li les cames sota l'ombra còmplice de la visera, no pot satisfer el seu impuls de revoltar-se. No hi ha escàndol per a ell ni per a l'estudiant posat a l'aguait darrere l'escletxa de dues portes ni per a en Pere, el fill petit, que fingeix candor.

–Porta un vestit preciós –sospira l'Angelina en coincidir amb la Ventura, que va i ve de la cuina sense fer soroll.

–Fixa't en la costura de la jaqueta, ran de pit. No deixa veure res de més, però és pitjor –respon aquella ombra de mitja senyora.

Ensenyen la casa a la forastera; entren a les alcoves, emmarcades amb una motllura d'or rovellat, pugen a les golfes, plenes de sacs, de forcs de cebes; hi senten misteriosos parrups de colom. Baixen a la frescor del celler, profund i ric com el somni d'un pobre!, s'acosten a les roentors de la cuina: tot de grans cassoles bullen com per a un dinar de cinquanta persones.

Davant de la Laura s'obren els armaris perquè vegi els munts de la roba blanca desada: llençols i tovalles de fil esgrogueït que cap dels presents no es veurà en el cas d'estrenar, orgull de tota casa de persones ordenades.

La Laura passa simplement, mira, es tomba, puja, baixa, diu un mot complimentós, però no fa cap posat d'enlluernada. Felicita l'oncle per la seva gran casa, per la vastitud de l'hort, pels tres fills bells i fornits; en Jaume, l'hereu, en Pere l'adolescent; lloa la rossor de cabell de l'Angelina; li ofereix un collaret de cristall tallat i filigrana d'or. És de París!

–Per a quan vagis al teatre. Entona molt bé damunt la pell, i blanca com ets tu...

La Ventura fa una ganyota. El senyor Llibori mormola:

–Massa, massa per a la meva Angelina, que no sap lluir, que no gasta més que els cèntims de la cadira a missa!

Aleshores és quan entra la Beatriu, la neboda pobra. El dinar s'espera a taula.

–Acosta't, noia –prega, benèvol, l'oncle–; coneixeràs la teva cosina.

La Laura veu per primera vegada aquella persona vestida de mig dol, de la qual sap vagament la història. La Beatriu s'acosta, humil perquè és la filla d'un «mal cap», encara que ningú no li'n faci mai gens de retret declarat. A la Laura, li fa l'efecte com si veiés una persona abandonada en un desert; entre la Beatriu i la família que la rodeja s'interposa un espai de buidor enorme. Veu que se li acosta amb els braços clavats al cos, com si volgués ocupar un mínim d'espai, els ulls negres, esquerps, la boca contreta.

La Laura s'aixeca per fer-li companyia, perquè no hagi de caminar tan sola entre les mirades de les persones que l'han recollida per caritat.

–És la Beatriu! –comença; i li besa la cara; bes restituït per una lleu vibració de llavis eixuts, desavesats a aquell luxe

Tots parlen alhora. En Tomàs diu que té gana, i venta un cop a l'espatlla d'en Jaume, l'hereu de la casa. El senyor Llibori s'aixeca; la neboda pobra mira de reüll la forastera amb les celles frunzides i les mans neguitoses.

Quan la Laura li agafa el braç, una mica de calfred el fa tornar rígid, i així que l'Angelina, la filla, posa els ulls en aquells dos braços enllaçats, el de la Beatriu s'enretira.

Després del xiuxiueig d'un prec inicial, comença el dinar, d'una abundor excessiva. La Laura encara no sap que un altre motiu d'enorgulliment per al mig senyoriu de Comarquinal és poder tornar a la cuina les safates gairebé plenes, en contrast amb els costums de Barcelona, on, segons diuen al Pla, us serveixen uns cuinats irrisoris com qui pesa els menjars amb balances. La Ventura calla, i tot rosegant, ensenya la blancor de les seves dents postisses; quan somriu en oferir un estri de la taula a la forastera, fa pensar en una mossegada. El fill petit i l'Angelina enraonen baix. La Beatriu, de cara al plat, s'acosta a la cullera amb unes bocades terribles. La Laura ressegueix amb el cap del dit un clap de sol que travessa la copa del vi i que assenyala un estel palpitant, morat, damunt les tovalles. Un cap de núvol que passa enfosqueix el menjador.

–No obrim més, perquè la claror se'ns menja el paper de la paret –diu l'Angelina.

La Laura troba que s'hi veuen prou.

–Si algun dia et llevessis d'hora, no ho veuries tan clar com ara! –observa l'oncle gesticulant amb un tros de capó enfilat al cim de la forquilla.

–Prou que he vist la boira aquest matí, anant a missa! –torna la Laura.

A la Ventura se li escapa un os a mig rosegar, com si hagués sofert un esglai. Tots els ulls miren els plats, a la manera de les persones que volen disimular una sorpresa o que acaben d'escoltar una mentida.

–Ves! –salta en Tomàs–. Ara no creuen que vagis a missa.

L'oncle, tot vermell de cara, protesta de l'exabrupte del nebot.

–També van a missa els de Barcelona! –insisteix l'amo Muntanyola sense fer-ne cabal–; sols que allí no hi van per quedar bé com nosaltres.

–Deus parlar per a tu –intervé la cosina–, que cap diumenge no t'hi veiem.

–Sí; els matins a missa i les tardes a fer el dimoni. Més de quatre històries podríem contar-los de les rates de sagristia: oi, Jaume? –fa en Tomàs, sacsejant l'hereu Terra Negra, que menja emmurriat perquè avui ha discutit amb el pare per mor de les seves vel·leïtats amb la filla de l'enterramorts.

–No sé res, jo –protesta en Jaume.

–Ni ell ni tu no sabeu res –repta el senyor Terra Negra amb severitat–. Ja saps que m'enfada que em vinguis amb mentides.

–Això sí que no –esclata en Tomàs–. Doncs ara mateix, si volguéssim, podríem contar-li...

–Prou. –I el senyor Llibori estén la mà de patriarca.– Guarda't tot el que sàpigues, veritat o mentida. A casa meva no és lloc d'escàndol.

Un camió que passa cap a la carretera de Barcelona fa dringar les copes de l'armari. La Laura pensa que en un no-res el vehicle s'haurà restituït al trontoll dels altres cotxes barcelonins, en aquella hora del migdia en què el comerç reposa abans de reprendre l'activitat de la tarda, hora en què el sol cau de ple pels carrers, els encreuaments s'embussen davant el parpelleig comminatori dels senyals lluminosos, les persones desvagades se saluden amunt i avall del passeig de Gràcia, els aperitius brillen a les copes dels bars, i si per cas a la Rambla esclata un pneumàtic, un núvol de pardals esglaiats fuig cap a mar.

La veu eixuta de la cosina la torna a Comarquinal.

–Et creus que tothom és com tu, que n'has fet de totes! –increpa al cosí.

–No diguis això, noia –adverteix el pare, manyac–. La Laura podria pensar...

–És clar que penso, poc o molt! –indica ella.

–No val la pena! Què vols que passi aquí, si no és cap Barcelona?...

–Però des que he vingut només sento contar coses horribles; no ho hauria cregut mai d'un poble com aquest.

–Comarquinal és ciutat i no poble –indica la filla de la casa.

–De ben poc els va –intervé en Tomàs amb desig de venjar-se–. Tots volen fer el barceloní; diuen que saben pertot d'allà baix i cada cop que hi van es perden.

La situació esdevé incòmoda. La Laura veu que a còpia de mantenir els somriures, les boques fan una ganya amarga. Amb el to més falaguer que encerta canvia de conversa, comenta l'excel·lència del menjar, el benestar que traslluеix Comarquinal sota una simplicitat que l'enamora. Diu que espera la visita de les cosines; algunes tardes aniran a passeig, es faran vestits...

–Sí, veniu! –fa en Tomàs–. Us ensenyarà les coses que s'ha comprat. Costen un grapat de pessetes, però una xicota bonica com la meva dona, que sap lluir, ho mereix tot.

–I encara més –indica l'oncle complaent–; una noia com ella que tant com bonica sabrà tenir seny perquè la casa no es ressenti. Recorda't, Tomàs, que la teva mare sabia més de comptes que d'anar a passeig.

–La Teresa és la seva estampa.

Aleshores comença el cor de lloances a la cunyada de la Laura, tan seriosa, prudent, honesta, estalviadora.

La Laura va fent que sí amb el cap, davant aquells dits untosos de greix del rostit, dreçats davant d'ella com si la volguessin esgarrapar.

Tot d'una la conversa es desvia cap al comentari iniciat per en Jaume, a propòsit de la subhasta de béns d'un hisendat empobrit de poc. Immediatament tota la família intervé en el debat. La Laura és deixada de banda; sent rodolar els grans mots de tècnica judicial: usura, hipoteques, querelles, embargament. Una expressió d'avidesa transfigura aquells rostres abocats a la conversa, saborosa com els matons de monja que les boques engoleixen d'esma. Fins la Beatriu, quieta a l'angle de la taula, s'ha animat al so de les paraules dringants com monedes d'or.

La Laura mira aquelles cares afuades, que ja no somriuen; sols hi resta la blavor metàl·lica dels esguards i dues clapes de foc als pòmuls, com febrosos.

Decanta els ulls per no veure aquelles persones, penedida d'haver-les mirades, indefenses contra la seva observació. S'adona que enllà de la persiana plou dolçament tot i fer sol, com aquella matinada, abans de conèixer en Tomàs, venint d'una festa amb la tia Amèlia i la cosina. La Rambla, lluent i sense renou, eixordava de brunzits d'ocell; la pluja movia les fulles tendres. Els carrers amples us encomanen un sentiment d'independència; aneu lliures entre la fragor de la multitud; els automòbils botzinen entorn vostre, i de tant en tant les nobles campanes de les parròquies us retornen. Sols amb un alè d'aire que passi veieu, al capdavall del passeig, uns quants arbres del Parc que mouen el cap com la salutació que es bescanvia, de lluny estant, entre amics de molta confiança. I la gent desconeguda que topeu no té interès a saber qui sou, ni on aneu, ni quants diners teniu a la butxaca.

Ja han dinat. Els homes es recalquen al respatller de les cadires per tal de fumar amb més amplitud. El senyor Llibori i en Tomàs fan una aposta per veure qui d'ells dos mantindrà més estona sencera la cendra del cigar, fumat amb unció voluptuosa. La Ventura tem que les tovalles no s'esquitxin de taques de cafè ensucrat. L'Angelina, acostada a la copa de ratafia, ganyoteja amb xarrups d'ocell. La Beatriu diu que no en vol, però l'oncle, que reparteix el licor amb pols serè, no en fa cabal:

–Va, noia; un dia és un dia! Un través de dit i prou.

I la neboda pobra s'empassa d'un glop el través de dit de ratafia.

En Jaume s'emporta en Tomàs a la quadra perquè vegi el cavall, que pateix de rampa. Aleshores el senyor Terra Negra, que, estona ha, mirava la forastera amb insistència, s'ajup a sota la taula. La Laura s'esgarrifa com si hagués estat ferida per un insult; amb un cop de mà instintiu, es tiba la faldilla tan avall com pot.

–Què fa? –interroga immediatament la filla. L'oncle es redreça tot encès de galtes, amb la corbata que li surt del coll.

–M'havia caigut el tovalló i... –balbuceja.

Però l'Angelina el mira amb la duresa de qui repta en silenci. Sona la campaneta del cancell i el doctor Grau, canonge de la Seu i director espiritual del senyor Llibori, entra embolcallat en els plecs ondulants del manteu. Inclina la testa venerable coronada de rulls platejats.

Després dels compliments i un cop han encès el llum (a deshora), la Laura s'adona que tota la família s'ha fet fonedissa. Es troba asseguda entre l'oncle Llibori i el germà de la senyora de Torroella, el possessor de la secreta fórmula per a elaborar carquinyolis de comí.

–Gairebé heu d'estar cansats de tant rodar pel món! –segueix l'oncle–. Ara us caldrà una mica de repòs!, tant per a vosaltres com per als interessos.

–Certament, fóra un greu –canta la noble gola del capitular–. Sort que vostè, Laura, amb el seu talent, sabrà actuar de fre davant les prodigalitats a què tal vegada s'abandonaria el seu marit, sense una regna inflexible.

–Però si justament jo necessito que em guiïn! –intenta de defensar-se la Laura–. Qui més entès que en Tomàs, dels seus interessos?

–Però el consell de la muller és la sort o la ruïna d'una casa –sentencia el clergue amb els ulls adreçats a les bigues.

–Sobretot, sabent que en Tomàs és un xicot que no dóna valor al diner –afegeix l'oncle.

–Doncs, què m'aconsellen que faci, per no semblar una disbauxada?

–Seguir les petjades de la Teresa –declara el senyor Llibori–. Ja veuràs com ella és de les que més s'estimen endreçar els armaris que no pas passar estones al balcó!

–I vol dir que he de dedicar tota la vida a endreçar armaris només? –pregunta la Laura amb una certa vivesa.

–O fer les altres coses que l'instint de tota dona que estima la casa ja li aconsella. Creu-me; guia't en la Teresa sense contradir-la.

–Oh!, no tinguin por. No faré mai de mestressa. Tinc horror a manar i a ser manada. Només vull que em deixin viure a la meva manera.

–Mentre la teva manera sigui com cal, i no ho dubto, no hi haurà res a dir.

–Ningú no té dret a dubtar-ho –observa la Laura amb dignitat. S'aixeca amb un aire altiu que encongeix els dos homes, i continua–: Potser que anéssim a trobar el meu marit?

La segueixen, però al punt de sortir del menjador, el doctor Grau indica:

–Em sembla, Llibori, que haurem ofès la seva neboda sense

voler.

–M'estranyaria –fa l'oncle amb un somriure apagat–. No crec que siguis tan orgullosa que no puguis escoltar el consell dels qui tenim el cabell blanc.

–Té raó; aconselli'm, que em fa prou falta –confessa la Laura, tornant a seure–. Però veig que la meva manera de viure no serà mai com la de vostès.

–Ja sé que som pagesos.

–No vol dir això, la Laura –acut de seguida el canonge–. És una qüestió de principis, d'educació.

–Potser et sap greu que t'hagi parlat de la Teresa, però li sóc padrí; el seu pare va recomanar-me-la a l'hora de la mort. A més, ella té el seu dot a la casa; setanta-cinc mil pessetes, que en dotze anys d'acumular els interessos li fan més «d'onze-cents» duros de rèdit.

La Laura ja no l'escolta; el pensament se li'n va cap a la boina del *Don Carlos* penjat a la paret. Fosqueja; una boira oliosa comença amb el vespre a entelar l'hort. De sobte li acut el pensament que aquella foscor, aquella boira, és com una muralla que l'amenaça, cada dia un xic més de prop, que l'ofegarà. I, sense saber per què, les llàgrimes li cremen els ulls.

–Si ho hagués sabut, potser no hauria anat tan de pressa a casar-me –es queixa.

–Això no es pot dir mai –repta amb suavitat el venerable–. En canvi, jo crec que tota la família n'està més que satisfeta.

–En pots estar segura –confirma el senyor Llibori–; però pensa que el matrimoni és una cadena, i has de saber resignarte...

–Resignar-me, al cap d'un mes de casada! Si jo creia que fóra la felicitat.

–Déu Nostre Senyor només fa que provar-nos cada dia per merèixer-la a l'altre món –declara el doctor Grau amb mansuetud.

–És cert –sospira la Laura–: cada moment me n'adono més. M'ha deixat arribar al matrimoni sense destorbs, però ara he d'aprendre a saber fer-me ben meu el marit que m'ha donat.

–Teu? –somriu l'oncle Llibori–. Bé ets prou exigent! Es veu que ets jove!

–Exigent, perquè el vull per a mi?

–És un desig molt humà, i Déu li ho tindrà en compte –conclou el sacerdot.

De sobte la Laura s'adona que dins el marc fosc de la porta es mou algú.

–Ens escolten d'amagat? –pregunta, ressentida.

–No en facis cabal –s'excusa l'oncle–. És la Beatriu. No podem desavesar-la d'escoltar darrere les portes.

–Pobra criatura! –es plany la Laura–: tan sola, és clar!

–No tan sola! –corregeix el senyor Llibori–. Que s'ha queixat?

La Laura protesta. Si justament no l'havia vista mai fins avui! L'oncle segueix amb un matís de rancúnia:

–Ja pot ben donar-nos gràcies. Però, d'agraïda, no ho és gaire. No sé pas com aniria pel món, sorruda i sense un cèntim!

«Sense un cèntim», fa l'eco a la consciència de la barcelonina. Tanmateix, la pobresa és un pecat imperdonable. I la Laura pensa que Comarquinal no li perdonarà aquest pecat.

De sobte entra en Tomàs amb el cosí; de seguida compareix la resta de la família, cadascú per una porta diferent, com si obeïssin un senyal.

La Laura diu que té mal de cap; voldria sortir. Renou de cadires, somriures, besades. La guatlla cantussola dins la seva gàbia tapada de draps perquè no s'esberli el cervell pel frenesí d'escapar-se. Els canaris acompanyen l'enrenou del comiat amb l'eixordadissa d'uns refilets enervadors. L'estudiant de capellà i el fill petit es claven de nas als vidres de la sala per mirar les camades que fa la Laura quan travessa els bassiols del carrer, repenjada al braç del marit.

Per l'ombra del passadís, la Beatriu, «l'avorrida», s'esmuny cap a l'escala. Entra sense que ningú la senti a la cambra de la cosina, obre el llum, s'acosta al tocador. L'estoig obert mostra els caires irisats del collaret de cristall amb filigranes d'or. L'agafa amb mà llisquent, com qui roba, el fa lluir, se l'emprova damunt la severitat del vestit de mig dol. La Beatriu es decanta una mica perquè el collaret fulguri. Somriu. Després el va tornant a la capsa, se'l mira una altra vegada, hi passa el dit de llarg a llarg, un cap de dit aspre amb pujades de l'agulla de cosir. Surt, volta la clau del llum i se'n torna com una ombra, dins les ombres de la casa Terra Negra.

–Si Nostre Senyor hagués d'escoltar-me, li demanaria una cosa, de tot cor –declarà l'oncle Joanet a la Laura, el dia que van anar a sopar a casa d'ell–. Que tota aquesta boira es tornés com pedra i ens servís de muralla perquè la gent dels altres pobles no poguessin venir, i perquè nosaltres no poguéssim anar-nos-en de Comarquinal. Així es perdria el rastre dels camins de Barcelona, que és la perdició del nostre jovent.

La Laura i en Tomàs surten de la casa de l'oncle Joanet, el darrer parent amb qui faltava quedar bé. La Laura encara no se sent alliberada de la sensació d'angúnia que li han provocat els mots inquisitorials d'aquell home fred de mans, esblanqueït, el qual a l'hivern aprofita per a estar per casa el barret de palla de tres estius. A més, la indignació sorda de veure aquell atapeïment de mobles antics profanats amb restauracions absurdes, amb deliris decorativistes que han fet estremir la Laura amb horror.

L'oncle Joanet, per contrast amb la seva migradesa física, té l'obsessió de la monumentalitat, de les coses que lluen, dels espectacles esclatants. Qualsevol castell de focs artificials, una parada militar, li han fet agafar el tren per baixar a l'odiada Barcelona. Aquell home, neulit, que sembla emmotllat amb un grapat de pols que tot ho troba brut, però que no es banya mai, seu al primer banc a totes les festes religioses, s'acosta amb tremolors de goig a l'anell del senyor Bisbe si vesteix de pontifical, puja als cambrils més enlluernadors. Guarda fotografies de sobirans amb corona al cap. L'austera bellesa dels seus mobles ha desaparegut sota una crosta d'or i de policromies, d'un barroquisme de fabricant d'imatges a l'engròs. La Laura pensa en aquella mena d'altar que l'oncle s'ha bastit a la sala, el meravellós Crist de talla voltat de ciris de llevadora, de flors de roba, i al mig, el rellotge de sobretaula amb el vaivé de la pèndola que figura un angelet amb ales i camisola. La Laura s'ha esgarrifat amb el cas de la tia Madrona, germana de l'oncle, una dona que no ha pogut aprendre de fer de senyora i menja prop dels fogons amb gipó i corbata, mentre que el germà seu en un cadiral esculpit, voltat de motllures i de cornucòpies daurades en una barreja de basar.

–Ja veus que també en sabem, a fora! –li ha dit l'oncle, reticent, com si es volgués venjar de la neboda ciutadana–. Vull dir que no em canviaria amb cap senyor de Barcelona.

–Vindrà a veure'ns? –ha preguntat la Laura a la tia Madrona.

–No surto gaire; no estic bona.

L'oncle els confessa que el metge ha manifestat la conveniència d'una intervenció per tal d'extirpar un tumor en aquella persona soferta, però ella s'hi nega; no vol que cap home li posi les mans a sobre.

–I fa bé; no vull pas contrariar-la. Val més deixar-ho a la voluntat de Nostre Senyor.

La Laura i en Tomàs tornen a casa. Ella prou voldria arribar i seure, ben a prop del marit, sota la penombra de mel del pàmpol i enraonar tots dos en bon assossec, a l'angle tan íntim del saló; llegir una pàgina triada, concretar els detalls del passeig de demà cap a les finques, beure a petits glops una infusió de flors de viola amb *sherry,* en les dues tasses de porcellana holandesa, decorades amb ocells de cendra que la Laura ha descobert en un racó d'armari.

Però en Tomàs no s'aguanta de son; confessa que si no va al casino a fer caramboles amb els companys les vetlles a Comarquinal li són d'una lentitud i d'una buidor insuportables.

Es fica al llit així que arriben. La Laura es canvia el vestit per una roba subtil, entra al saló, encén el llum de claror ambrada, es prepara la infusió de violes amb *sherry,* s'abandona a les flonjors del divan, obre el llibre, voltada de silenci. Beu a petits glops, acostant als llavis la noble porcellana amb reverència.

Sonen tot d'hores als campanars, xops d'humitat. La Laura s'acosta a la taula d'escriure, treu un full de paper i comença:

«Maria:

»Et responc ara perquè no tinc son. Tots dormen a casa, i és entre aquest silenci quan em trobo més a vora de vosaltres. Per la teva carta veig que encara et duren els dubtes respecte a la meva futura felicitat. Estigues tranquil·la, sóc feliç tal com no ho hauria pogut somiar. He entrat en aquesta família amb satisfacció de tots. En Tomàs, cada dia el sento una mica més meu...»

La Laura s'interromp perquè unes llàgrimes importunes li entelen la visió de les lletres.

Si la Laura hagués tingut talent a nivell de la seva sensibilitat, si hagués estat afavorida d'una penetració prou aguda per a enfondir en la consciència dels altres, potser hauria après l'art d'adaptar-se a la manera de cadascú, de simular que s'adaptava en comptes de refiar-se d'una possible transmutació temperamental de la gent, pel sol efecte de la seva presència o per l'exemple i les bones raons.

No creia en la falta de vibració espiritual ni pensava en la qualitat més o menys estantissa d'algunes persones. Ella es refiava de la puresa inicial, de la similitud de tots els esperits quan surten de les mans divines, com si les diferències provinguessin de la major o menor espessor de la matèria o de l'ambient on els homes es desenrotllen o s'atrofien. Una formació escaiguda, una mà oportuna, podrien fer el miracle d'arrencar-los el vel de la incomprensió. Aleshores la gràcia els podria arribar a la consciència com qui obre una finestra i deixa que el sol arribi fins a les obagors d'una cambra recòndita.

Per això la Laura, en lloc d'intentar barrejar-se amb les quinze mil ànimes de Comarquinal, s'hi encarà amb totes les seves gales, amb la seva sinceritat i amb les seves negligències de noia mal preparada per a la vida de família. El seu món era lluminós i simple; un esforç de no-res dels altres bastaria perquè gaudissin de la mateixa bona fortuna d'ella. Calia començar per en Tomàs, per la Teresa, per les cosines, refiada en l'ajut superior.

Compliren la visita a les finques dels Muntanyola. La Laura, reclinada amb èxtasi als coixins del cotxe, sentia reviure les seves esperances de felicitat, només perquè, a cada cop de peu de l'amo a l'accelerador, la velocitat avivava l'empenta de l'aire contra el front de la barcelonina; el paisatge tardoral es renovava a cada tombant, talment com si ella fos duta cel amunt per un d'aquells avions enyorats. A més, la vanitat d'anar ben vestida i sentir-se admirada, poder donar la mà als masovers encongits, amb la benevolença d'una princesa, acaronar el banyam dels bous a l'arada, veure de prop els ulls sofridors de les eugues, repartir presents mai vistos entre les esporuguides criatures de les masoveries, tot el goig de poder sentir-se bona, sembrar el bé i els somriures.

Les velles padrines, tremoloses vora la llar, entestades a bellugar les moribundes agulles de fer mitja, movien el cap amb aire de resignació, i sentenciaven:

–Ai, pobra casa, en quines mans ha caigut! Poc s'havia vist de cap mestressa de Muntanyola escampar així aquell bé de Déu d'interessos!...

Tornaren pels volts de Tots Sants. Boira, rosaris triplicats i castanyades. El vespre de dilluns, havent sopat, prou que la Laura volia fer pujar en Tomàs al saló per recollir-se a l'angle que ella s'havia batejat amb el nom de «racó íntim». La claror del llum banyava la catifa amb un ròdol amable; les copes tallades senyalaven un iris molt lleu a la laca de la safata, prop dels licors. El llibre era a punt, un llibre clar, de lectura simple.

Però dilluns en Tomàs estava cansat de tantes hores de portar el volant. Dimarts hi havia sessió a l'Ajuntament i acabaren tard. Dimecres projectaven un film de molta anomenada, i van anar al cinema. Dijous era mercat, i en Tomàs va sopar al casino amb uns ramaders. Divendres tenia angúnia perquè el cavall sofria una rauxa de mal de ventre, i se n'anà a veure el manescal. Dissabte, com a dissabte, solia fer caramboles amb els companys, i diumenge, uns còmics de gran prestigi a províncies cantaren una sarsuela molt divertida.

La Laura s'anà llegint tot el llibre, un altre i un altre, fins que un vespre en Tomàs s'avé a pujar al saló. Parla de les seves fetes habituals; vol beure el conyac en una copa de vidre ordinari. Després, la veu de la Laura, neta, reflexiva, va articulant els mots que omplen la primera pàgina i la segona i la tercera del volum.

–Ha de tenir molt de talent i molta paciència un home per a arribar a escriure un llibre com aquest, tan bo com dius i tan gruixut –observa en Tomàs, quan la Laura s'interromp per canviar de positura.

Llegeix un quart, mitja hora, tres quarts, fins que el mira. En Tomàs somriu amb esforç, els ulls enrogits per tot de fils sangonosos, minúsculs, respira oprimit, talment com si aquella sala fos d'una capacitat d'aire exigua per a la vastitud dels seus pulmons avesats a la llibertat dels camps, a respirar el vent del seu cotxe esperitat per les carreteres. Posa les mans com baldades; té els peus arraconats de qualsevol manera sota la butaca.

La Laura tanca el llibre de seguida:

–Potser que ho deixem per a una altra estona. Estic cansada, avui!

En Tomàs s'aixeca amb la pressa d'un noi al qual deixen passar per alt un deure escolar.

Un cop sola, s'acosta als vidres gebrats per un tel de vapor; els fanals del carrer s'entreveuen com estels difusos. Obre el balcó, però la boira, espesseïda, no fa aquelles nebulositats matisades, de llum i d'ombra, que tant havien plagut a la Laura fins aleshores.

Passeja amunt i avall de la sala per entre els coixins i els mobles repartits en grups propicis per a acollir les persones que haurien d'anar-hi a seure i dir-se paraules amables o confidencials i aguantar amb encert una copa ben polida o a llegir un llibre amb bona voluntat.

La Laura es posa de colzes a la consola cenyida d'àligues i cariàtides d'or; el mirall, una mica blavós, marcit, li reflecteix els sécs del front. Què farà?, pensa, mirant-se com si parlés a una amiga. De què podria valer-se per retenir el marit a la vora? Per on ha de començar la transformació, l'alliberament d'aquella ànima que de segur que es debat en les tenebres de la ignorància?

Si ara pogués fer una estona de música al piano!; però ja són més de les onze i els veïns se n'estranyarien. D'altra banda fa uns quants dies que se'n distreu, descoratjada. Per què la música, si tampoc ningú no ha d'escoltar-la?; potser serviria de molèstia als altres.

Almenys que en Tomàs es pogués salvar! Cert que fóra com tenir tot el món seu! Ella ja sap prou que ara té de tot, però li fa l'efecte que no té res. A baix sent la fressa de la vaixella a la cuina i la conversa de la Teresa amb les minyones. Potser la Teresa? Ella és dona, coneix bé en Tomàs. El seu consell, el seu ajut...

I la Laura baixa a la cuina vestida com si anés a una festa.

Però la Laura només sabia que la Teresa era una noia de quaranta anys, eixarreïda, que duia la cotilla passada de moda i robes fosques; que havia pujat entre les pràctiques religioses d'una superstició intolerant, que no era pas la fe clara i reconfortadora del Crist, sinó una por sinistra, abrandada de flames i de tortures infernals.

La Laura no s'adona que els plecs severs d'aquella roba, la cotilla antiquada, la senzillesa del pentinat de la cunyada, són com una revenja, un retret a la gràcia i a la bellesa de les altres dones, blanques i tendres de rostre, que llueixen les cames i el pit, que saben ésser gentils i atraure les mirades dels homes i que es casen per poder gaudir de l'embriaguesa de l'amor sense perill de cometre pecat mortal. És la verge pansida que, amb l'arma de la castedat, testimonia el seu menyspreu a la dona triomfant com la Laura, que no sabrà mai l'amarguesa que s'acumula en el cos de la qui sent el fracàs de la pròpia feminitat inútil.

La Laura, amb l'egoisme inconscient de les persones que ostenten pel món la bellesa i la gràcia, no pensa que la Teresa, malgrat la crosta de virtut exemplar amb què l'han uniformada, és una dona, amb les reaccions, els desigs, les coqueteries i subtileses femenines que ha hagut d'arraconar i que es manifesten de tant en tant, en forma de serenor, de pietat, de castedat escrupolosa.

D'altra banda, la Teresa ha heretat els elements autèntics de les virtuts pairals de la raça i el seny de les bones mestresses de Muntanyola: paciència i abnegació per a sofrir les vel·leïtats dels marits i dels hereus, seny ordenador, capacitat per a saber-se imposar al servei sense crits, bona memòria per a recordar les coses que hi ha a cada pam quadrat de la casa. En lloc d'entretenir-se parlant de si tal camp de blat verdeja i s'ondula a l'afalac de l'aire, saber que rendirà tantes garberes. Al temps de la florida d'ametllers i de pomeres, la Teresa no s'acostarà a cap arbre, per por de fer-li caure alguna flor, mentre que la Laura se les emporta a braçats per als gerros del canterano i s'hi asseu al davant a fi de provar la disposició més equilibrada de les branques, mal arrencades, mentre que la Teresa, al temps de la fruita, sabrà fer present d'un cistellet de pomes ben colorides i flairoses a alguna persona amiga.

No podent esmerçar la seva virtut de resignació i de respecte a la divinitat d'un marit o d'un hereu, la Teresa va aplicar-la en una adoració muda, a una obediència passiva a la voluntat del germà. Perquè li plaïa de sotmetre's, amb una mena de terror deliciosa, a la tirania o al capritx d'en Tomàs per tal com era el germà, l'hereu i un home. Ella s'anul·lava, es feia fonedissa davant qualsevol manament d'ell, per despòtic que fos. Després, un cop sola, ja ressortia la dona ferma, rígida, vigilant guardadora dels interessos dels Muntanyola, a punt sempre d'aturar qualsevol començ de desordre propi d'un amo autèntic. Res no passava per alt sota l'esguard segur de la germana, vestida d'un color neutre que li accentuava la pal·lidesa del rostre angulós, el séc enèrgic del front i la ratlla travessera de les celles juntes.

Fatalista com tota dona ben avinguda al mig esclavatge familiar, quan alguna bona ànima acudia a contar-li les gresques d'en Tomàs per firals i envelats, o certes facècies per les pagesies, cosa que, segons dita de llengües malintencionades, havia posat en braços de més d'una camperola incauta alguns Muntanyoles esporàdics, la Teresa es plegava de braços i solia dir:

–Ja se sap dels homes! Que l'Àngel de la Guarda no me'l deixi de la mà...

Fins que, de sobte, ell li dugué a casa aquella barcelonina desconeguda, bonica, pobra i somrient, que venia a fer de mestressa amb un carregament de vestits enlluernadors i un piano per a vagarejar més de gust; una mestressa que entrava a la cuina amb vestit blanc brodat i amb brillants als dits.

Però, per sobre de totes les altres maleses, la Laura no era la verge casta, per força o per gust, sinó la dona que ofereix la mà als homes amb un somriure clar, que pot lluir la meitat del pit i les espatlles, rosades, sense pietat per a les altres dones que han d'anar tapades fins a sota les orelles, són primes i resseques, no saben seure amb abandó ni cantar al piano, ni repenjar-se al braç d'un marit.

El marit!, misteri torbador i que per a la nova mestressa de Muntanyola no era cap misteri. De vegades la Teresa la contemplava com qui vol penetrar un enigma; aquella persona més jove que ella, tan reposada, coneixia els secrets de l'amor! Per quin mèrit ella en posseïa la plenitud, alliberada de pecat?: d'aquell pecat terrible que, sols amb l'horror de pensar-hi la veu es nuava a la gola de la Teresa, òrfena d'amor, amb sols el record d'un vell somni d'amor impossible, com un desvari. Ja prou li havia recomanat la Ventura, aquella mitja senyora recollida a casa de l'oncle Llibori:

–Segons a quines hores, tingui mirament que les portes siguin ben closes.

Per això que moltes nits, la Teresa, impotent per a deseixir-se de frisances i d'escrúpols a còpia de precs a les ànimes del purgatori perquè li concedissin un bon son, es llevava del llit, temerosa que els nuvis no s'haguessin deixat la porta del dormitori oberta, i sortia cap al passadís, calçada amb les mitges. La porta era ben closa, però, així i tot, acostava l'orella al forat del pany. La sobresaltava qualsevol remor que es produís en aquella cambra on l'amor tenia efectivitat; però no s'aclaria gens el misteri per a Teresa, a la manera d'un home assedegat que s'acosta a la delícia d'una aigua que brolla ben a prop, introbable.

A punta d'alba se'n tornava al llit, tremolant de fred les mans i els polsos ardents, a demanar a les animetes del purgatori un son alliberat d'angoixes teixides pel dimoni.

La família Terra Negra s'estranyà molt quan varen saber que la Laura s'havia triat per confessor un sacerdot que no era cap dels amics de la casa, des del solemne doctor Grau a l'humil mossèn Rovira, confessor de minyones i asilades, sinó un pare de l'Oratori de Sant Felip Neri, d'aquells que només fan visites a les cases on hi ha malalts.

Anà a missa cada matí en una església gairebé anònima, vestida amb robes humils, i passejà cada tarda mal plogués, sola o acompanyada, entre els escarafalls de les fredelugues senyores quietes vora el braser. Defensada per l'afecció d'en Tomàs, va poder viure al seu gust, anà i tornà de Barcelona, va comprarse llibres i revistes de modes, s'agafava al braç del marit pels carrers i a qualsevol hora, sense saber que transgredia la norma d'indiferentisme exterior, que s'estila a Comarquinal entre els matrimonis honorables. Sortí al balcó els migdies de sol, s'aturà a dir coses amables a les criatures que jugaven per carrers, va escriure i rebre cartes sense donar-ne compte a ningú i encengué tots els llums dels canelobres a l'hora de fer música. Alguns dies d'hivern es llevà a trenc d'alba, d'altres, a l'hora de dinar; planxava els seus vestits, les corbates d'en Tomàs, es transformà les robes, seguí el museu episcopal, acompanyada de mossèn Joan *Ferro Vell*, visità amb aquest sacerdot les dependències de la Casa de la Ciutat i, al palau episcopal, va tenir el goig de saludar el senyor Bisbe i besar-li l'anell.

Els murmuris de Comarquinal entorn dels brasers anaren pujant de to; però la Laura se sentia forta contra les malvolences. El triomf li era com un vi que l'encoratjava a no desdir-se en la pugna, lliure de cap retret interior dels seus actes. Mossèn Joan Serra somreia; el seu confessor, també. Però la naturalitat i la força d'ella, confrontades amb la mansuetud de les senyores de Comarquinal amigues de la casa, en aquella aigua quieta, no gens frunzida per cap plec indiscret, esdevenia odiosa; fomentà les calúmnies més fàcils de confondre amb la veritat.

En Tomàs era feliç. En tornar de cacera o del cafè, trobava a casa la dona com un objecte rar, exemplar únic per a ell en tot el Pla. La Teresa no va formular mai cap objecció, ni el somriure prudent li abandonà el llavi.

–Diu que es pinta les ungles? –va preguntar l'oncle Llibori a la fillola, mogut per la seva angoixa habitual.

–Sempre ho ha fet, i després de banyar-se corre tot el matí per casa embolicada amb una roba gruixuda i prou.

–Però bé la deu cordar? –insisteix l'oncle, amb els ulls espantats.

–Només faltaria això per a obligar-me a sortir de casa! Encara que és gairebé el mateix, perquè, per molt que es tapi fins als peus, s'endevina que va nua.

–Malament –sospira l'oncle, contrariat–; hauré de fixar-m'hi i la faré llaurar dret.

La Laura, amb el propòsit de no pertorbar la llibertat de la Teresa, s'abstingué d'intervenir en els afers domèstics. Amb bona voluntat seva i de la cunyada, hauria pogut anar descobrint els encisos d'una llar tan sòlida com aquella; però la Teresa, engelosida, no cedí; i la Laura, coneixent que sobrava, va allunyar-se de la intimitat de la casa, sense pena.

La seva menor insinuació era immediatament atesa per la cunyada amb mà invisible. Les diferències no degeneraren en lluita perquè la Laura no sentia el plaer de mortificar ningú, i per indiferència a les tasques casolanes, que eren l'orgull de la Teresa. Però la Laura no pensava que contràriament a la majoria de bèsties, que si no els destorbeu el tarannà natural mai no us agredeixen, la majoria dels homes no s'acontenten que els deixin el pas lliure, sinó que es marfonen per interferir-se en el camí dels altres. Cada pas que la Laura enretirà li fou una minva d'espai, una pèrdua de terreny. Començà a debatre's en un illot de glaç que se li aniria fonent sota la planta dels peus.

Cada dia menys lliure en aquella gran casa, es refugià a les cambres altes: el dormitori, el tocador, la galeria, la sala. Darrere els vidres o sota el llum, llegí llibres de títols tan enrevessats que la Teresa, en passar-hi els ulls, no n'endevinava el sentit malgrat els seus quinze anys de pràctiques de francès a la lliçó de les monges. També solia llegir el diari (com un home), vanitat insòlita per a gairebé totes les senyores que es relacionaven amb els Muntanyola.

L'empaperat de la sala fou substituït per un color suau i uniforme que accentuà la línia dels mobles. La Laura repartí quadres i miralls a gust seu; guardà en una vitrina els ventalls de les àvies, els esmalts, les porcellanes, les miniatures arraconades anys ha als calaixos i que la Teresa cedí sense entusiasme però sense protesta, puix que tant ella com en Tomàs, malgrat no ésser sensibles al gust de les belles coses, s'adonaven de la transformació miraculosa d'uns objectes abandonats tota la vida, els quals ara ressortien afavorits d'una gràcia i una noblesa insospitada que contribuïa a posar en relleu l'esplendor d'aquella casa, sense ostentacions cridaneres.

Tots ajudaren a engruixir la murada de calúmnies que es formava entorn de la Laura, però totes les senyores amigues delejaren de poder anar cada dijous a la tarda a casa dels Muntanyola, tan confortable i clara, perfumada i tèbia, on varen poder lluir els vestits nous i on assaborien les excel·lències d'uns tes autèntics, moda introduïda entre les amistats per la barcelonina.

Inconscient del perill que ella mateixa es fomentava, aquelles tardes dels dijous la il·lusionaren, se sentí feliç en aquella claror amable que s'irisava als voravius de la cristalleria; els plecs dels domassos emmarcaven l'esveltesa d'aquella figura blanca, mentre les senyores honestes (que elles amb elles intentaven imitar-li les actituds) l'escrutaven amb ull d'acer tot rosegant les saboroses llaminadures, que les ajudaven a reconciliar-se amb el te desacreditat.

La Laura no es descuidà cap vegada de rebre les visites al costat de la cunyada. La Teresa, molt severa amb el vestit de vellut i les joies entelades de la seva mare, gaudia de la satisfacció d'ostentar l'opulència de la casa davant les enveges que endevinava per sota les rialles amables de les visitants. Però al fons persistia, latent, el disgust de veure que era la Laura qui feia ressaltar amb més d'encert aquella opulència, la forastera pobra, vestida de blanc, jove i bonica! Tot i la seva discreció a posar-se en segon terme, al costat de la cunyada, la Laura brillava com a única mestressa de can Muntanyola.

Un dijous, quan totes les visites ja se n'han anat, la Laura i la Teresa queden un moment soles. La dona d'en Tomàs està contenta perquè la festa ha tingut un esclat imprevist; a més, dos o tres xicots estudiants, que són a Comarquinal per a les vacances nadalenques, han ballat amb les filles de la senyora de Torroella, amb la cosina, amb altres amigues. Les mares han assegurat que elles mai no aventurarien ni dues passes en aquella mena de balls endimoniats, però la Laura es refia que dijous vinent alguna de les mares s'hi aventurarà.

La Teresa s'aixeca i vol anar-se'n, però ella l'atura:

–On vas, tan de pressa? Queda't una estona, tu i jo aquí soles, que no ens vaga pas gaire d'estar juntes.

La Teresa s'hi avé amb incertitud, diu que s'ha de canviar el vestit, és tard, les minyones són a la cuina, podrien trencar alguna peça de la vaixella.

Però seu al sofà amb la Laura. En el fons, perdona una mica la cunyada: la complau que amb una despesa gairebé insignificant hagi sabut trobar el pretext de lluir el tresor de porcellanes i d'argenteria que solien vagar temps i temps als armaris, ignorades de tothom. La Remei de Torroella, la Vilella i alguna altra, no feien més que dialogar amb els ulls; ara sí que hauran pogut fer cabal del senyoriu dels Muntanyola! Hi han anat tres dijous, i tots tres dijous el servei de taula ha estat diferent, inconfusible. També la Teresa ha canviat tres vegades de vestit i de joies.

La Laura s'adona que el rostre de la cunyada traspua una expressió de repòs, de naturalitat que no li havia vist en els tres mesos d'ésser a Comarquinal; ni sécs al front, ni el somriure prudent, ni els ulls baixos. Li sembla com si tot d'una s'obrís una gran porta per deixar passar la claror i l'aire fresc. En un segon, es desvetlla en la Laura el gran desig d'enraonar amb franquesa, d'abandonar-se a la possibilitat d'una atenció, de la qual ara s'adona que ha enyorat les dolceses sense pensar-hi.

–Sóc ben feliç! –declara convençuda, només perquè avui s'ha vist afalagada i per la complaença que deixa traslluir la cunyada–. Si Déu ho permet tu i jo podrem fer moltes coses i estarem més bé que no voldríem. –Passa el braç entorn d'aquella cintura protegida per la cotilla.

–Ja ho crec que sí –confirma la Teresa, guanyada–. Hem de donar molts disgustos a aquelles males llengües; que no tinguin repòs.

El triomf, la certitud de l'enveja o de la mortificació de les senyores amigues, li fa lluir els ulls. I també sent un confús desig d'abandonar-se en la confiança d'algú, ella que viu reclosa en la soledat orgullosa de la desconfiança envers els altres, aquells altres que sempre han mirat amb indiferència la seva vida de germana gran d'un hereu, sense bellesa, que no ha retingut mai damunt la seva carn descolorida cap mirada de desig.

De sobte reclina el cap a l'espatlla d'aquella forastera blanca, florida, i sanglota.

–És que, de casa, ningú no en té res a dir. Jo he estat una persona que no he fet parlar ningú, no he escoltat mai cap home, perquè els homes tenen males idees, i Nostre Senyor sempre m'ha ajudat.

La Laura, que començava a estranyar-se d'aquesta confessió incoherent, endevina la profunda raó que n'és l'origen, la necessitat d'exterioritzar uns greuges no formulats mai, reprimits com la corba del pit dins la cotilla opressora. Ara els manifesta amb el poc encert de les persones desavesades a les confidències de debò. I la Laura ho acull com un homenatge, una prova que ella, la forastera, és acceptada en el cor de la cunyada.

Amb el mocador aromat de muguet, eixuga aquelles llàgrimes que llisquen per les cavitats de les galtes marcides. I la Laura la besa amb la pietat que poden sentir els poderosos pels dissortats amb la creença que ofereixen una part generosa d'amor.

–Deixa'm ser-te molt amiga, Teresa! T'estimaria tant! I seríem felices! –prega la Laura, molt suau, amb aquell seu deler de trobar la fórmula de la felicitat.

L'escala cruix sota les sabates ferrades de l'amo. Entra vermell de l'aire fred, el vestit de caçador flairós de boscatge. Mira enlluernat com un estrany l'esplendor d'aquella sala, veu la taula parada amb flors i cristalls desconeguts, les dues dones assegudes de costat. La Teresa intenta aixecar-se, com un servent en presència del senyor, d'aquella manera com ha fet sempre, d'esma, quan arriba el germà. Però la Laura la reté, molt serena.

–On vas, justament ara que tenim la sort d'estar tots tres junts?

Fa seure el marit a la butaca més pròxima; ella s'aixeca i acosta les llaminadures i les copes amb la safata. Els dos germans la miren com acciona, simple i natural entremig d'aquells miralls, d'aquelles clarors tenyides de rosa, accepten l'oferiment, encongits, com si ella fos la mestressa i ells uns forasters que acaben d'entrar en un saló de senyors.

–S'està bé aquí, oi? –comença la Laura en veure que en Tomàs, bo i rosegant, mira entorn com un foraster.

–Oh, sí; mai no me n'havia adonat com avui –respon l'home–. I a tu, també et fa obrir un pam de boca, encara que dissimulis –es dirigeix a la germana–. Abans no et veia pas tan mudada. Per què no feies això com ella, amb tants d'estris com tenim a casa? Però no hi ha com els barcelonins per a saber-ho; cal ser senyor de mena, i, de senyora, a la família no n'havíem tinguda mai cap fins ara.

–Ja sé que no estem ben ensenyats com a Barcelona –objecta la Teresa, amb una mica de riure nerviós–; però més de quatre voldrien...

La Laura prova d'intervenir amb mots conciliadors, però no amoroseix l'efecte de les paraules del marit.

La rancúnia de la cunyada, esvaïda uns quants segons, s'enverina més quan el seu germà insisteix:

–Has tardat a aprendre-ho; però ara la Laura ja comença a ensenyar-te'n. No és pas el mateix seure aquí dalt o passar-se la vida vora els fogons amb el cove de la bugada.

És la provocació. Ell li fa retret de tants anys de regir aquella casa amb el seu mètode abnegat, de mesura; li retreu l'exemple de la forastera, de la sobrevinguda pobra, que s'ha transformat en mestressa sense altre mèrit que la blancor del rostre i l'enginy de saber-se posar uns vestits comprats amb els diners que guanyaren els avis i que les àvies ajudaven a estalviar, tal com ha fet ella sempre, només perquè ara el germà ho retregui amb aire de befa.

La intervenció d'en Tomàs ha trencat l'acord. Ara la Teresa comprèn ben clar quin esdevenidor li espera com a recompensa del seu sacrifici. Es revolta contra la bellesa i l'elegància de la Laura. Tanmateix, és la mestressa!, una dona bonica, jove i casada! Per contra, ella, la Teresa, una Muntanyola de debò, nascuda a la casa, actua com a minyona de confiança, té quaranta anys, està revellida, amb les mans grosseres de les tasques humils que el germà li recrimina.

I quan la Laura, commoguda, intenta agafar-la pel braç, la Teresa la rebutja amb polidesa; el somriure de Comarquinal li ha tornat al llavi. Se'n va a llevar-se el vestit, segura que no se'l posarà cap més dijous.

–Poc saps el mal que ens has fet! –diu la Laura, lentament, asseient-se davant d'en Tomàs, que encara menja, tot reposat–. La Teresa mereix tot el nostre agraïment pel que ha fet i fa; és un pecat que la censuris amb tanta incomprensió.

–Ja la hi tinc acostumada, i no en fa cabal, perquè sap que jo puc dir-li-ho tot.

–Però no pas davant meu; jo no ho consentiria de ningú del món, ni de tu.

–Vols manar-me?

–Vull que aprenguis a conèixer les persones i a respectar el sacrifici de la nostra germana.

–Obligació hi té, des del moment que s'estarà a casa meva sense haver hagut de treure cap diner seu. Si se't queixa és per vici, i jo no tinc prou humor per a capficar-me amb les seves manies ni amb les teves. Les dones, se us ha de tenir acotades amb la regna, si no, feu com els cavalls i...

–No, Tomàs –protesta la Laura, amb un rosat intens a les galtes–. Les dones som persones amb una ànima i una voluntat, com els homes; et caldrà aprendre-ho bé.

–Aprendre? –repeteix en Tomàs amb sornegueria–. Vaig ferho tant com vaig poder a estudi, fins que un dia, cansat de les lliçons i de la saviesa del mestre, li vaig engegar el llibre entre cap i coll. Des dels disset anys que he pogut pagar-me el gust de fer la meva voluntat i no tinc gaire paciència per a escoltar els consells de ningú, sobretot de les dones, que teniu el cervell com els pardals...

La Laura ja no l'escolta ni s'ofèn; el mira amb un esguard tan nou com si observés un estrany no vist mai. S'està davant d'un home que beu i menja de gust, barrejant-ho tot, sense percebre la diferència de sabor i de matisos d'allò que s'empassa. Obre la boca per rosegar com si remugués. La Laura li veu el menjar a dintre, informe, li veu les cavitats del nas, els porus entresuats. Amb la sabata ferrada ha arraconat la catifa i la trepitja sense adonar-se'n; li veu el front, magnífic, llis de cap senyal de pensament, els dits untosos de greix del gallet de l'escopeta amb què ha entretingut el seu oci de senyor rural, matar per la diversió de matar ocells innocents que, un cop morts, l'amo regala a les masoveres, agraïdes. La Laura enretira el genoll per por que no topi amb el vellut dels pantalons de l'home. S'aixeca i va cap al balcó; la boira és allí, ben a prop, densa i fidel. Torna a mirar el marit, anguniada per aquella estranya impressió que fa que el vegi d'una manera nova. Ell s'està una mica inclinat endavant, feixuc com si el cap li pesés; i la Laura en comença a sentir una gran compassió, com si veiés un pobre abandonat, malalt o cec. És una pietat que sol generar només allò que ens repugna, pietat esquiva, sense tendresa.

No; no hi ha amor. La Laura comprèn que no ha estimat mai aquell home, que ell i ella han sofert l'embriaguesa dels sentits. Esvaït l'encís de la novetat, sense cap lligam moral, els cossos se separen. Ella podria deixar de veure'l per sempre més, sense recança. Sent que acaba de desdir-se de la vel·leïtat d'intentar incorporar-lo al seu món. I la indiferència comença a interposar el seu vel entre l'home i la dona, just al punt en què la Laura sent, a la manera d'una campana entre la boira, la crida remota del fill que s'anuncia i que la fa caure esvanida amb un feble gemec.

La tertúlia capvespral de la vídua Torroella sol reunir el que hi ha de bo i millor a la ciutat. Però ja se sap que a la casa on hi ha noies, si per cas reben xicots, fan malparlar els veïns. Sort que la senyora de Torroella, des que té filles casadores, passa per alt aquelles conxorxes íntimes, perquè no és pas cas d'esporuguir el parell o tres d'hereus que van els dissabtes a prendre licor de farigola i ratafia amb secalls a casa d'aquella senyora.

D'altra banda, la senyora de Torroella està emparada contra les escomeses de la maledicència, gràcies a la solidesa del seu patrimoni. El diner volta d'una aurèola sagrada les persones afavorides per aquesta divinitat; i a Comarquinal la família Torroella és respectada com un dels seus sants màxims.

Però el puntal més prestigiós d'aquella casa és el germà de la vídua, el capitular de la Seu doctor Grau. Aquest senyor, que és un arxiu vivent de les anècdotes més fines, ben i malintencionades, sol presidir la tertúlia entorn del braser.

Protegits per les ombres de la sala, harmoniosa de corbes

isabelines, els xicots i les noies juguen a penyores pels racons. Les persones grans veuen tothom que passa per la plaça, qui passeja i qui va a l'església, a les altres tertúlies o a visitar malalts. Fins alguna nit i tot, endevinen les passes clandestines d'algun casat que se'n va, d'esquitllentes, carrer de Traginers avall, cap al cafè de la *Pica-pica*, on la veu pública fa córrer que es juga d'amagat, i on també, quan el batlle fa el desentès, solen anar dones de Barcelona, portades des del tren amb el cotxe de la presó perquè no ofenguin el pudor de les honestes esposes comarquinalenques. Es diu que en aquell lloc maleït tenen efecte escenes esgarrifoses, que fan picar l'ullet als homes, envermellir de galtes les noies i somriure les vídues de mitja edat.

A la tertúlia de la senyora de Torroella és on comenten amb detalls més precisos les intimitats de la família Muntanyola, per tal com ells són els amics de més confiança. També és allí on les senyores contertulianes dies ha que es fan eco de l'estranyesa de tot Comarquinal, pel fet que la muller d'en Tomàs, malgrat els seus quatre mesos de casada, no presenti ni el més lleu símptoma de maternitat.

–Encara no? –mig diu una mare, al moment que les noies fan el distret.

–No puc pas creure que sigui per culpa d'ell –indica una de les visitants, mocant-se lleugerament amb el mocadoret de randes.

–Un xicot tan sa, i de qui ja sabem més d'una feta que el guarda de cap suposició estranya –recalca amb intenció la mestressa de la casa.

–Més aviat serà d'ella, la culpa. Estan malmeses aquestes noies d'avui en dia!

–És que la gent s'ha tornat massa sàvia –intervé el doctor Grau, tot dibuixant arabescos de cendra i caliu amb la pala del braser– i Nostre Senyor no els ho podrà passar per alt.

–Aquest París és la pesta –declara la visitant, intrigada, mare de vuit infants–. No puc sentir parlar d'aquestes maniobres; i jo voldria saber com...

Però al cap d'uns quants dies s'escampa la nova que la jove mestressa de Muntanyola vol donar un hereu a en Tomàs. Les llengües s'assosseguen i, de sobte, la vida íntima d'aquell matrimoni desapareix de l'atenció pública. Les fetes d'en Jaume, l'hereu Terra Negra, fill del senyor Llibori, trasbalsen les tertúlies i donen la pastura més saborosa als comaratges de vora els brasers.

Dies ha que era del domini popular la veu de les discrepàncies entre el pare i en Jaume, a propòsit de l'entossudiment d'aquell xicot a no desdir-se d'anar a casa l'enterramorts a fer broma amb la seva filla. Perquè ja és sabut que un hereu tan important com ell sols podia acostar-se a una noia tan insignificant com aquella per entretenir les estones balderes.

El fet cert era que de les bromes havien passat a les veres i, un matí de trist record per a la família, l'hereu *Nas de rei* confessà al senyor Llibori que volia casar-se amb la filla de l'enterramorts, per afecte que li duia i per l'obligació que tenia de legalitzar la seva unió amb la dona que, abans de gaire, fóra mare d'un novell Terra Negra.

Amb una mica més que el senyor Llibori, congestionat, panteixant, no engega un tinter entre cap i coll de l'hereu.

–¿Goses parlar-me d'aquella morta de fam, filla d'un «borratxó» i d'una valenciana que venia cacauets i anissos a la plaça?

L'hereu es mostrà inflexible; volia casar-se amb la noia que s'adeia al seu tarannà, mare del seu fill.

–Seu? –advertí amb ironia la Teresa, en saber la conversa, encomanada de la indignació de l'oncle–. No «enraonava» pas amb en Jaume sol, aquella mossa!

Tota la família en pes es posà de costat a la negativa de l'amo

Terra Negra. Però en Jaume no cedí; al cap de quinze dies es casava amb la filla de l'enterramorts, a punta d'alba com els pobres o com els qui s'han d'amagar. Les senyores de la família i les amigues ploraren les llàgrimes més amargues per la mala hora d'aquell xicot.

–Un hereu tan escaigut i divertit, que hauria pogut trobar la noia més lluïda de Comarquinal –sospirava la senyora de Torroella mirant les seves filles, solidària per amistat al dolor de la família.

–Ja sempre em va semblar que en Jaume feia mirada de boig! –declarà un concurrent a la tertúlia.

El senyor Llibori, ressentit per la indisciplina del fill, al cap de pocs dies fulminava una venjança que féu estremir el cor de les persones de bé i va obligar a tenir encesos tots els llums de les tertúlies, fins una o dues hores més tard. Desheretà el fill gran, irrevocablement; li negà el dret d'entrada a la casa. I tot d'una el fadristern, deixat fins llavors a la guarda de l'estudiant, que l'alliçonava a hores perdudes, adquirí el magnífic relleu que aureola com per mercè divina tot hereu de casa bona.

–Nostre Senyor ha ben castigat en Llibori –remugà amb sorneguería l'oncle Joanet, el maniàtic dels daurats–. Tants anys de baratar-se l'ànima amb el dimoni per ser hereu i poder fer el senyor!; ara ja s'ho troba en el fill.

Ni el barret de palla que aprofita per a estar per casa no cabia al cap de l'oncle Joanet, entresuat de goig.

La Laura, sorpresa de tot aquell enrenou inflat a proporcions tràgiques, provà d'intervenir, tímidament, per desenverinar les passions; no sabia entendre quina mena de crim havia comès en Jaume Terra Negra casant-se amb la filla de l'enterramorts. Però les seves raons foren rebudes amb tanta fredor per la cunyada i amb tanta sorpresa pel marit, que no gosà fer part dels seus sentiments a l'oncle Llibori.

Aquest senyor, per tal de demostrar a l'opinió pública la fermesa del seu caràcter, confià a un comptable foraster el lloc que ocupava en Jaume al despatx fins que el segon fill pogués encarregar-se'n. A més, al cap de vuit dies de la «desgràcia», tornava a sortir a passeig com abans, amb el plastró de seda, les ulleres fumades i el somriure de sempre. El diumenge anà a ofici i tots els ulls de Comarquinal varen poder veure'l travessar dret, sever, la nau del temple, acompanyat del fill petit, el recent hereu Terra Negra.

La Laura es va desentendre d'aquella lluita que la revoltava, aconsellada pel seu amic mossèn Joan *Ferro Vell* i pel confessor, el pare Comerma; no fos cas que la clarividència de la família interpretés la seva actitud, favorable a la pau i a la reconciliació, com a complicitat amb els culpables! D'altra banda, ella començava a sentir-se feixuga, la voluntat vaporosa, intents de conciliar-se'n l'afecte. Cert que no en sofria gaire, per tal com no estimava d'amor el marit. Alliberada d'aquell deler d'atraure'l, de conquistar-lo per a ella sola, com a la primeria, s'anava encongint sota la campana freda de la indiferència, clara com un cristall que la voltava de silenci, que l'acostava cada dia un mica més a aquell fill que la iniciaria en una altra mena d'amor.

És clar que, amb els primers símptomes de la gravidesa de la Laura, en Tomàs va tancar-se cada nit a casa amb la il·lusió de l'hereu que la muller li prometia. Compartí amb ella tots els projectes de grandeses per a aquell brot dels Muntanyola que a la tardor es trobarien als braços. Però aviat el cos de la Laura anà deformant-se; fou com si una desfeta interior desarticulés l'harmonia d'aquella arquitectura. Més endavant, la deformació esdevingué acusada, excessiva. En Tomàs no estava avesat a resistir proves com aquella; l'incentiu que l'havia dut al sacrifici del matrimoni com a únic mitjà per posseir totes aquelles gràcies s'atenuà de sobte. Al cap de pocs mesos, la il·lusió era un munt de cendra en un foc apagat. Tornà al casino com abans de casar-se; s'ajuntà amb els amics per seguir aplecs i mercats; reprengué els viatges a Barcelona.

–Quines dones, aquestes tan enteses i presumides! –observà amb desdenys la Teresa, a la tertúlia de la vídua de Torroella–: no saben tenir subjecte el marit.

La Laura, oblidada de tots, sola, oblidava tothom; passava tot un dia sense que cap incident li provoqués el record d'en Tomàs, perdut prats enllà amb el seu cotxe carregat d'amics, la cartera atapeïda de bitllets de banc. Els vestits, els llibres, el piano, tot oblidat, faltada d'ambient que li suggerís la necessitat d'aquells elements, essencials prop d'una persona entenedora, sobrers en l'atmosfera actual de la forastera, absent com si ja volgués pertànyer a un altre ésser. El fill, llunyà encara, reclamava la seva atenció i els seus pensaments.

Una tarda que tota la parentela feia companyia a l'oncle Llibori, al menjador dels Terra Negra, prop de l'esguard furibund de *Don Carlos* i de l'aguda benedicció de Lleó XIII, la Laura va adonar-se que la Beatriu, la neboda pobra, se li asseia al costat.

–Com és que encara no has vingut a veure'm? –començà la Laura, fatigada del to que ha pres la conversa general–. Ets l'única persona que no he vist a casa.

El rostre de la noia es contrau per poder simular el somriure amable de tothom.

–No em vaga gaire. Prou que alguns matins vaig a veure la Teresa!, però vostè encara dorm.

–Vostè, i som cosines?

–Tant se val!, tampoc no ens hem tractat, com qui diu, gens.

–Vine i ens coneixerem bé. Jo tinc un deute amb tu; et guardo un present meu; i no te l'he dut perquè així potser vindràs.

–No, gràcies; no es molesti per mi. Si ara vingués es podria pensar que ho faig perquè em moro de ganes que em donin coses, i gràcies a Déu...

–Calla! –fa la Laura, nerviosa–; no acabis de dir-ho. Aquest refús orgullós, et sabria greu de demostrar-me'l, i a mi me'n faria de sentir-lo en boca teva. No em tractis de vostè.

–Déu me'n guard. Ves què dirien?

–Qui?

La Beatriu no respon, reclosa novament en un mutisme sorrut; fent el distret, se'n va a seure a l'altre cap de menjador.

L'esquivesa d'aquella persona desvalguda, obtusa, cellajunta, entristí més la Laura que no pas l'allunyament de tota la família, la qual rebutjava els seus consolada amb el misteri que precedia l'aparició d'aquell fill.

La Laura es creia sotmesa a un període de metamorfosi vers un altre ordre de sentiments i d'idees. Ignorava que sols era una reclusió temporal, un oblit d'ella mateixa. Un dia o altre, la consciència adormissada reclamaria els seus drets d'amor, d'independència, d'anhels de felicitat. Deixà d'entretenir-se amb el parloteig, les cançons i ballarugues pintoresques dels gitanos de sota el pont, ja no gaudí més de la delícia de l'olor d'encens a la Catedral, no visità cap més vegada mossèn Joan, conservador del museu. S'estava hores i hores ajaguda al divan de la sala, quieta sota el ròdol del llum, una ombra blavosa entorn dels ulls, els llavis descolorits, la pell del rostre una mica aspra per l'aire sec i tallant de Comarquinal.

–Veig que t'has determinat a donar-nos un hereu! –li havia dit l'oncle Joanet, fregant-se les mans i mirant entorn com si busqués algun objecte bo per a daurar, amb la seva mania de fill de llautoner enriquit.

–Si Déu us deixa arribar l'hereu a bé, cal que tingueu compte a pujar-lo! –clama amb pregon adoloriment l'oncle Llibori–.

Ja veieu quins exemples que donen els hereus!

–Quan serà l'hora –declara pertot arreu la Teresa, amb dignitat– jo no seré pas a casa. Si ella és tan poc escrupolosa que es refiï de mi, s'enganya de mig a mig.

Però la Laura no sap, no pensa ni es refia. Aquells estats d'esperit que fins suara havia confós amb l'amor no eren res més que un mot amb què disfressava la torbació física, l'alteració dels sentits en contacte amb un home. Ara que un nou sentiment –el primer– comença a descloure's a la seva consciència, la Laura creu que bé val per un amor; no s'adona que li serveix de segona disfressa per a dissimular-se les possibilitats de l'amor, de la passió, que tard o d'hora, de prop o de lluny, ve a modelar o a destruir la vida de cada ésser que sigui susceptible de contenir-lo.

Encara feia fred quan va començar els preparatius per a rebre el fill a gust seu. El terme encara era lluny, però volia preparar-se a poc a poc, sabent que el seu caprici no fóra desatès en l'abundor d'aquella casa. Els brodats, les teles delicades, l'enfeinaren, darrere els vidres de la cambra, acompanyada de les campanes parroquials, familiars ja, que bescanviaven els sons entre la grisor de l'aire espès, que difuminava l'estructura d'aquella ciutat endogalada en el seu rigorisme formal. Senyals de Viàtic, de bateigs, de misses d'agonitzants i de difunts, de trisagis i d'*Angelus;* melopees lentes que s'entrelliguen per damunt de la humitat dels carrers i de les esplèndides cantonades barroques, per damunt dels somriures tallats a patró i dels comaratges xiuxiuejats a les tertúlies.

Una tarda que Laura no ha rebut cap visita, sent que la Teresa parla amb alguna persona que arriba.

–En aquesta hora, tu? –fa la germana d'en Tomàs.

Sent la resposta engargussada, confusa, de la Beatriu, la neboda pobra, «l'avorrida», tal com la motegen els bons amics del senyor Llibori Terra Negra.

Li acut el pensament que potser ve a veure-la i no gosa pujar. Baixa al menjador i, després d'una pugna breu, la Beatriu accedeix amb posats d'indiferència. En un moment que la Laura es gira, una llambregada basta a la cosina per a fer-se càrrec de la instal·lació d'aquelles cambres, però el rostre no li'n trasllueix res.

–Tantes ganes com tenia que vinguessis! –comença la Laura en un to ben simple, per ajudar-la a asserenar-se–. Amb les estones que estic sola!; parlaríem, riuríem, m'ajudaries a fer coses menudes...

–Oh! de feina, rai; ja en tinc, ja –respon «l'avorrida» amb una mitja rialla que no basta per a dissimular-li la duresa de la cara.

–No m'ho prenguis a mal. Sols era per dir alguna cosa. M'hauria guardat prou de fer-te treballar!

–Ja sé que no serveixo per a res de bo! Les noies d'aquí no som instruïdes com les de Barcelona.

És l'eterna invectiva irònica, que ha ofès tantes vegades la Laura.

–Jo bé crec que tu i les altres sabeu fer bones coses, sense que hàgiu d'envejar res de ningú.

–Gràcies a Déu, vaig anar a «costura» fins gran. Aleshores, rai, que el pare era viu!

–Fa temps que se't va morir?

–Quatre anys i cinc mesos. –I la Beatriu queda immersa uns segons en les vaguetats del record, l'evocació d'un temps i d'unes escenes que només un sospir exterioritza, a la manera de l'aigua quieta que en ésser ferida per una lleu commoció interior, l'acusa una sola bombolla irisada que puja a la superfície. La Laura no vol insistir.

–Tant com m'hauria agradat que vinguessis una estona, per

mi sola! Vols dir que avui no hi pensaves gens?

La neboda pobra aixeca els ulls, esporuguida com si li descobrissin una malignitat.

–No, gens –respon molt de pressa–. Passava i la Teresa m'ha fet entrar.

La Laura va mirant-la, llegeix l'amargor i l'orgull reprimit per entre els sécs cruels que enfondeixen la boca i la vora dels ulls d'aquella persona de divuit anys que té l'aire marcit d'una vella i que s'està rígida al seient com una nena bona minyona. La mà de la barcelonina li afalaga el cabell:

–Com és que et fas aquest pentinat tan poc a la moda d'avui?

–No sóc pas de moda, jo. Si visqués a Barcelona sí, que faria estrany!

–Quina rancúnia teniu a la pobra Barcelona!

–No ho cregui –observa la Beatriu amb veu alterada–. No hi vaig mai i no l'enyoro gens. No sóc de les que s'hi enlluernen. Penso que Nostre Senyor vol l'ànima neta i no pas pentinats lluïts.

–És cert; però quan Nostre Senyor dóna una cara bonica a una noia, no li agrada pas que l'amagui rere aquest parell de cortines que la desfiguren. Vols que t'ensenyi de fer-te un pentinat graciós?

L'altra recula fins a la paret, horroritzada.

–No, mai –protesta–. Ves què dirien a casa?

–Que poden manar de la teva persona?

–Només em faltaria això! Prou neguit passa l'Angelina per si el meu nom fa més bonic que el seu!

La Laura somriu i l'obliga a seure davant del tocador; li recull el cabell endarrere; fa que el rostre alliberat de destorbs mostri la correcció dels trets en la suavitat de la pell.

Malgrat la complaença que la Beatriu no pot dissimular,

s'entossudeix a no cedir, temerosa de la família, malfiada de la Laura. Després, quan la barcelonina li ensenya algunes robes que prepara per al fill, mira distretament, com de passada, sense fixar els ulls, tal com solen fer algunes senyores de Comarquinal quan troben una amiga que duu un vestit nou. Però la seva mà palpa furtivament, com qui roba, les teles, els brodats. La Laura fa entrar la cosina a la sala i al dormitori. Davant la polidesa del bany, la Beatriu s'enrojola de galtes, com si se li ressentís el pudor, però no diu res. La Laura vol que torni a seure-li al costat, però l'altra es resisteix: a casa seva estranyarien que tardés tant.

–Digues-los la veritat. Cal que s'acostumin a saber que véns aquí. Demà, si fa sol, torna i passejarem.

–No m'agrada moure'm: enlloc no estic bé com a casa. Si només es veuen misèries pel món!

–Una noia com tu no pot enraonar així, ha de tocar-li l'aire, anar als llocs com l'altra gent, veure xicots...

Una mica de xiscle agut fa de resposta.

–Qui vol que es fixi en mi? I tant se me'n dóna; per les intencions que tenen els homes!... No em casaré pas. Els xicots no volen noies sense dot, i amb un treballador tampoc no em casaria, perquè, per molt pobra que jo sigui, el meu pare era l'hereu Terra Negra.

I la seva veu s'ha engrandit, ha esdevingut ferma en recalcar aquests mots amb els ulls lluents d'orgull.

–Tu vine, i sortirem –insisteix la Laura.

–Vostè rai!, ja té la minyona que l'acompanya.

–Per a acompanyar-me, sí, però és pel goig d'anar amb tu.

De sobte, la Beatriu obre el portamonedes i treu el collaret d'ambre que la Laura li havia ofert uns quants dies abans.

–Tingui –diu, pàl·lida i dura com si infligís un càstig–. No estranyi que l'hi torni; agraeixo la bona intenció, però no el duria mai, i és una llàstima. Val més que el llueixi vostè, que té bon humor i és elegant. No m'agrada que em mirin ni fer enraonar la gent.

–Me'l rebutges?

–Ja li he dit que ho agraeixo molt.

La Laura va, pren l'objecte i el desa en un calaix, en silenci. Després torna prop de la Beatriu i amb la veu neta de rancúnia, només una mica emmelangida, parla:

–Ja saps que rebutges, no aquella cosa de no res, sinó la meva bona voluntat, l'amistat que t'oferia. És clar que no comprens per què he insistit a retenir-te i a voler ser amiga teva; era perquè no et sentissis tan sola, tu que no tens gaire companyia de ningú! Abans d'adormir-te avui, rumia-ho ben bé, pensa en això que m'has fet, i et sabrà greu encara que no m'ho diguis mai. No has vingut per veure la Teresa, sinó a donar-me aquest disgust.

–No havia pensat res, jo.

–Tant és. Em dol que tu i tot vulguis fer-me pagar cara la malifeta d'haver-me introduït a la família. És una llàstima que ells no puguin saber com els ets fidel; i ets tu qui em fereix?, pobra criatura sacrificada a l'egoisme de les bones persones!

–L'entenc estona ha. Si parla per l'oncle, ningú no pot dir que jo m'hagi queixat mai. Potser, sense ell, aniria per aquests mons de Déu feta una perduda.

–Per què diuen tan sovint aquesta paraula horrible? Havia cregut poder alliberar-te de la hipocresia que et volta, que us corca a vosaltres; ensenyar-te a respirar, a riure, a prendre el sol, a collir unes quantes flors amb gràcia, a treure't la por dels pecats que no has de cometre. Ho volia perquè has sofert injustícies; creia que sofrir les penes que no s'han merescut millorava la gent. Cada dia m'adono que m'enganyo amb els pensaments del dia abans. I ara, vés –insisteix la Laura, molt pacífica; s'aixeca i vol acompanyar-la fins a la porta–. No vull retenir-te; podrien pensar que et faig estar aquí perquè m'expliquis coses que no m'interessen.

–De segur que tindrien raó –afirma la Beatriu, de peu dret, amb un desig de mortificar tan evident, que li fa tremolar el mentó i els dits. La Laura separa la mirada d'aquell rostre entenebrit.

–Pensa el que vulguis o el que puguis. Adéu! –I l'acompanya fins a l'escala, dolçament.

L'altra va per sortir, però vacil·la; es tomba a poc a poc i balbuceja amb veu que li tremola:

–És... que jo no vull pas anar-me'n.

–No? –interroga la Laura, en un esclat, com el crit d'un nàufrag que percep una possibilitat de salvació. I l'agafa de la mà per tornar-la a dins, si per cas vol quedar-se.

–He vingut a veure-la, però em semblava impossible que vostè ho volgués de debò; fins de nit ho somiava...

No acaba de parlar perquè els sanglots de la Laura l'aturen. És un desbordament de llàgrimes contingudes tot aquell temps, sota la disfressa de la felicitat. Li basta posar-se en contacte amb un dolor autèntic perquè es manifesti plenament el seu dolor.

La Beatriu s'acull a l'abraçada de la forastera amb el calfred d'un desvalgut que troba un recer on abrigar-se.

–Ara sí que ho contaré tot –diu, abandonant-se al goig de poder plorar i sabent que serà escoltada com les persones importants–, ben bé tot, fins allò que no sabrà ningú més; que l'estudiant de casa m'estima i l'estimo molt...

La Laura és tan feliç, que, no sabent com exterioritzar la seva felicitat, obre el balcó. Li sembla que necessita aire fresc per a respirar.

És el començament de la primavera. La tarda s'acaba sense

gens de boira; el sol daura les agulles de la Catedral; unes falzies aparellades dialoguen misteriosament sota el ràfec de la teulada. La Laura i la Beatriu surten al balcó agafades per la cintura.

–Mira allà baix! –fa la dona d'en Tomàs, assenyalant, al capdavall del passeig, la roureda, els prats nets i lluminosos. La neboda pobra s'arrisca a abocar-se poc o molt, com si no en sabés, amb les dues cortines de cabell negre a banda i banda de la cara.

–El Pirineu és tot nevat! –fa amb accent humil, lliure de traves, sense la por de si dirà alguna expressió que mereixi un reny, només pel repòs que incita la companyia de la Laura, aquell braç on pot recalcar-se com si fos un coixí–. Més enllà hi ha França, oi? –pregunta amb un somriure ingenu, que ja no és el somriure d'abans.

–Sí, criatura!

–I més enllà?

–Més enllà? –dubta la Laura, que no ho sap bé–. Més enllà? Què sé jo!: tot el món, ample de pertot arreu.

I respira l'aire de la tarda una mica tebi, aclucada d'ulls com si sortís Déu sap de quina presó.

Foren dos mesos de vents, pluges i claps de sol inconstant, entre la boira entossudida a guardar de nits Comarquinal. Cada dia més esfilagarsada i prima, a mitjan de maig s'esvaí i els pollancres de la riera i els roures del bosc s'esponjaven al bon sol, alliberats de la tutela de tants mesos.

El metge recomanà a la Laura que sortís a passeig, però la Teresa i en Tomàs aviat es varen desentendre d'acompanyar-la.

–Cap al Rieral vols anar a fanguejar? –interrogava la Teresa–. Sí que ens posaríem bé la roba! La gent creuria que anem a collir herba per als conills.

A més, sempre estava enfeinada amb la casa i a fer memòria de les despeses gargotejades al dietari de l'escriptori. Ella no sortia si no era per complir els seus deures religiosos o per a les visites. En Tomàs també es distreia d'anar amb la Laura, perquè el crispava que el veiessin amb aquella dona voluminosa, inflada de turmells, exposat a les indirectes i bromades dels amics per la seva participació en el cas.

La Laura sortí de grat amb la Beatriu, seguides pel gos, acompanyades més d'una vegada per mossèn Joan, del museu, ara ja sense protesta de l'amo Muntanyola, perquè l'atenció de tot Comarquinal s'havia desviat de la Laura, interessada pels esdeveniments de casa l'oncle Terra Negra. L'expectació general era en el grau màxim, perquè en Jaume, l'exhereu, en lloc de caure fulminat per la maledicció paterna, va avenir-se amb reconfortant optimisme a viure amb la seva dona a casa de l'enterramorts. Com que havia estat un hereu divertit, amb poques dèries per l'estudi (vist que no li havien de fer cap falta per a regir un patrimoni sense complicacions com havia estat el seu, un cop liquidat el negoci del pare), en empobrir tot d'una acceptà la vida d'obrer sense encaparrar-s'hi. Sol·licità i va obtenir la plaça de cotxer del cementiri i tot Comarquinal va riure, dissimuladament, la primera vegada que el sever senyor Llibori Terra Negra i el fill es trobaren al mig de la plaça. El pare, ofès, passejava al costat del doctor Grau, duia la corbata de dol amb què volia significar a ulls de la gent el seu propòsit de considerar mort el fill gran. I en aquella mala hora, prop de la Rambla, comparegué el fill maleït molt ben enfilat al cotxe de morts; tornava del cementiri amb la seva capa arnada, ventant cops de tralla joiosos com un carreter de tota la vida.

–És un càstig de Déu! –no es cansà de repetir l'oncle Joanet, el maniàtic de les antiguitats, satisfet d'haver-se pogut venjar, indirectament, de la bona fortuna del fadristern Terra Negra, enriquit a còpia de vendre blat amb mesures curtes, com solia dir (només a les persones de molta confiança). Però quan el senyor Llibori tornava a saber-ho per boca d'aquelles persones fiades, no s'estava de plànyer l'enveja del seu parent amb mots despectius.

–Pobre Joanet!, em fa llàstima perquè és un miserable amb diners; com si tots no sabéssim que no vol deixar operar la seva germana per estalviar-se la paga del metge.

–És ella, que no vol que cap home li posi les mans al damunt –advertí la Teresa, que era present a la conversa–. És una dona molt escrupolosa. No totes són com la de casa, que cada vuit dies necessita que l'especialista l'examini, com si ningú del món no hagués tingut mai cap fill. A les nostres mares no els calien tants miraments, i bé criaven uns hereus prou grassos. Però en Tomàs ho mana; diu que som en una època moderna! –sospira la Teresa, resignada.

–I a ella, no li sap greu?

–Com que té la taula parada, la feina feta i vestits per a estrenar, ens deixa fer.

–Quan arribarà l'hora, haurem de veure què té de diferent dels altres, el vostre hereu –fa l'oncle Llibori.

Quan, a mitjan de setembre, arribà l'hora, la nova s'escampà per les tertúlies d'entrada de fosc; la jove mestressa de Muntanyola havia tingut una noia: una *pubilla*! Era un cas insòlit, no vist des del temps de la rebesàvia que també es va escaure ésser forastera.

–Una noia? –exclamà la Teresa, que seia a la sala de baix amb la mitja senyora de casa l'oncle, fent oració a sant Ramon

Nonat–. Cert que no m'ho esperava.

–Hi ha qui diu que són persones anèmiques... –observà la Ventura.

En Tomàs va pegar una puntada de peu al gos i ventà un cop de porta.

L'oncle Joanet, acostat al llit on gemegava amb santa paciència la seva íntegra germana, entossudida a no deixar que cap mà d'home se li posés al damunt, per molt i molt metge que fos, exclamà bo i fregant-se les mans, fredes tot l'any:

–Els està bé; per orgullosos. Un càstig de Déu!

La Laura, meravellada, no se sabia avenir de poder estrènyer aquella mica de carn rosada i bategant que s'estava presa al seu pit amb els ulls aclucats i les mans tan menudes que no podien contenir el cap d'un dit de la mare. Tres o quatre dies més tard, aquelles mans de joguina, tèbies i balbes d'incertitud del món que encara no coneixen, s'aferren amb una estranya força al pit, que la Laura els ofereix. I amb el cap reclinat contra el gruix de lletres brodades del coixí, li sembla, com per un voler de Déu, que aquella estreta de mà és un missatge, un contacte que la posa en intel·ligència amb l'ésser que arriba, i és com si el sentís dir amb una veu molt recatada, sense cap de les paraules d'aquest món.

–Tu i jo... bé prou que ens entendrem aviat.

I la Laura torna a sentir-se feliç i no enyora cap d'aquelles coses per les quals fins ara havia sentit enyorament.

–És preciosa, oi? –fa molt baix a la Beatriu, reclinada al capçal del llit.

–Té la mateixa blavor d'ulls que tu –respon «l'avorrida», meravellada de poder besar les mans de la criatura, d'uns dits tan menuts com ella no havia vist mai.

–Quin nom li posarem? –pregunta la Laura un moment en

què té prop seu el marit i l'oncle Llibori, el qual ha d'ésser el padrí.

–Veuràs –fa l'oncle–. Tant el teu home com el seu pare i l'avi s'han dit Tomàs. Però com que es tracta d'una noia!...

–Tu mateixa! –fa el marit–. Com dius que s'anomenava la teva mare?

–Em sembla que no retirarà a ningú de casa –no s'estava de repetir-li la Teresa, separant discretament els ulls del pit de la Laura, ofert al goig de la criatura.

Era una observació que, de tant de sentir-la en boca de la parentela, la Laura acabà per acostumar-s'hi.

–No –pogué declarar una estona que estava sola amb mossèn Joan Serra del museu, pocs dies després del bateig–. Si Déu vol, no s'assemblarà a cap de les animetes d'aquesta família de sants.

–Si que els ha conegut aviat! –observa amb la seva veu tranquil·la, mossèn *Ferro Vell*; i en la dolça blavor dels ullets, fatigats d'escorcollar pels arxius els pergamins florits d'or i de grana, li lluu un pic de malícia–. Ben cert que en cap altra contrada no he vist tantes persones que semblessin tallades al mateix patró com aquí.

–Hi ha estones que em fa l'efecte que no podré resistir-ho. Sembla que m'hi ofegui. Sort tindré d'aquesta filleta!

–Cal que tingui prudència, Laura! –li recomana el vell amb el mateix assossec–. Que ningú no pugui adonar-se d'aquest esperit de revolta seu: no li ho perdonarien. Li cal provar d'aclimatar-s'hi: saber descobrir, per sota els inconvenients d'aquest poble, les grans virtuts que té.

–No crec pas poder saber-ne mai.

–Parla com el meu nebot Pere, l'advocat, que tinc a París. Li reca de tornar perquè es tem de no saber conviure amb l'hermetisme d'aquesta terra nostra, esplèndida, malgrat la boira i els altres defectes que lamentem.

Però no calia esperançar; la malvolença inicial s'agreujava pel fet d'haver donat una filla en comptes d'un hereu a l'amo Muntanyola. I la Laura, reclinada a prop de la seva criatura, percebia el batec suau i regular del cor, dins aquella mica de cos palpitant de vida. Ara sí que se sentia rescabalada de totes les insatisfaccions anteriors; era la descoberta d'un nou món, d'un goig inèdit que li diluí el començ d'aversió que se li havia insinuat contra el marit. Si en Tomàs hagués tingut l'encert d'acostar-se a la muller, sols amb una part de l'efusió dels primers temps, hauria ajudat a fonamentar en ella una afecció estable, una cordialitat somrient, que bé haurien pogut confondre amb l'amor conjugal. Però en Tomàs no va adonar-se'n. Quan ella es restituí a la normalitat era una dona més ferma, la línia del cos una mica més ondulant. Ell s'hi encantà poc o molt; a més, en la Laura hi havia la promesa i l'obligació d'un futur hereu. Però l'acostament fou de poca durada; en Tomàs era massa sincer per a dissimular que en aquella dona no trobava l'incentiu de quan la conegué: hi veia la repetició del primer període, sense res de nou, sense sorpreses. Prou era de lloar que un home com ell hagués mantingut viu tant de temps el desig per una sola dona. A més, la Laura ja no cridava l'atenció com abans; els homes s'havien acostumat a veure-la sense avalotar-se, mal fos d'aquella manera prudent com és del cas en ciutats com Comarquinal, on la severitat formulista lliga de mans les expansions de la gent.

La indiferència dels altres homes, produïda per la freda resignació amb què solem acontentar-nos quan no podem aconseguir un goig massa elevat o massa absurd, accelerà la desil·lusió d'en Tomàs. Del matrimoni ja només li quedaven els avantatges (independència de l'home que pot intentar qualsevol aventura divertida sense por que el prenguin per candidat a marit i la seguretat de trobar a casa una dona bonica per a les estones en què no en teniu cap altra a mà).

A l'estil de molts matrimonis seriosos, la Laura i en Tomàs ja no varen sortir més junts, tret d'algun dia de sol en què se n'anaven amb cotxe a dinar en algun dels masos de més a la vora. La Beatriu, la neboda pobra, era qui s'havia constituït en companya obligada de la Laura tot i l'estranyesa amb què ho veia la família. L'aversió esquerpa de la primeria havia cedit de sobte, substituïda per un afecte absolut i per un gran deler de confidències, en aquella noia avesada al silenci i a l'oblit de la indiferència. A més, trobà en la Laura un consell per a la bona solució dels seus amors amb l'estudiant de capellà; amors fins aleshores angoixosos com un pecat. La intervenció de la Laura calmà les confusions d'aquell esperit perdut en les incertituds de la ignorància. Fou la Laura qui recomanà discreció als enamorats; en l'endemig, ella procuraria valer-se dels seus cosins de Barcelona per tal que, a l'hora terrible de la revelació a la família, aquell xicot pogués «penjar els hàbits» amb gràcia i guanyar-se la vida per a ell i per a la seva dona.

Ja des del començament de l'hivern que el senyor Llibori Terra Negra havia provat de fer alguna visita a casa del seu nebot Tomàs. D'ençà de la «desgràcia» de l'hereu, no sabia estar-se d'anar a veure les seves dues filloles (la Teresa i la recent pubilla dels Muntanyola). Només si per cas hi trobava el metge que havia visitat la Laura en tot aquell temps se'n tornava de seguida. Estaven com qui diu renyits perquè, segons deia l'oncle Llibori, el metge, amb tota la vanitat d'aquells minyons que estudien carrera i es creuen saber de tot, li combatia la pensada d'haver posat en un lloc tan compromès com era el d'encarregat del seu escriptori, un individu malalt d'una mena de tuberculosi localitzada en algun indret delicat de l'organisme. El metge s'entossudia a repetir que era un perill segur per a la salut de la dependència del senyor Terra Negra. I el senyor Llibori, que no ho creia i, a més, li convenia aquell xicot, es revenjava del metge anant-se'n d'allí on el trobava.

També fou l'oncle Llibori qui es mostrà més sol·lícit a aconsellar la Laura, inexperta en el gombol dels fills; ell va recomanar-li de prendre la solució de les nou avellanes diàries, picades al morter, durant el període de la lactació. I el dit de l'oncle assenyalà el pit de la mare amb pudorosa incertitud, i després les cames, amb temença d'una nafra imaginària, després la suau plenitud de tot aquell cos, normalitzat.

–Però mai de mai –protestà més de dues vegades l'oncle, amb les flametes dels ulls rere la verdor de les ulleres– no em fareu creure en els avantatges d'aquestes faixes modernes, tan ajustades que duen, en lloc de cotilla com abans –indicà el dit honest, carnós i ombrejat de pèl rogenc–. Per a mi han de fer blaus a la pell i, segons com us mogueu, us han de pessigar...

Laura, sense pensar res, separava instintivament el plec de la seva faldilla que s'escaigués una mica prop de la cama de l'oncle, com si en temés el contacte, fins per a la seva roba.

En Tomàs havia reprès les grans caceres amb els amics. A part d'aquesta activitat, esmerçava la resta del temps a donar cops d'ull ben dirigits als simples treballs agrícoles tardorals de les seves propietats i, amb l'ajut de la Teresa, a aclarir els comptes dels masovers. Les altres hores, a més de baratar-se els gossos amb els companys, inspeccionava la seva instal·lació per a la cria de canaris, famosa a tot el Pla; s'entretenia a jugar-se els diners amb mesura i encomanava i assistia a misses commemoratives d'aniversaris de dols familiars. Per a ell la Laura anà esdevenint un detall agradable, una joia més del cofret on guardaven els diamants de les àvies, un element poderós de la seva vanitat, que ajudaria a fer remarcar l'esplendor dels Muntanyola.

La Laura no veia ni sentia ningú; ho oblidava tot per tal que la deixessin amb la seva filla, prop d'aquella flama delicada que era la llum i l'escalf de la seva soledat. Decantada al bressol, sotjava cada moviment que descobria en la criatura, cada hora una mica més regulars, més acostats a una futura harmonia intel·ligent. Després, el primer somriure...

Fins que un vespre a començament de novembre, va semblar-li entreveure un canvi d'expressió en els trets d'aquell rostre delicat, una persistència de plors, un començ de batzegada convulsa. El metge anuncià la possibilitat de la meningitis, que s'emportà la criatura al cap de dos dies de retorçar-la en els espasmes del sofriment.

La Laura, insensible a la sol·licitud de la família, estava com fascinada en la contemplació del panteix enorme d'aquell ésser menut que es debatia entre les sedes del bressol. La congestió del rostre, deformat pel dolor immerescut, anà esblaimant-se, li sembrà tot de claps moradencs, esdevingué lívid. D'aquella arquitectura vivent, rosada, no en va quedar més que un esquelet esllanguit, cobert d'una mica de carn flàccida, negrosa, els ulls envidriats.

La Laura es reclogué en el seu dolor com dins una balma tenebrosa, freda, on ningú no podia fer-li companyia, per tal com el dolor era l'única cosa seva en aquella casa; la lucidesa del seu esperit se'n ressentí uns quants dies; no féu cabal d'en Tomàs ni de la Teresa ni de la Beatriu, cadascun d'ells prou adolorit. No veié la desfilada regular cerimoniosa de la família i dels amics.

Després la reacció, els plors, la feblesa, la son, la necessitat de viure. Els afalacs discrets de la seva tia Amèlia i de la cosina de Barcelona ajudaren a equilibrar-la. Però al fons de tot perdurà l'enyorament de la filla, el record de les tortures inútils, la pèrdua de tantes il·lusions formades entorn d'aquell front cerclat de cabells rossos, d'aquells ulls blaus que ja sabien trobar els de la mare, d'aquells somriures insinuats en va als llavis de la criatura que es descomponia allí vora els xiprers del cementiri, drets i immòbils entre les boires del novembre.

Tothom va reprendre la vida normal; sols la Laura va quedar en la vastitud de la soledat, accentuada pel seu desinterès orgullós a les tasques habituals entre les dones de la família.

–Ja en tindrem un altre! –li deia en Tomàs totes les estones en què se li asseia a prop; un noiàs fort i valent!

La Beatriu no la deixà gens. Cada tarda seien darrere els vidres del balcó; escoltaven les passes de la gent, sonores en aquella colzada del passeig; sentien caure els dolls de la pluja per les canals o esperaven l'arribada capvespral de la boira. La Laura començà a obrir algun llibre, a posar bé algun objecte tret de lloc, va cosir amb la Teresa, dialogà amb les visites.

Fou en una d'aquelles tardes lentes, buides, quan entrà com altres dies mossèn Joan Serra, del museu, amb la seva sotana curta, els ullets clars darrere les ulleres nítides.

–Estic content –fa, mentre seu vora les dues cosines–; m'agrada veure les persones enfeinades en una ocupació tan grata! –La Laura somriu.– I veig que ha endreçat aquesta sala com si haguessin de rebre una visita de compliment. I no sap que jo els porto la visita!

La Laura interroga, vagament interessada.

–Ja vaig dir-los que tornava el meu nebot de París; ha arribat aquest matí. És a baix, i la Teresa se me'l menja a preguntes.

Aviat puja la Teresa, amb el braç passat al del foraster.

La Laura se sent les mans preses dins l'encaixada ferma i sòbria d'aquell home de posat simple, del tipus més corrent, el qual li diu amb veu clara i natural:

–El meu oncle m'ha escrit tantes coses de vostè, que em sembla que la conec de temps com a tota la família. Em refio que em deixaran venir les estones que em vagui, com abans; oi,

Teresa?

La Laura mira aquell rostre desconegut i li sembla veure-hi la mateixa mirada de mossèn Joan Serra. I no sap comprendre per què sent ganes de plorar, com una persona sola que acaba de trobar companyia.

Segona part

Tres mesos, fins a l'abril, de caure la boira, de passar els núvols de l'hivern. Vetlles de pluja i de quietud compassada pels senyals de campanes que el vent s'emporta lluny, a través dels camps xops, desolats, o bé se senten tan a prop que encomanen als vidres del balcó una queixa tremolosa. Silencis sonors de sabates ferrades de l'amo quan entra, quan surt, quan torna a entrar; drings de claus del rebost i dels armaris; glapits dels gossos que jauen extenuats a la cuina i somien alguna cacera prodigiosa; el rosari de cap al tard; l'esquellerinc de Nostramo pels carrers; les absoltes, camí del cementiri; els refilets del canari, delirants; la veu d'alguna visita vestida de fosc que dialoga amb la Teresa...

Fins a les sis, hora en què en Pere Gifreda entra a la sala. La cadira ja és vora el canapè. La Teresa se li asseu al costat i l'escolta amb una roba per a cosir als dits. Els ulls de la Laura deixen de contemplar la flama violeta de l'estufa. Per poder escoltar més bé les contalles de l'amic, abandona de seguida la roba que fins aleshores cosia i cosia amb la regularitat d'una màquina sense pensament. L'advocat parla una hora o dues de viatges, d'espectacles, de projectes, de lectures. Si ve algú més se'n torna aviat, però si estan sols, espera que vingui en Tomàs. Els dos homes beuen una copa de conyac i s'ofereixen cigars; després en Pere saluda la Laura, bescanvia un cop a l'espatlla amb l'amo Muntanyola i la Teresa l'acompanya fins a la porta del carrer.

–Tornaràs, demà? –pregunta la germana sense gens de duresa a la veu–. Ens passa tan bé la vetlla sentint-te contar malifetes! –La veu li pren unes inflexions entendrides, com dolguda de les malifetes de l'amic, tot i saber que no ho són.

En Pere va per anar-se'n, però com que la Teresa no es mou de la porta, ell es recalca al brancal.

–Ara has fet un posat com quan eres petit i no sabies anar-te'n fins que jo et donava un grapat d'ametllons! Te'n recordes? De segur que ja no te'n recordes!

Però ell se'n recorda bé, diu que fins enyora aquell temps. Si justament quan la Teresa li passava la mà per la cara, a ell li feia tant de respecte com la santa Teresa de l'altar dels Trinitaris!

–És per això que no t'ha d'estranyar que et tutegi, com abans, per molt doctor que siguis. El que jo voldria, que tu tampoc no em tractessis de vostè, ara que ja no sóc la santa Teresa d'aquell temps.

–No sé si m'hi podria acostumar.

–Prova-ho, Pere!

–A veure? –I el cap de la Muntanyola es decanta per sobre el collet de randes del vestit.

–Adéu, Teresa!

–Bona nit, fill!

L'advocat camina d'una llamborda a l'altra per evitar els tolls d'aigua de la pluja, negres i amb un bri melangiós de llum dels fanals. La Teresa tanca lentament, amb recança, s'espera un minut o dos a l'entrada, una mà contra el front. Puja a la sala. La Laura seu al mateix lloc del canapè, els ulls encantats en la resplendor violeta de l'estufa com si en el cor de la flama descobrís alguna escena de viatge, un espectacle o algun paisatge enyorat, de qui sap on...

Aquell Pere Gifreda, l'antic estudiant disbauxat, rodamón incorregible, tornà a Comarquinal amb els seus vint-i-set anys joiosos, alliberats de solatge sentimental. El seu amor per la Laura florí de sobte, arrelà profundament en aquella consciència desprevinguda.

Si hagués conegut la dona d'en Tomàs entre unes quantes

noies barcelonines o en qualsevol altre ambient ciutadà, potser ella no hauria atret l'atenció d'aquell home enamoradís de les rosses vaporoses. Posada en un nucli refinat, ell hauria catalogat la Laura al grup de les mitjanies. Però coincidiren tants elements a emmarcar aquella dona isolada, que varen exagerarne el relleu. Li comparegué sobre el fons de Comarquinal, gris de boira i de pluges, blanca, dolorida, en un ambient de comoditat, a la vora d'un marit ni més bo ni més dolent que la majoria de senyors rurals pujats a l'antiga manera, que tenen escopetes i cotxes i que no s'han hagut de trencar el cap en estudis enutjosos que no fan gens de falta a segons quina mena d'hereus.

Aquella aparença de víctima fou l'esquer que va apoderarse de la voluntat d'en Pere. Deixà que l'amor l'endogalés, amb la irreflexió de l'home que se sent llançat a una aventura inèdita, Sigfrid ingenu, avançant cap a la murada de flames, sense pensar en el camí de tornada.

Fou el desvetllament de tot d'inquietuds desconegudes, una embriaguesa que li emboirà les idees. Es planyé d'aquells dos anys d'absència, va semblar-li que descobria qui sap quins canvis en la vida de poble, temuda fins aleshores. Es commogué reveient els indrets on havia jugat d'infant, abraçà els vagues amics d'escola, respirà la bona olor antiga de la casa dels pares, saludà amb l'enteniment les hores del campanar de la Casa de la Ciutat, l'*Àngelus* entre la boira dels convents de Comarquinal. Els dies de sol petjà l'ombra de les punxes de la Seu com si l'empedrat fos de coixins. Va semblar-li que caminar amunt i avall per sota la porxada de la plaça era molt més atractiu que el passeig de Gràcia, que els Camps Elisis o els jardins del Pincio.

Després, la necessitat d'aïllar-se, de trobar pretextos per a distreure les hores infinites que hi ha del matí fins a les sis de la tarda, moment deliciós en què els dits li tremolaven en agafar el trucador de la porta dels Muntanyola. Les altres hores, balderes, s'entretenia ordenant la biblioteca; accelerà la instal·lació del despatx, obrí llibres amb l'intent de començar a preparar-se per als seus exercicis professionals. Però aquelles lectures no absorbien la seva atenció; eren sols un pretext per a retraure's de la sol·licitud familiar, per a sentir més de prop la fluència de sensacions que commovien el seu esperit naufragat en el desordre.

No preveia el perill d'abocar-se en aquell desordre, que s'insinua amb una onada de tendresa, un fals sentiment de goig, per poder xuclar la voluntat de qui s'hi abandona amb cor obert. Li començà amb una gran pietat per a la Laura, abrigada amb pells flonges que la feien semblar més sola darrere els vidres del balcó; els ulls tan blaus, sotjant el pas dels núvols baixos del febrer. Laura!: nom meravellós que, quan esteu sols, només de confegir-lo amb el balbuceig de l'amor, us extasia com si haguéssiu formulat un pensament sublim.

Era la primera fase del desordre. En Pere encara no creia sentir per la Laura cap desig; només veia la figura blanca i vibrant, dolorida per la mort de la seva criatura amb el desconsol sobri de les persones que no es planyen amb queixes inútils. Qualsevol mot que la Laura proferís, en Pere el repetia mentalment, n'aspirava el perfum. El so d'aquella veu clara el desvetllava de nits, com un dring que li suggeria l'evocació dels somriures, de les actituds, de les harmonies de gest d'aquella dona que entreveia com movent-se a ritme d'una dansa serena en la penombra dels insomnis. El desig semblava inexistent sota la força de l'espiritualitat que l'amor aparenta quan s'insinua, el desig caut, que acumula energia per saltar de sobte, en una embranzida abassegadora, coronat de llamps.

A en Pere li agradava d'anar sol pels carrers amb el deler de recrear les estones passades a la sala de la Laura. Qualsevol silueta femenina que travessés una cantonada li recordava la gràcia del gest de la dona del Muntanyola quan seia, quan s'aixecava, al moment de posar una flor en un vas, en el moment de fer córrer una cortina, en moure l'agulla de cosir.

Va semblar-li la cosa més natural del món que, en comptes d'anar de casa seva a la plaça pel camí dret, fóra millor voltar per la colzada del passeig dels Trinitaris. El casal dels Muntanyola s'esqueia al racó, molt ben decorat d'al·legories barroques. Solia passar-hi de nits amb trepig cautelós, pel goig d'acostar-se tant com pogués a la Laura, protegit per la boira o per la fosca, d'acostar-se ben sol a la imatge d'aquella dona, sense testimonis, no pas com a les tardes, que veia la Laura de debò, però que no gosava mirar-la, com si cometés un acte punible que la gent forastera a ells dos podia descobrir.

I mentre venerava amb respecte la dona soferta, abandonada a les grosseries d'un home primari, la Laura imaginària, incorpòria, poblava el seu enteniment de gesticulacions ondulants, com la crida desficiada del vel d'Isolda. Féu tot de grans propòsits de reserva, d'adoració desinteressada, de protecció moral a la barcelonina malavinguda al ritme provincià.

Ell mateix no se sabia avenir de la seva recent afecció per Comarquinal, decorat de gràcies noves. La casa dels Muntanyola va semblar-li voltada d'una auréola radiosa; estimà el vestíbul fred i sonor amb els dos graons que pujaven a la mica de replà que havia servit a les antigues mestresses per a cavalcar les mules sense esforç. Sentí amor pel pom de la porta, només perquè un dia la mà de la Laura va reposar-hi lleugerament. Afeccionà un gran ibis brodat a la cortina del balcó, sols perquè de vegades s'estremia amb el fregadís dels cabells de la Laura; i la mà d'en Pere es plagué a passar pel brodat de la cortina amb molta delicadesa, el cor palpitant, perquè li semblava que la Laura percebia aquest acte d'adoració, mentre l'un i l'altre parlaven del temps, del mal de cap o de la lectura d'una novel·la rebuda el dia abans.

Es reconcilià amb la boira perquè va sentir dir a la Laura que ennoblia amb una bellesa insospitada la lletjor d'algunes edificacions i que a certes hores feia l'efecte com si tot Comarquinal s'immobilitzés, immers en un mar blau o rosat, segons els canviants del cel. Va saber resistir, d'antuvi amb paciència, després amb admiració, els comentaris del seu oncle mossèn Joan davant els tresors del museu episcopal. Entrà a l'Oratori de Sant Felip Neri per poder acostar-se al confessionari on la Laura solia agenollar-se (totes les puerilitats de l'amor que tres mesos abans haurien fet riure en Pere en sentir-ho contar d'un altre). I també plorà tot sol, sense més ni més, malgrat la seva força; defallí aspirant el perfum imaginari de la Laura, com si fos una droga meravellosa i mortífera.

En el secret del seu cor odià en Tomàs. Insistí en l'escorcoll dels trets fisonòmics del Muntanyola; van repugnar-li els posats bovins del marit de la Laura; les inflexions de la seva veu quan explicava una anècdota picant, quan reia; odià les seves dents una mica separades, els dos fils humits que se li agafaven de llavi a llavi per descuit, els polsos entresuats quan es llevava la gorra de vellut en tornar de cacera, amb el sarró ple de bèsties mortes que regalava a qualsevol veí que fes visita a la Teresa.

Però, aquella aversió injustificada, en Pere no la raonava; encara no havia aconseguit una concreció absoluta; i volia extirpar la incipient mala voluntat per l'amo Muntanyola a còpia de paraules amistoses, de cigars, de passejades, de presents que en Tomàs, incaut, restituïa amb la seva generositat d'antic hereu afavorit per la fortuna.

Prou que tot de vegades en Pere Gifreda, en el silenci del seu despatx flamant, s'havia dit i repetit que només sentia una llàstima per la Laura, en veure-la endogalada a aquell propietari pacífic i versàtil. Hauria volgut que la boira del Pla cerclés miraculosament aquella dona per alliberar-la de les mirades profanes del marit i dels altres homes; i l'engelosia pensar que els altres homes mirarien la Laura amb insistència, li llevarien mentalment el vestit, per tal de representar-se una imatge clara de la barcelonina. Hauria volgut preservar-la d'aquells esguards que la fixaven amb insistència revoltant, sacrílega, d'una manera com ell, en Pere, no hauria gosat. I la imatge *pura* de la Laura començava a rodar-li per l'enteniment mal s'ho negués amb les dues mans posades sobre els ulls per no veure-la.

«Laura! Laura!», repetia amb unció com si volgués immortalitzar aquest nom, en un poema que restaria tota la vida en estat de germen, reclòs en la seva ànima d'advocat discret.

–Laura? –apunta la Teresa amb un matís imperceptible de desdeny a la veu–. És nom de novel·la i de comèdia. Aquí no hi estem fets; potser no trobaríem dues Laures a Comarquinal! –I la germana d'en Tomàs s'estira les mànegues per no aviciar-les amb arrugues.

Seu davant per davant d'en Pere, al saló; li ha ofert uns pastissos i una copa del vi més daurat i antic del celler. Estan sols perquè la Laura és a visitar la senyora de Torroella, que no està gaire bona. Cada cop d'anar i venir per treure un tovalló de l'armari o per prendre la safata dels dits de la minyona, la Teresa s'ha mirat de reüll al mirall, només que per recollir-se un cabell rebel o per centrar un bec de la ruixa que li decora el pit.

En Pere somriu, respon a les falagueries amb benvolença, pero està distret.

–Enyores aquelles terres per on has corregut tant de temps? –pregunta la Muntanyola, sol·lícita–. Déu sap qui deus enyorar-hi! –sospira.

És en va. No pot retornar-lo de la distracció o de l'abstracció. Ell es mou nerviós, mira el rellotge.

–Per què no fumes? –insisteix–. A mi no em molesta el fum; si fins recordo que anys enrere, un dia del sant de l'oncle, vaig fumar una mica.

–Vols provar-ho? –indica l'advocat, amb aire incrèdul.

–Ai!, no gosaria –rebutja la Teresa, inquieta; però la mirada se li atura indecisa, temorosa, a la cigarrera oberta que li presenta l'home–. No fan tossir?

–Tenen sabor d'ambre. Prova-ho; ara rai que estem sols!

–Sols dius! –I la Teresa riu una mica, allarga més el coll, però s'enretira acovardida pel llast de renunciament inútil, de convencionalisme que amb els anys ha arraconat l'espontània manifestació de la seva voluntat per encabir-hi una segona naturalesa formulària, prudent. És una negativa dolorosa, de dona que necessita i vol i, en el fons, espera el manament inflexible de l'home. Diu:

–No; això, solen fer-ho una altra mena de dones. Hauria de ser ben bé per un cas de necessitat o que m'ho manés algú que hi tingués dret; però me'n confessaria. És clar que abans de fer un paper ridícul, o si ara tu em diguessis...

Però no li cal acabar, perquè ha sentit cloure's la tanca de la cigarrera, i en Pere la torna a la butxaca sense escoltar-li aquells mots articulats amb una frisança que ell no percep.

Vol anar-se'n. Diu que té feina a signar uns documents a la Casa de la Ciutat que marxaran amb el tren de la nit. A la Teresa, ja no li serveix el pretext de retreure-li escenes de vint anys enrere, de quan ella, jove i alterosa, com escau a una Muntanyola, passejava per la plaça, rosada de galtes i amb l'ombra de les pestanyes magnífiques caigudes sobre els ulls lluminosos, ardents. Era el temps en què en Pere, un noi de dotze anys, se li repenjava al coll...

I sola, mirant la safata dels dolços i la copa mig buida que encara guarda un senyal imperceptible del llavi d'en Pere, com una besada, la Teresa pensa en aquell noi de dotze anys, ferreny com un home i tendre com un infant, que li avalotava l'aviram del galliner, que li havia tret amb les mans un peix de la peixera, que no se'n sabia anar de casa sense el grapat d'ametllons. I ja tenia el llavi tot aombrat del pèl moixí!, els rínxols ingenus de Primera Comunió i la malícia als ulls dels desvaris adolescents. Després, a catorze anys, aquell estiu passat a les «Moreres», quan en Pere i en Tomàs jugaven a «fet a amagar» pels pallers amb les filles dels pagesos, mentre que la Teresa, al costat de la mare asmàtica i eixuta, deia el rosari, cabdellava troques i descabdellava la madeixa embullada dels seus pensaments, amb la mirada als pallers inabordables.

La Teresa recorda aquell capvespre d'estiu a les «Moreres»; ella anava sola i amb el cor palpitant pel camí que mena al gorg de la Bruixa. Amb el cor palpitant, perquè sabia que aquell camí era interdit a les passes d'una noia, puix que en Pere i altres xicots es banyaven al gorg. Però una mà invisible l'empenyia vers l'indret torbador, malgrat les mossegades de la seva consciència de vint-i-cinc anys.

Fou d'allí estant dissimulada darrere de les branques dels avellaners, que veié xipollejar els adolescents feliços dins l'aigua verda del gorg. En Pere, desprevingut, passà a un metre dels avellaners i li aparegué com un déu o com un dimoni. I, tot d'una, el plor de la noia ajaguda damunt l'herba, el plor convuls ofegat per la por d'ésser descoberta, el gran plor sense motiu aparent, impulsiu, com si plorés la pèrdua d'algun bé inaccessible, llàgrimes d'enyorament o de desesperació.

Més endavant, la vinguda anual del Pere estudiant en temps de vacances, la metamorfosi de l'adolescent en home, el goig dolorós de reprimir aquell deler inconfessat, l'estranya força de l'instint, impalpable com un vapor roent, feixuc, el desig, que flota en l'atmosfera com una altra boira invisible que emmuralla la ciutat. La Teresa sentí el goig delirant de sacrificar-se en espera d'una compensació ultraterrena; oprimí el desig dins una closca de moralitat rigorosa, venjativa sense saber-ho. Fins que, de sobte, als quaranta anys, en Tomàs la feia espectadora dels misteris conjugals; ella sentí remorejar l'amor a dues passes de la seva alcova de dona sola, l'orella parada al forat del pany al dormitori del matrimoni. Es trobà de cara a l'exemple d'una dona radiant, que assaboria aquell misteri. Aleshores conegué les tortures de posar-se al llit fred amb uns rosaris entortolligats al puny per defugir les angoixes dels insomnis infernals. I ara, tot d'una, compareixia en Pere Gifreda, amb els seus vint-i-set anys saturats de totes les experiències de l'amor venturer!

Se li representà com un ésser d'excepció, no gens contaminat per les males arts dels altres homes, maliciosos i corcats de pensaments diabòlics. Descobrí en el rostre d'en Pere, en certes actituds d'ell, reminiscències d'aquell noi de dotze anys. I en la seva vida de dona desaparellada reverdí una gran tendresa que li desvetllà la seva sensibilitat, condormida o a punt de marcir-se definitivament. Volgué creure que amb aquell entendriment sols reprenia la primitiva afecció per la noia. En canvi, el Pere que a les tardes puja a la sala de Laura li és més a prop de la imatge guardada de l'adolescent que es banyava al gorg de la Bruixa que no de la del noi que vint anys enrere la veia com si fos una santa Teresa d'altar.

Quan en Pere se'n torna, els vespres, ella sol recomanar-li que s'abrigui bé perquè el fred és viu, i la Teresa s'estreny les dues mans amb aire blaníssim, mentre que les dues mans se n'anirien a pujar el coll de l'abric d'en Pere i potser, de passada, els nusos dels dits fregarien aquell mentó aspre, blavós d'afaitat recent. I tota la sensibilitat, la passió, es concentren al cap del seu índex de foc quan gosa tocar-li mig centímetre de galta, de parpella o d'orella, amb el pretext de constatar l'existència d'un gra minúscul o per quedar-se-li una pestanya caiguda que duu bona sort.

Un cop ell és fora queden les hores immòbils de la nit per a reconstituir les escenes de la tarda, escenes retocades, embellides per la fantasia de la Teresa, amb precs marginals per demanar un son tranquil, per alliberar-se d'aquella imatge, obsessionadora, d'aquella metzina subtil que es barreja amb la sang i que s'infiltra a les arrels de la vida. A més, els precs per ell, per sol·licitar que la divina Gràcia preservi aquell xicot de les temptacions, que no hagi de sofrir mai, que triomfi, que cap mala dona no el faci caure en els paranys del vici, del pecat horrible, de les malalties innominables. Se sent fondre de pietat per en Pere, negligent com tots els homes, exposats a les mirades de les dones, que els escruten tots els desencerts de gest i d'actitud. Ells, que han de viure a mercè d'elles!, que miren el que elles volen que mirin, que entenguin o que pensin. La Teresa fa memòria de les cauteles femenines per dissimular-se, a ulls dels homes, les intimitats que ells no els descobreixen mai. I pensa que, mentrestant, en Pere arribarà a casa, soparà sota la inspecció de la seva mare, sense fixar-se gaire en el menjar del plat, dormirà en un llit més o menys bonyegut segons la peresa o la bona voluntat de la minyona. A l'hora de llevar-se tindrà els ulls ensonyats, estossegarà enfarcellat dins la roba de nit; se la llevarà sense fixar-se que la porta no és gaire ben tancada. I ell, l'*Home*, s'ofereix als esguards que li llança d'esquitllentes el mirall del lavabo.

Aviat queda convertit en un senyor qualsevol, així que es vesteix aquelles robes interiors dels homes, il·lògiques, grotesques, que ells reben innocentment de mans de les dones i els les tornen sense pensar en les mirades d'elles.

Cada endemà de la Teresa és haver de tornar a veure el sol, la boira o la pluja, totes aquelles coses inútils fins al moment que en Pere arriba. Aleshores ella sent la pressió de la gran mà de l'home que se li posa a l'espatlla, com a un amic. Se n'estremeix; fins el cor sembla que vulgui aturar-se-li. I l'afalac d'aquella veu sonora, plena, afectuosa, que només diu paraules adorables!, i els llavis, que es posen amb suavitat al cantell de la copa, com si la besessin...

I avui que en Pere se n'ha anat tan d'hora, la Teresa va i recull la safata i la copa on en Pere ha begut, i en el fons de la qual reposa una breu lluna daurada del vi més antic del celler. Encara perdura el senyal de la boca al voraviu del cristall. I la Teresa, moguda per una voluntat que dormita sota la voluntat aparent, se l'acosta als llavis, els aplica al senyal, profundament, terriblement. Un breu cruixit sec; un bocí de vidre entre les dents; el llavi sagna.

Gairebé no té temps d'estranyar-se ni de penedir-se de l'acte involuntari. Sent que la Laura arriba; cal dissimular, asserenar-se.

De seguida que la dona d'en Tomàs entra, mira tot entorn amb ulls de qui busca alguna cosa.

–Estàs sola? –pregunta a la cunyada.

–Fins ara he tingut en Pere de cal Notari aquí –respon la Teresa, amb la veu restituïda a la fredor de sempre.

–Se n'ha anat? –torna a dir la Laura, amb una vehemència que fixa l'atenció de la cunyada.

–Havia de firmar no sé què m'ha dit d'un plet...

Però la Teresa ja no prossegueix, s'adona que la Laura no l'escolta, que s'ha deixat caure al racó del canapè, vestida de sortir, que adreça els ulls a la flama violeta de l'estufa i que mormola imperceptiblement, defallent!

–Se n'ha anat!

La Teresa, més que sentir els mots, en percep la intenció. La mirada penetra la vaguetat de la mirada de la Laura. Sols la dona endevina la dona. Potser la similitud d'estats d'esperit aclareix a l'ànima femenina el misteri de l'ànima d'una altra dona.

Fins ha de recalcar-se en un moble, fulminada per la revelació. Ara sí que el cor si li aturaria de debò! I se'n va al seu dormitori, vacil·lant, pertorbada per un dolor desconegut fins avui. S'ajeu al llit i sanglota, furiosa contra el secret que la Laura li ha lliurat inconscientment. A més, ara s'adona bé que ha estimat en Pere anys i anys, en silenci i resignada. Ja no és la frisança més o menys justificada de la noia gran vora un adolescent; és la passió de darrera hora, d'una dona de quaranta-dos anys a la qual la distracció egoista d'una mare malalta i la severitat d'unes ties devotes i analfabetes varen pansir la flor dels seus anys tancant-la en una casa amb pretensions de convent d'aficionades. Per a la Teresa l'amor no va poder ser res més que un somni d'amor, teixit de delícies infernals.

En Pere!, el seu Pere! Tota la vida d'ella contrariada, no ha estat res més que un nuat de sacrificis i de terror, una obligació de respirar un aire que no era el seu; ha viscut posada de biaix en uns motlles desavinents. Però dedicava aquells sacrificis de bon grat a en Pere, tot i saber que ell no se n'adonaria mai. La seva vida palpitant de delers reprimits, oferta a l'amor per a ell, com qui ofereix una rosa! Però tot i saber que no ha tingut mai dret a cap exigència, ara comprèn que exigia que en Pere visqués preservat de l'influx de cap altra dona.

I, de sobte, a la impensada, ve el perill, l'influx és a dues passes, a dins de casa, en la persona d'una dona jove, una dona que assaboreix el plaer a dolls, que té l'amor d'un marit, la barcelonina que amb la seva plenitud triomfadora, des del moment que entrava en aquella casa va posar en més evidència la penúria, la soledat de la cunyada. I la rival, la que havia de prendre-li, robar-li el seu únic amor, és aquella barcelonina odiosa, brillant, que té marit, que ja gaudeix de l'amor sense pecar!...

Les dents de la Teresa mosseguen el coixí en els espasmes de la gelosia, sense que una mà compassiva li eixugui les llàgrimes que li cremen les galtes pansides, sense que ningú es recordi de la seva vida posada al marge de la vida dels altres, més sola que mai, per tal com ara no li queda ni el consol de poder confessar-se'n, per falta de contrició i perquè no gosarà descobrir el seu secret a cap sacerdot.

La crisi dura una hora, potser dues. Fatigada per l'esforç i per les llàgrimes, va aquietant-se; un cercle de mal de cap li estreny els polsos; la lucidesa torna a poc a poc. Cal reaccionar, situar-se dissimuladament a la defensiva o a l'ofensiva. En el pensament de la Teresa, herència del seny casolà de les àvies, se centra una solució, es rebutja tota mena d'esclat dramàtic. D'avui endavant les nits ja no se li poblaran sols d'imatges angunioses que enardeixen la sang. Una nova imatge, terrible, dominarà les altres: la venjança, elaborada amb prudència. Però la Teresa no li donarà mai aquest nom, inacceptable en la seva consciència de creient, sinó el de càstig. I mentre es refresca amb aigua la cara i torna a lloc algun cabell indisciplinat, pensa que castigarà aquella intrusa amb duresa, sense falses llàgrimes, abans que pugui posar en ridícul el bon nom dels Muntanyola i faci avergonyir en Tomàs per tota la vida. A més, serà una bona obra per a la salvació d'en Pere; arrecerada a l'ombra, la Teresa el preservarà dels maleficis de la barcelonina. Ja que en Pere no ha de ser per a ella, per a la Teresa, tampoc no ha de gaudir-se'n la Laura. Ell no caurà a la xarxa parada per cap altra dona.

Ser l'àngel protector d'aquell xicot, del seu Pere! I ho pensa davant l'aflicció de la Verge dels Desemparats de l'escaparata. Li sembla que emprèn una tasca justa i noble. El seu guany i el seu càstig serà consumir-se lentament en un amor eixorc; però una altra dona no aconseguirà pas l'amor que la Teresa ha de deixar que cremi encongit, com si emparés amb la mà el flam d'una llàntia. No se'n gaudirà cap dona; i, amb els punys closos, una rojor d'ira torna a passar-li pel front. Cap dona i encara menys la Laura, sigui amb el mitjà que sigui.

Surt de la cambra amb la roba ben adreçada; baixa al menjador perquè en Tomàs arriba. A desgrat de la migranya, es demostra serena i amb el somriure més fi als llavis eixuts.

–Què et passa, Laura, que no m'escoltes? –prega la Beatriu, «l'avorrida», reclinada prop de la Laura, en veure que no separa els ulls de la flama violeta de l'estufa–. Potser et cansa que vingui? –insisteix amb veu endolcida, que no és pas aquella veu d'abans, aspra, cantelluda, sense inflexions.

–No ho diguis més, criatura! –fa la Laura deseixint-se de l'abstracció–. La meva por és que no et casis, perquè aleshores quedaré més sola, i m'esgarrifa sense saber per què.

Però la Beatriu, en sentir que al·ludeix la possibilitat d'unirse a aquell seminarista obtús, roig de galtes i miop, ja no fa cabal del to emmelangit de la Laura. Amb el seu egoisme d'enamorada pregunta:

–Encara no saps res, de Barcelona?

–Espero la resposta del meu cosí. No t'impacientis; abans d'un any sereu casats.

Una resplendor de felicitat il·lumina aquells ulls senyalats per les tortures d'una infància dolorosa i d'una adolescència vexada per tantes humiliacions.

–Si Nostre Senyor fes la gràcia!...

–No ho dubtis mai!

La Beatriu se'n torna perquè el seu estudiant l'espera en algun indret misteriós, allunyat de la protecció de les persones que fan sofrir.

La Laura, sola al seu racó «íntim», que en Tomàs ha oblidat definitivament, obre un llibre que no llegeix, en el qual cada tarda procura fixar el pensament, errívol, emperesit, caigut en una balma silenciosa, on només arriba un lleu remoreig, com una atmosfera saturada d'harmonies vaporoses, una superposició d'acords musicals que bressen el seu esperit mentre l'esguard se li perd en el flam violeta de l'estufa.

–No m'escoltes, Laura? –interroga la Teresa amb un màxim de simplicitat d'accent–. Encara no m'has dit què t'agradaria per a sopar!

La Laura es decanta una mica, i li costa articular una vaguetat qualsevol.

–On va tan de pressa, Laura, que no coneix els amics? –diu mossèn Joan Serra, la teula a la mà una mica atrofiada per l'esclerosi, aquell matí que la troba sortint de missa–. Fa temps que no ha vingut a visitar-nos, a dalt! –I el sacerdot assenyala les finestres del museu.– Tenim un bé de Déu de coses noves!, la deixa d'un col·leccionista. Que Nostre Senyor li tingui en compte tan bona obra.

–Cada dia tinc més poques ganes d'anar-me'n de casa. Des que se'm va morir la nena...

–Què fa en Tomàs?

–Com sempre. Ara comprenc que és una impertinència voler influir en el canvi d'un caràcter.

–Diuen que torna a sortir de nits, sol com abans! –observa mossèn Joan amb una gravetat de to que sorprèn la Laura–. Vol dir que vostè ja ha acabat tots els recursos? Els ha provats tots?

–Tots els que sabia una dona com jo. Tret de la novetat, a ell no li interessava res de mi. Això no se sap fins quan no s'hi és a temps.

–Vostè l'estimava quan va casar-s'hi?

–No, gairebé ni vaig tenir temps d'acostumar-me a veure'l.

–Però no va tenir inconvenient a ser-li l'esposa com qui es ven.

–Si vostè sabés què vol dir per a una noia pobra, que no sap ser-ho, que no ha après de treballar, la possibilitat d'un matrimoni amb un home que fa goig, acomodat, que li ofereix una gran casa i repòs! –es defensa la Laura amb llàgrimes als ulls–. Però Déu ja sap que si el meu marit hagués volgut, jo l'hauria estimat, tot i la seva grolleria.

–I ara, l'estima?

–No, gens –afirma Laura amb una gran força que fa somriure el sacerdot.

–Doncs, amb què omplirà el buit?

La Laura es desorienta.

–Nostre Senyor no em deixarà sense defensa.

–Ell no; som nosaltres que, de vegades, sense voler, ens allunyem d'Ell. Pugi qualsevol estona; li ensenyarem una col·lecció de miniatures que li encantaran i dos manuscrits del XIV, florits com un jardí. Vingui a veure'm i parlarem. Sobretot, Laura, que Déu li conservi el seny.

La Laura queda uns quants segons indecisa. No sap què haurà volgut dir mossèn Joan; ella encara no s'entén amb prou claredat. Però sent un vague adoloriment per les paraules del sacerdot, com si haguessin ferit un indret malalt de la seva consciència. Ella prou es diu que anirà a trobar-lo al museu, però sap ben bé que ni demà ni cap altre dia no gosarà anar-hi, que es valdrà de tot de subterfugis per a distreure-se'n, per a no saber que li han descobert *allò* que la Laura encara no sap prou bé què és.

–Vas molt distreta, Laura! –li va dir l'oncle Llibori Terra Negra, un vespre que va trobar-la quan ella tornava de visitar la tia Madrona, que de tan entossudida a no deixar-se operar ja era a dues passes de la mort–. Tu cada dia més *maca* i més orgullosa –observà l'oncle amb veu goluda–. Què!; encara no tenim novetat? –I els ulls resseguiren el cos de la dona amb insistència, tot i la mansuetud de l'aspecte i la disfressa de les ulleres verdes.

–No em sents, Laura? –pregunta en Tomàs, un vespre–. Em veus arribar com si no fos ningú. Que no et trobes bé? –insisteix, a punt d'esperançar la possibilitat d'un hereu.

–Estic cansada –respon ella–. Avui al matí feia sol, i he caminat molt.

–Què vols que et dugui de Barcelona? Demà me n'hi aniré.

Els ulls de Laura s'enriolen malgrat la mica de queixa:

–Altra vegada?

–Només m'hi estaré quatre o cinc dies.

Els ulls de Laura s'enriolen una mica més.

I torna al brunzit harmoniós que la bressa dies ha, que l'allunya de les converses i la volta d'una boira dins la boira de Comarquinal que ja comença a esclarissar-se amb el sol de març.

La llangor de Laura sembla un mal arrelat, una altra fase del seu temperament irregular. Però sonen les sis als campanars, les passes de la Teresa precedeixen les passes fermes d'en Pere de cal Notari. Ell s'acosta al canapè amb la mà oberta. La Laura es tomba de seguida, obre els ulls, un tel de rosa li passa pel rostre.

–No va sentir xiular el vent anit passada, Laura?

–Era una delícia –fa ella.

–Té raó, una delícia! –confirma l'advocat–. I quina manera de ploure!

–Una pluja seguida, clara, amable, bona per a la terra.

–Una meravella, Laura.

–Per això és que avui he passat dues hores estudiant els *Jar-*

dins sota la pluja. Ho tenia tan descuidat!...

–Després ja m'ho deixarà sentir; però ara parlem. He de contar-li tantes coses!

–De debò? –pregunta ella, extasiada. I la vida comença per a la Laura!, la sent com li passa per les venes càlida, generosa. S'acosta a en Pere. La Teresa se'n torna tal com sol fer dies ha, sense poder dur-se'n el consol d'una mirada d'aquell home que quan era petit se li repenjava al coll i la prenia per una santa d'altar.

–Ha passejat avui, Laura? –torna en Pere; i articula aquest nom amb una inflexió mig aguda, mig greu, que no és altra cosa sinó una carícia prodigada mentalment al cos de la dona.

–Avui al migdia he anat amb la Beatriu al codolar de la Riera, l'indret preferit pel seu oncle mossèn Joan; m'he endut el llibre, no de versos, no; feia un dia massa tapat, i no s'adeia amb els versos.

–Té raó; no s'adiuen gens en un dia tapat.

–No hem pogut seure enlloc, tot era humit i les sabates se'ns enfonsaven al fang; estàvem encantades. Hem rigut!...

–Oh, el fang! –I en Pere enveja la bona sort de poder ensorrar els peus a les roderes del camí; ja li sembla que s'apuntala en algun còdol eixut mentre ofereix la mà a la Laura i que els cabells de la dona li acaricien el rostre amb la batzegada d'arrencar-la del fang.

Tots dos riuen sense més ni més, feliços. No pensen en la boira que passa pels carrers i que guarda les conxorxes de les tertúlies dels cafès i aureola de misteri els sants vius i morts de la ciutat.

–Ja se'n recorda, que aviat serà el temps de les violes? –indica ell amb la mà posada a l'ombra de la mà de la Laura, que el llum projecta sobre un coixí.

–I se n'anirà la boira! –sospira ella involuntàriament.

–Li sap greu?

–No; però no sé què em passa. Em fa l'efecte que aquest hivern la boira m'ha fet companyia.

La Laura s'estremeix sota una temença inconscient, com si en arribar l'hora d'esvair-se la boira ella hagués de quedar exposada en una mena de nuesa esgarrifosa, a mercè de la curiositat pública.

–Tant com li agrada el cel ben clar!

–Però massa claror també em fa angúnia. Quan cau aquell gran sol, com a Barcelona, no tinc ganes de moure'm de casa. És en aquests dies boirosos que surto més a gust; i me n'aniria lluny!...

–A on? –la Laura dubta un moment.

–No ho sé; però el que és avui, m'hauria agradat anar d'una volada per sobre Collat Negre. ¿No creu que ha de fer una por deliciosa passar amb avió per damunt el serrat i veure'l així, a sota, amb tots els núvols ben avall i que no se sentís res? Res –torna a dir, greument–; no veure ni sentir ni recordar ningú; una bona pau, vora la meva filleta benaurada.

Les llàgrimes li mullen els ulls. En Pere no la interroga; l'un i l'altre respecten l'acord, no formulat, de fer abstracció en les converses de les contrarietats familiars dels Muntanyola. Tampoc no anomenen mai en Tomàs, ella per pudor, ell per respecte i, en el fons, per defugir qualsevol al·lusió a aquell nou element que es forma entre l'un i l'altre, delictuós, i que l'evocació d'en Tomàs ajudaria a posar en evidència.

En la Laura, començà per una sensació d'alliberament la creença il·lusòria d'haver trobat un ressò espiritual en un altre ésser, el goig de saber-se escoltada amb admiració, el deler inevitable, comú a tots els homes, de crear-se un nucli afeccional desinteressat, per destruir el fantasma de la solitud.

Sense adonar-se'n, en Pere va reconfortar-la en els dies difícils que seguiren la mort de la seva filla. Les paraules d'aquell home, sòbries, sense retòrica, la varen fer plorar més que no el parloteig sentimental de la família i dels coneguts; però varen tenir la virtut de consolar-la més de pressa. D'altra banda, ningú fins aleshores no s'havia acostat a la Laura amb aquell respecte tremolós de veneració que afalaga la dona, fins la més rigorosa i fins la més esquerpa.

La Laura no tenia res ni ningú; tot d'una, se sentí protegida per aquella companyia amatent, que li parlava de llibres, de viatges, de grans films vistos qui sap on, d'anècdotes d'homes arriscats i intel·ligents. I l'hora de la visita de cada tarda fou l'únic objecte de la seva atenció de tot el dia. Reprengué les disciplines musicals, posà flors als gerros, va enginyar-se astúcies menudes per allunyar la Beatriu, «l'avorrida». Li havia arribat l'hora de l'amor. S'hi oferí inexperta. Tot el seu món va aclarir-se de llum, no li costà gens d'esforç abocar-se al pendent, satisfer el seu gran deler d'oblidar i d'oblidar-se, goig inèdit indeterminat, sense nom.

En el fons també era un esplai, un joc, l'afany d'ésser admirada. L'essència femenina del seu esperit la impulsava a valer-se dels ressorts misteriosos que les dones saben graduar per fer-se interessants. El fet cert era que en posar-se tal o tal altre vestit, d'una forma o d'un color determinats que s'adigués amb la transparència dels seus ulls o amb la línia del rostre, no era pas amb el propòsit de mostrar-se temptadora davant de l'amic. Sols pretenia satisfer el goig d'ésser entesa en l'art de triar-se una roba, escaiguda amb el to d'un collaret, d'un fermall. En l'atmosfera temperada de la sala, s'abrigava mig cos amb un cobertor de reflexos d'aram; però no era pas per fred, sinó perquè duia un vestit blanc i un rengle d'aiguamarines li constel·lava de blavors el coll. Si es vestia de negre, recercava solucions harmonioses. De vegades eren solucions de contrast, una taca enèrgica damunt un fons neutre, que no feia esgarrifar gens en Pere, ans bé un perfum, l'íntim sentit d'aquell tret de revolta, de bon gust.

Per intensa que fos la depressió de la Laura, el seu cos no s'abandonava mai a cap negligència d'actitud, en seure o en moure's davant d'en Pere. Sovint, amb les mans aturades als ulls, per reprimir unes llàgrimes sinceres, sabia que en aquell moment la llum li aclaria amb dolcesa les ungles polides de rosa o que li fulgurava l'iris del brillant de l'anell. Tan arrelat és en la dona l'instint d'alerta per a guanyar sempre en la pugna, que ni en les estones més penoses no pot estar-se de brandar l'arma de la coqueteria davant dels homes desprevinguts, fins davant els qui odia, o, cosa que és pitjor, davant els qui li són indiferents.

Es revigorí de sobte, per una alenada d'optimisme que els seus febles esforços per atenuar el record de la criatura morta no varen poder vèncer. Contràriament d'en Pere, a qui l'amor reconciliava amb la uniformitat metòdica de la burgesia comarquinalenca, la Laura va recloure's en ella mateixa. Els matins sortia d'hora per no trobar ningú, mal hagués glaçat la nit abans. Quedava abstreta en el silenci flairós d'encens del temple, bressada pel corrent llunyà, profund, de les sensacions, cada vegada una mica més concretes a mesura que s'acostava al punt de maduresa del sentiment que s'obria camí.

Eren els darrers dies de març, cap al terme de la Quaresma; el vent esfilagarsava la boira, duia ençà i enllà de Collat Negre tot de monstres de núvols feixucs; el tro bramulava a l'indret del Pirineu, feia sol a claps. La Laura anà submergint-se en un altre cercle d'estats menys vagues; l'envaí un gran entristiment. De sobte va pesar-li la buidor de la seva vida i percebé la sospita d'una irregularitat. S'adonà de la tirania del pensament fix amb obstinació en un sol ésser, en aquell Pere Gifreda que omplia d'encís una hora o dues de totes les seves tardes, mentre que la resta del temps sols li era bo per a enyorar l'absència d'aquell home i per a comptar les enormes estones que faltaven per a veure'l novament. A les sis, quan ell entrava i seia a la cadira, en mirar la Laura amb ulls encantats en aquell moment deliciós que creia impossible com un somni per a ella ja era una minva de l'estona total de veure i de sentir en Pere. El sol fet d'entrar ell, per a la Laura volia dir haver passat, haver perdut el segon terrible i meravellós que precedia l'arribada del visitant, moment fugitiu de res, però que provoca totes les angoixes, totes les delícies de l'espera i que la Laura hauria d'enyorar vint-i-quatre hores més.

Coincidí aquesta pertorbació del seu esperit amb un sentiment, d'enuig a la primera, de repugnància després, i més tard d'horror físic per en Tomàs. Aquell home sense caràcter se li anà dibuixant com un ser inconseqüent, d'una immoralitat innata com només podrien contenir-la aquella profusa mena d'individus que moltonegen per les cinc parts del món. Si la Laura hagués tingut la grandesa de saber sacrificar, com qualsevol esposa normal, la pròpia independència amb el fi de mantenir-se inflexible en el deure que la tradició li imposava, s'hauria anul·lat per reduir-se a mida del gruix moral d'en Tomàs. Potser en ell, primari com era, hauria pogut perdurar un mínim d'il·lusions per a la seva dona, si més no les estones que era a casa. Però l'esquivesa de la Laura, l'atmosfera d'indiferència que voltava aquella dona que seia a taula amb l'atenció absent a la presència del marit i de la cunyada, encara va deprimir més l'home; l'allunyà sense greu, puix que la indiferència d'ella significava un augment de la llibertat d'ell.

Tot i així, les rares hores de convivència eren una tortura per a la Laura. Tant com més ella s'exagerava la importància espiritual d'en Pere, més distant i desfocat veia el marit. I ell volia un fill, un hereu. La Laura sentia repulsió d'aquell estrany, d'aquell enemic refiat en el seu dret d'espòs, sense la menor exigència envers ella.

Tot d'una deixà d'acudir al confessionari del pare Comerma. Defugia la penitència, perquè començava a sentir-se responsable d'aquell corcó sense nom, inconfessable, que se li apoderava de la voluntat. La seva manera d'anar i venir pels carrers de Comarquinal tenia una vaga semblança al vaivé neguitós de les feres engabiades. La gent es tombava a mirar-la amb la piadosa estranyesa de qui observa una anomalia.

Ella no veia ningú, enterbolida per la passió naixent. Les tardes de boira es decantava a l'ampit del pont per veure passar l'aigua grisa de la riera; caminava vora els marges a punt de reverdir. Li agradava refugiar-se del gran vent de mar; en la tebior serena de la Catedral, profunda d'ecos, de silencis, de penombres gòtiques. Enllà dels finestrals, passaven els núvols duts pel vent. Li feia l'efecte com si tot el temple, transformat en una nau prodigiosa, es cabussés entre les ones irreals d'un mar de somni; fins en sentia vertigen. Aclucada d'ulls, el cap endarrere i les mans agafades al banc, li semblava com si s'enfonsés en l'abisme de tenebres, ella i totes les columnes, els altars, els canelobres i les imatges santes. De seguida la llum encenia gloriosament el rosetó central i el vaixell pujava cel amunt, com si s'emportés la Laura d'aquell abisme ombrós, cap a unes altres terres més serenes, sense conxorxes de cunyades i oncles, ni marit, ni somriures, ni pecats on podria seguir converses amables, lliure de fatiga, i estrènyer la mà a qui us ofereix llibres i diu, amb veu tranquil·la, sense invectives dissimulades:

–Avui sí que tornaria a escoltar aquell fragment d'ahir tarda. Fins aleshores no vaig fer-me'n ben bé càrrec.

I sense adonar-se'n, en recordar aquella veu greu i neta, la

Laura no pot estar-se de sospirar:

–Pere!

S'estremeix com si algú d'allí prop hagués dit aquell nom i li descobrís un secret. Se'n torna a casa amb la rapidesa d'un que fuig, perquè fuig d'ella mateixa, com si colpejant de talons les pedres ofegués el so d'aquella veu insistent, que ha proferit un nom com una inculpació. No és sols el nom, sinó que s'acompanya dels trets d'un rostre angulós, d'uns ulls que s'il·luminen quan la miren de l'agulla que assenyala els segons, tan ràpids, a l'esfera del rellotge de l'advocat, que ell consulta enretirant-se una mica la mànega amb mà nerviosa.

Li sembla que a cada cantonada, part darrere les cortines i els porticons de les cases, la sotja un secret, *aquell secret*. Només que obrís una porta qualsevol, el trobaria plantat allí, acusador. I ella no vol saber *aquella* veritat, li cal negar-la amb totes les seves forces, amb els precs més fervorosos, perquè Déu la guardi de saber *allò* horrible que no pot dir ni al confessor, i ni ella, per a ella sola, no hi ha de pensar. No vol pensar-hi, però arriba a casa a dos quarts de sis, el temps just de canviar-se el vestit de carrer per un altre que entonarà amb l'enfilall d'atzabeges que encara no s'ha posat cap tarda.

Just al punt de passar el portal dels Muntanyola troba l'oncle Joanet, el maniàtic de les antiguitats restaurades, amb el seu abric polsós, els guants de cotó, les galtes eixutes i blancoses. La Laura s'atura a preguntar-li per la seva germana, la tia Madrona. Després ha de fer el compliment de convidar-lo a entrar a casa, i no s'adona que ho diu amb veu feble i amb paraules que gairebé no s'entenen. És la por del destorb en aquella hora que ha de venir en Pere de cal Notari. La Laura rebutja pensar, no sols en l'existència d'un amor, ans bé ni la possibilitat de pensar-hi; però quan el vell oncle diu que sí, que entretindrà aquella hora vagarosa amb ella i amb la Teresa, se sent colpida per una impressió de fred. Mira amb rancúnia aquell intrús mig enze, cobert de taques, que fa olor de pobre malgrat els seus diners, que no es renta les mans ni gosa tocar res, perquè ho troba tot brut, fins l'aigua.

La Laura ja no es canvia el vestit. Es queden al menjador prop del braser. L'oncle Joanet i la Teresa parlen de remeis; la Laura es posa a cosir una roba; s'absorbeix tant en aquella tasca mínima, que no sent la conversa. I la cunyada l'observa amb llambregades agudes i tan ràpides, que ni sembla que la miri.

Tot d'una senten la veu una mica engolada d'en Tomàs al vestíbul. Es presenta al menjador amb els cabells airejats, la camisa descordada, d'home que sempre té calor, el coll poderós, la cara encesa, tota la seva magnífica corporeïtat que sembla encongir-se quan entra en una cambra. Darrere, es presenta el senyor Llibori Terra Negra. Vénen per consultar uns documents que fan referència a la propietat d'un bosquet de roures que en Tomàs es baratarà per uns olivars de l'oncle. L'aclaparament lleva a la Laura fins l'esma de moure l'agulla i d'acostar els peus al braser.

–I doncs, mestressa! –fa l'amo Muntanyola plantant la seva gran mà al bescoll de la muller, amb tanta delicadesa com pot, puix que li reserva certs miraments de respecte, desavesats en aquell home que sempre ha pogut manar i que la Laura no li agrairà mai–. Què fas tan capficada? Et cuses algun altre bonic? Les dones, rai!; amb què les deixeu anar ben mudades, se'ls en van de seguida tots els maldecaps.

El rellotge sona dos quarts de set. El campanar del Remei assenyala l'*Àngelus*. Per l'escletxa dels porticons s'entreveu una ratlla clara del capvespre, de cel sense boira. La Laura canvia de posició; es fon d'impaciència. La Teresa, amb l'excusa de fer dur l'ampolla de conyac per als homes, s'acosta a l'escala. No res!, ni el més lleu cruixit, tan sabut, tan estimat, de les sabates d'en Pere. Perquè a la Teresa, encara que s'adoni prou bé de l'absurditat de la seva intromissió sentimental entre en Pere i la Laura, l'angunia que tardi tant aquell home que no la mira, que no sap qui és ella, enlluernat per la bellesa de l'altra dona. Sols de pensar que tal vegada avui hauran d'acabar la vetlla sense veure'l, mal sigui de lluny, li estreny el cor amb tanta crueltat, que s'ha d'aturar un moment a l'angle fosc del passadís, el cap reclinat a la paret per poder reprendre l'alè.

–Tu, cada dia més gras! –mastega l'oncle Joanet adreçant-se a l'odiat senyor Llibori, després de glopejar un xarrup de conyac per destruir els microbis a les dents verdoses–. Qui t'ha vist i qui et veu! –insisteix.

–Què vols que hi faci? –respon l'al·ludit, amb sornegueria–. No és pas culpa meva si encara faig enveja! En canvi tu, cada dia més corsecat.

–Això, rai!: mentre no em vegi en el cas d'haver de trucar a la teva porta a demanar-te un rosegó!...

–I per cert que no et podria pas donar més que rosegons. Amb la misèria que corre! –observa el senyor Llibori, en un to de plany irònic.

–No em parlis de misèria, que em recordes la meva –li correspon l'oncle Joanet, amb el mateix accent; perquè tant a l'un com a l'altre, que són dels homes més acomodats de Comarquinal, els agrada fer el pobre davant de forasters, per veure somriure la gent amb falaguera incredulitat.

–Ja són tres quarts de set! –diu l'un consultant el rellotge d'or, ornat de pedreries.

La Laura es deixa caure a la falda la roba que cus; no pot seguir en aquella actitud reposada, prop la conversa dels dos vells.

–Déu n'hi do el que et deu pesar a la butxaca! –fa l'altre oncle assenyalant al rellotge.

–Llautó i prou; set pessetes i Déu n'hi do!

–El meu me'n costa quatre i encara gràcies. –I l'oncle Joanet mostra un antic rellotge de dona amb esmalts, subjectat amb un cordó negre.

–Bé tarda prou, en Pere! –fa de sobte en Tomàs, entre dues glopades de fum de la pipa.

La Teresa s'esforça a intervenir amb veu tranquil·la:

–És que cada dia està més enfeinat amb el despatx!...

Diu això perquè ningú no li conegui la inquietud i també perquè necessitaria les bones paraules d'algú que l'assosseguessin; i ella mateixa les diu per trobar-hi consol, com si fossin dites per una persona amiga.

La Laura torna a cosir amb una estranya agilitat, pàl·lida, silenciosa.

–Què fa aquell noi, des que és aquí? –pregunta l'oncle Llibori–. Treballa gaire?

–Plets, rai; cada dia n'hi ha més!; pero ja comença d'haver-hi massa advocats, a Comarquinal –diu l'altre oncle, acabant de xuclar la cua del cigarret que li ha donat en Tomàs i que du agafat al llavi–. Sort tindrà del seu pare, que és molt eixerit.

–S'ha sabut espavilar, l'avi Gifreda!

–Prou!; amb els diners dels altres no costa gaire –observa l'oncle Joanet, al·ludint a l'anònima constituïda anys ha pel procurador Gifreda, modalitat financera que sobrepuja l'abast intel·lectual del vell oncle, i també per un sentiment de menyspreu, d'hereu que no accepta la legitimitat d'uns guanys que no hagin pervingut per herència directa i amb diner comptant.

–Aquest minyó ja no es mourà més. S'ha cansat de rodar per l'estranger. Ara el casaran i començarà a enganyar pagesos i a posar fills al món.

La Laura i la Teresa aixequen el cap; la mirada de les dues dones es troba en l'esbalaïment que els provoquen aquests mots horribles d'en Tomàs, perquè les dues ànimes enemigues necessiten ajut, reconfort i el troben en la mútua complicitat.

El trucador del cancell ressona dues vegades, amb la fermesa joiosa amb què en Pere manifesta la impaciència de la il·lusió, el desig d'entrar.

Les mans de la Laura s'aturen.

–És ell! –prorromp la Teresa, amb una energia de to desavesada; i els ulls tornen a trobar els ulls de la dona enemiga amb una lluïssor de goig compartit.

En Pere entra; troba a punt la cadira al costat de la Laura, duta per la Teresa. Parla una mica retret per la presència insòlita de les altres persones. No gosa mirar la barcelonina, amb enyorament com si ella fos qui-sap-lo lluny, abandonada en un indret foraster.

–Me'n vaig a fer l'estació al Remei –anuncia el senyor Llibori, aixecant-se. A més, diu que fa uns quants vespres que comença a anar a la seva tertúlia el comptable que ha substituït l'exhereu a l'escriptori. Aquell xicot va a la tertúlia dels Terra Negra i, algun diumenge i tot, acompanya el seu amo a ofici de deu; després passegen una estona junts sota els porxos de la plaça.

–Cabòries de les males llengües, tot allò de la malaltia! –confessa al moment d'anar-se'n–. Amb un parell o tres d'anys que el tingui amb mi, el negoci de casa marxarà sol. Si quasi no m'he d'acostar al despatx! Me'n refio com d'un fill.

Però tot just se n'ha anat, que ja l'oncle Joanet somriu amb malícia:

–Com un fill!; ja ho heu sentit. Diumenge, en Llibori va convidar el dependent a dinar. Jo sé prou qui els va veure a la tarda que passejaven pel Rieral. L'Angelina anava al costat d'aquell xicot, i en Llibori, un tros endavant, fent el distret.

Avui, en Tomàs no es mou de casa. La Laura i la Teresa el miren de reüll, amb l'esperança angoixosa de veure'l que s'aixequi de la cadira; però ell s'hi recalca més a gust i, entre glop i glop, comença a entendrir-se amb l'evocació de les entremaliadures d'infants, que la presència d'en Pere li suggereix. En va. Les agulles del rellotge passen implacables per sobre els quarts i les hores. El monòleg d'aquelles tres ànimes palpitants és com tres veus d'una fuga que es descabdellen, es creuen, es torcen, s'entrefonen en un acord únic. Defallença de l'amor, enyorament per l'hora, pel quart, pel minut que se'n va, portant-se'n aquella partícula d'amor desaprofitat. La pal·lidesa de la Laura, immòbil al seient, és l'ombra renegrida que cercla els ulls de la cunyada, fixats amb odi damunt la innocència del germà, i és la pressió convulsa dels punys d'en Pere obligats a descloure's, a afectar simplicitat, amb el cigarret o la copa de conyac als dits. I aquell tumult que clama amb el frenesí de la desesperació al fons d'aquells tres éssers naufragats en l'amor, immerescut com la majoria de dissorts, s'exterioritza amb tot de silencis penosos inaguantables; despunta l'agulla en topar el didal de la Laura, fa estremir el líquid quan en Pere s'acosta la copa al llavi i enrogalla la veu de la Teresa, mentre que el fum de la pipa d'en Tomàs s'esvaeix en amples corbes tranquil·les, entorn del pàmpol de llum.

Dos, tres quarts de nou. En Pere s'aixeca; se'n va amb recança. La Laura ni el mira en donar-li el bona nit. La Teresa l'acompanya, com cada vespre. És el seu moment, l'únic; cinc minuts de gaudi que la rescabalen de tota una vida d'insatisfaccions, de mediocritat.

Però ell té pressa, com sempre. La Muntanyola ha d'improvisar un tema de conversa, ínfim, que retingui aquell home per a ella sola, perquè la miri, li correspongui amb un somriure insignificant, que ella provoca; almoina d'una paraula que espera com a mannà providencial i que, un cop proferida, no apaivaga gens la seva gran set, que li arroenta la boca i les mans.

Però avui necessita satisfer l'altra passió que la tortura: la gelosia.

–Com trobes la nostra Laura? –fa així que arriben a la porta–. No et sembla que ha millorat, d'ençà que la coneixes? Estava tan trista aleshores!

–No m'hi he fixat. Com que només la veig a estones, *alguna* tarda –fa ell, nerviós.

La Teresa comprèn la necessitat que té aquell home de dissimular que hi va totes les tardes, fins a ella que hi és present.

–Només alguna tarda?... –interroga amb reticència.

–Et sap greu? –diu en Pere amb un començ de terror.

–Oh, fill! –i la veu de la Teresa esdevé dolorosa com travessada per un sanglot–: qui sap si no voldria que no et moguessis mai!

I sent un gran deler de companyia, de suport, que minvi la desolació de la seva vida inútil. Poder recalcar el cap, profundament, com en un coixí tebi, a l'espatlla musculada d'aquell home, nua per sota la roba; tota la cara contra el coll ferm; besar-lo sense cometre cap pecat i oblidar tot el món, mentre la mà d'ell li acaronaria el rostre amb la ferrenya delicadesa de les mans dels homes; se li aturaria arran de pit...

–Sembla que vulgui tornar a ploure –indica en Pere fent una passa cap al carrer.

La Teresa obre els ulls amb una sentida que li travessa el cor.

–Vols dir?

–Mira! –i ell acosta la mà espurnejada de gotes brillants.

–A veure? –i la mà d'ella la hi frega per assegurarse'n; s'hi entreté un segon.

–Que tens febre, Teresa? Cremes!

Ella ha de riure, enretirar les mans acovardides. Torna la gelosia.

–Demà també vindràs tan tard?

–Oh, no!

–Mira que tenim molt neguit, com si t'hagués de passar una desgràcia. De vegades, quan tardes, la Laura no assossega. «Ja no vindrà avui en Pere», es plany; «ja no el veurem».

–Això diu? –fa l'home, incaut, amb una resplendor als ulls. Ara sí que ell i tot abraçaria la germana d'en Tomàs, per agraïment. Però ara és la Teresa qui el rebutjaria, qui sent repugnància i odi d'aquell home. Se separa d'ell; ni el saluda; tanca la porta. En la foscor desborda la seva fúria; els dits enfebrats premen terriblement la balda freda, com si garfissin una carn enemiga, amb la crueltat amb què es clavarien a la gola rosada d'una dona jove que el deliri li representa a l'abast de la mà.

I els grans núvols passen, molt pacífics, per sota la dolcesa dels estels de la primera nit d'abril.

La Laura, la Teresa, l'Angelina Terra Negra, la Beatriu «l'avorrida», la senyora de Torroella i la seva filla passegen fora vila, enllà de la Roureda, camí de l'ermita de Sant Roc. Per un permís especial que s'ha enginyat mossèn Joan Serra, del museu, podran entrar a l'esglesiola romànica, veure de prop els passatges de la vida i dels miracles dels sants figurats al retaule de l'altar, a la manera mística i casolana alhora dels nostres primitius. Pregaran agenollades davant de la imatge central, que s'està tot l'any sola amb l'indument i la passa de vianant, i podran beure l'aigua beneïda de la font brollada miraculosament, al cop de gaiato de sant Roc entre els esbarzers del penyal.

És la tarda del diumenge de Rams. Els pollancres i els trèmols tot just s'emboiren de verdors tendres, que ja comencen de fressejar a l'aire de la primavera naixent. Tot entorn, les masoveries disperses guaiten els camps travessats de recs blaus, que un rengle d'albes acompanyen de tant en tant i més lluny se'n desdiuen. El massís de Collat Negre es dreça al mig del Pla, de cara al flamareig de la posta.

Mossèn Joan espera les senyores; el sagristà del Remei ha encès uns quants ciris. Elles passen pels llocs santificats per la llegenda miraculosa; el sacerdot els la conta amb tanta ingenuïtat, que ningú no sospitaria que aquell home somrient és l'arqueòleg il·lustre els judicis del qual són acceptats pels erudits més reclosos als arxius de màxima anomenada.

Fins que en Pere de cal Notari compareix a l'ermita, acompanyat d'un amic.

–Què véns a fer, aquí? –interroga mossèn Joan al nebot.

L'altre s'excusa: ahir a casa els Muntanyola parlaven de la passejada d'avui; ell havia demanat permís a les senyores de la casa per a anar-hi.

–Ah!: elles sabien que tu vindries? –pregunta mossèn *Ferro Vell*, sobtadament seriós.

–Els sap greu? –fa en Pere amb una mirada circular al grup.

No; no sap greu a ningú. La senyora de Torroella prodiga les falagueries a l'advocat i al seu amic; fa posar dissimuladament la seva filla entre els dos homes. Mossèn Joan parla de tornar a Comarquinal abans del vespre. La Laura s'adona de l'harmònium arraconat al cor, cobert de pols. Com si li endevinés el pensament, l'advocat parla de l'estona deliciosa, de música recollida sota la volta de l'ermita morada, daurada. Les mans esblaimades de mossèn Joan inicien el coral «Siau saludat, Jesús, de tot cor».

Un gran núvol que passa, encès, encomana tot de resplendors violentes a les pedres cremades del recinte, quan l'*Elevació,* de Frescobaldi, puja, s'amplifica, es recull i acaba en un trèmolo que coincideix amb el batec de la llàntia de vora la reixa, que dibuixa tot d'ombres mòbils a les escultures de l'altar, que fins sembla que el sant Roc pelegrí avanci poc o molt la passa per escoltar millor.

Vine prop meu,
digna't somriure

canta greument la Laura; i els dits del sacerdot sembla que no gosin completar l'harmonia amb els sons profunds que s'acosten de tant en tant al vers, el besen amb unció.

Joia sens nom,
mort beneïda;
sentir tos dits tan dolços
cloure'm suaument els ulls
tan plens d'amor.
Vine prop meu,
digna't somriure;
quin dolç encís tindrà
llavors per a mi la mort,

insisteix Bach amb assossec. L'aire entra i surt de les lluernes, flairós de farigola i espígol de Setmana Santa.

Ja és vespre; cal tornar-se'n. En entrar al cor, en Pere havia deixat sobre un faristol el branquilló verd de fulles tendres, arrencat tot venint a uns àlbers de la font. S'aixequen; la Laura va i recull la branca tendra, sense més ni més, com si fos cosa seva. En Pere se n'adona; la Teresa, a través del vel, també ho ha vist.

Baixen per l'escala retorta, cruixidora. La senyora de Torroella manifesta a l'amic d'en Pere els seus entusiasmes per la música:

–Si en el meu temps hi hagués hagut l'afició d'ara, que tothom n'aprèn, jo em passaria els dies tocant el piano. En canvi, la meva filla no n'ha volgut saber mai res; ella és una noia molt bona per a casa i prou; el seu deliri són les labors.

Un graó de l'escala és mig ensorrat; en Pere ofereix la mà a la Laura, l'ajuda a fer la camada; les mans queden unides pel contacte: pressió enardidora.

La Teresa, darrere de tots, ho veu; mossèn Joan, que li va al costat, també; però així que ella el mira, els ulls del capellà es fixen als graons.

Surten al gran aire de l'abril. En Pere i la Laura, que encara no han après de dissimular, dialoguen per a ells sols. La vídua del notari va per ajuntar-s'hi, només perquè l'amic d'en Pere es posa al costat de la seva filla. Però la Teresa l'atura pel braç amb una força convulsa. Dreta, severa, la Muntanyola diu:

–No destorbi.

És el començament de la venjança. La senyora de Torroella obre més els ulls, per copsar bé l'escàndol que irradien aquell home i aquella dona, sols entre el grup, afiblonats per les primeres cremades del desig.

–Què vols dir, Teresa? –interroga l'amiga, malgrat haver-la entesa prou bé.

L'altra no respon, endurida de rostre, amb el foc de la gelosia encès al pit i a l'enteniment.

–Vine a veure'm demà, a casa –insisteix la senyora de Torroella.

–No vull que ningú pugui dir mai que he estat jo qui n'ha parlat.

–Doncs no sé què pensar.

–Pensi el que vulgui.

Tornen cap a ciutat. El cel de Comarquinal, pur com si no conegués la boira, brilla d'estels límpids. Mossèn Joan Serra conta a l'Angelina i a la Beatriu que la bona olor de la farigola només durarà d'avui fins al Dijous Sant.

S'acomiaden en arribar a les primeres cases. En Pere intenta seguir amb les Muntanyola, però el seu oncle el reté a desgrat de les protestes del nebot.

–Ja prou que parlarem després! –es defensa.

–Vine a casa, ara –imposa el vell. I camina amb pas ferm, cap a la plaça de la Catedral, on habita prop del museu. Seuen emig del desordre ordenat del despatx, voltats de llibres, entre munts de carpetes, de revistes, que esmorteeixen les veus.

–Per què et proposes aquesta mala acció? –comença l'oncle, sever però sense gens d'iracúndia.

La temença d'en Pere es confirma. Prova de fer el distret, de negar, però és massa sincer; sembla com si ja no pogués contenir tant d'amor, com si ja li desbordés. En comptes de respondre es reclina a la taula, defallent, el rostre al palmell.

Mossèn Joan s'acosta al nebot i la mà eixuta per l'esclerosi, experta a furgar entre els pergamins i que endevina els secrets de Bach i Frescobaldi, es posa a l'espatlla d'aquell home pertorbat.

–L'estimes, oi? –fa el vell amb un tel d'emoció a la veu–. Per això, perquè l'estimes tant, no voldràs aquella malifeta.

–No m'he proposat cap malifeta! –es queixa en Pere.

–I tu què saps? Saps a quines exigències et duria aquest desgavell, si t'hi abandones? Ara us anirà començant, a tu i a ella, si la incites a pecar. I no pot ser. Estima-la tant com puguis, que bé ho mereix aquella criatura desemparada –continua el sacerdot, amb una gran força d'home–, però no has de dur el descrèdit a la casa d'un amic, ni que per culpa teva ell sigui la riota dels fariseus d'aquest nostre poble.

–No em proposo res; només vull veure-la –reprèn en Pere.

–Fins ara, sí; només veure-la, dius, i encara no fa una hora que li estrenyies les mans. És el primer pas, l'esquer, i aviat no te n'acontentaries. No tornaràs cap més vespre en aquella casa.

–Primer em moriria.

–No exageris, que ja ets massa gran. Saps que *això* teu és una malura, penosa; a estones sembla que se t'emporti la vida... Però ja saps que de mica en mica s'esbrava; la voluntat torna, gràcies a Déu. No vulguis caure en una feblesa, perquè, temps a venir, te'n penediries.

–Ella no s'hi avindria mai.

–La dona és honesta quan la volten persones honestes. És tot allò que l'home es proposa que sigui. Tu abans et revoltaves contra les indignitats que es cometen en aquests racons provincians; i ara tornes per fer allò que no gosarien tants d'aquells altres que bescantaves. Vas en aquella casa, dissimules, rius amb un propòsit que, encara que no te'l vulguis confessar, saps que duus clavat al pensament. Goses fer l'amic a un home que t'ofereix la casa de tot cor, com un germà, que t'admira i et respecta perquè tens més talent que ell.

–Un home odiós, cruel, que fa el mal com una bèstia, que té fills a l'hospici, un home dolent, miserable...

–I vas amb ell pertot, passeges amb el seu cotxe, li ofereixes cigars sense donar-te'n vergonya? Dius que és dolent i et vols valer de la confianca que et té per a prendre-li la dona que davant Déu s'ha compromès a ser només per a ell!

–És més noble i té més drets aquesta voluntat que jo li porto que no pas un tros de paper firmat a ulls clucs i que li dóna el dret de prendre aquella dona, comprada amb les seves unces, quan està tip de les majordomes joves d'aquestes rectories i sufragànies, o de les mosses d'hostal.

–Ai, fill, que no et demano discursos! Ja no em fan efecte. No l'acusis, perquè li sé més fetes de les que tu li puguis saber mai –observa mossèn Joan amb el mateix repòs–. Ara el titlles de dolent, com si tu fossis prou bo. Tinc seixanta anys; he conegut molta gent i mai no he trobat ningú bo ni dolent del tot.

Només Déu ho coneix. Creu-me, Peret, fill. Deixa aquesta vanitat per a aquells senyors tan importants que administren justícia a sou. Acuses els actes d'en Tomàs per justificar una indignitat teva.

–Ho mereix; és un monstre inconscient.

–I és per això que et proposes fer caure en pecat aquella dona que ara mateix trobaves tan innocent? No ha de ser; no tornaràs cap més tarda en aquella casa.

–No podeu privar-m'ho –protesta en Pere, exasperat–; no sabeu la força d'aquestes coses, com s'emporta l'enteniment. Només se'n pot parlar quan s'ha passat l'experiència. Els sants no sabeu com són els sofriments dels homes, ni de què són capaços.

–I què saps tu dels sants per a anomenar-los amb aquesta lleugeresa, ni de mi? –esclata l'oncle, redreçant-se amb una estranya energia. El sacerdot pacífic s'ha transformat en un home de mirada directa, vibrant–. Ets ben bé fill de Comarquinal, que trobeu sants a cada cantonada. Sóc un home feble com tots, però un home que ha sofert i ha plorat i que va estar a punt de morir-ne... Oh, si sabessis, fill!

I la mà del vell passa per la cara del nebot en un afalac nerviós.

–També?... –pregunta en Pere, mirant-lo sorprès, penedit de la revelació que li ha obligat a fer.

Mossèn Joan es calma de mica en mica. Reprèn la dolcesa de sempre. El seu dit assenyala els llibres dels prestatges.

–Tot això n'és obra. Quan sentis parlar de si tal home il·lustre, tal erudit, tenen el cap ple de ciència i que no saben res del món, no en facis cas ni te n'estranyis. Pensa que moltes vegades és perquè algun d'aquells homes no ha tingut més remei que ser savi o il·lustre per consolar-se d'altres fracassos, per obligar o per poder resistir la vida. Qui sap si a tu, jove com ets, sense cap relleu, aquesta contrarietat d'avui et serà el triomf de demà? El triomf es paga molt car, a preu ja sap Déu de quins sacrificis.

Queda així un minut, abstret, corbat amb els trets del dolor senyalats al rostre. En Pere s'acosta més i li besa la mà molt humil, en homenatge als vells dolors d'aquell home i que ell no sabrà mai.

–Veus? –fa l'oncle amb el seu somriure encongit–. Aquests moments sí que ens rescabalen de les altres males estones! Si sempre poguéssim ser bons així, com aquest minut! Pere, no aniràs més en aquella casa; no m'ho prometis, que mentiries. Per la Laura, que encara es pot salvar, per ella intenta el sacrifici. Se'l mereix.

–Laura! –només sap dir en Pere, amb una exaltació continguda, com si digués qui sap quina grandesa.

–Sí!, és adorable; ja ho sé. Creu-me; no facis que s'hagi d'avergonyir davant del bon Déu, com aquelles majordomes que em retreies, que se senyen amb les mans blanques i els braços bruts.

En Pere se'n torna com alleugerit d'un gran pes, el pes del secret que ha pogut compartir amb algú d'entenedor, refiat en els grans propòsits que no complirà.

Mossèn Joan Serra es reclou a la soledat dels seus manuscrits, dels llibres que omplen les parets de la cambra; prega o rumia o sanglota amb el cap reclinat sobre la taula àrida, on ha escrit els seus treballs de ciència arqueològica que han fet pujar el seu nom als núvols com qui diu.

Tràfec dels dies sants; compunció ritual; abstinència suculenta; dejunis llaminers; ciris enflocats; clavells encesos; refrec de glacé; mantellines aromades de pomes del calaix; processó nocturna, carnavalesca; dol oficial; Set Paraules mal escoltades;

Ofici de tenebres; furor de congregants amb la maça als dits i la il·lusió als ulls d'esberlar cranis de jueus. Per sobre de tot la gran lluna de Nisan, que projecta l'ombra negra, crestada, de les teulades contra els empedrats blancs, que esfuma les llunyanies i posa una boirina entorn dels trèmols de la riera, que fa lladrar els gossos a les pagesies perdudes pels fondals i llisca pels bladars i els horts estàtics. Primavera incerta que ha fet germinar les llavors, que duu l'amor als insectes de la terra fecundada, que fa estremir els homes a la veu misteriosa que els diu qui sap quina meravella inèdita, que es repeteix cada abril i no té mai acompliment.

Aquella nit la Laura surt al balcó del jardí, inquieta pels tres dies d'absència d'en Pere. És la mateixa hora que en Pere fuma i fuma en el silenci del seu estudi, vora el foc. De sobte rebot a terra el *Medina-Marañón* que fulleja dies ha, endebades; treu el cap al balcó per orejar-se en l'assossec de la nit clara.

La Teresa, desvetllada pel neguit, per l'enyorament de l'absència d'en Pere, sent el trepig de la Laura pel passadís.

S'aixeca del llit, mira per l'escletxa, veu com la cunyada surt al balcó. Una sospita enorme fulgura com un llamp, sacseja la germana d'en Tomàs. Potser és que la Laura i en Pere... Aquell diàleg en tornar de Sant Roc; l'allunyament sobtat de l'amic; indicis vagues, certituds per a la gelosia.

Surt del dormitori, cautelosa com en aquelles nits quan parava l'orella al pany de la cambra nuvial; es posa darrere la persiana de vora la galeria. No res; la Laura mira enllà de la nit i prou. Talment com ella, la impaciència de l'amor, la set insaciable!

I la lluna de Nisan il·lumina aquells tres éssers torturats, que cremen com tres ciris oferts en holocaust a la divinitat impassible.

La xarxa es nuà, subtil, de tertúlia a tertúlia, del cafè al casino. Els llums del saló de la vídua del notari Torroella van ser vistos encesos fins tard de moltes nits. El venerable doctor Grau se senyà tres vegades, horripilat. La nova es va estendre pel capítol catedralici, arribà fins als graons del tron episcopal.

–No en crec res –protestà el senyor Terra Negra–; males llengües i poca feina. És clar que aquell xicot va massa sovint a casa d'ells, i qui juga amb foc!...

Ningú no volgué creure res, però tothom en parlava; i quan el senyor Llibori, en un apart amb la Teresa, va interrogar-la sobre aquell punt delicat, ella va quedar com espantada, en una actitud d'ingènua. No havia sentit dir res d'estrany ni havia vist res a casa entre la cunyada i l'advocat. És clar que ells dos s'avenien molt; però això no era prou per a fer suposar cap lligam vergonyós.

Tothom va saber-ho tret d'en Tomàs i la Laura, com a bons protagonistes. La sospita de la Teresa anà enroscant-se, a la manera d'un escurçó que li enverinava la gelosia. Mai com aquells dies no va estar-se tantes estones a vora de la cunyada, com fascinada pel secret que li semblava descobrir a cada gest, a cada sospir de la Laura. A l'hora d'anar a missa o quan feia alguna visita, la va seguir de lluny. En va; sempre sola, abstreta, pàl·lida. Però el nom de l'advocat no li arribava mai als llavis; i aquest silenci era el punt que confirmava la sospita de la Teresa.

Un dia, havent sopat, fou en Tomàs qui parlà del seu amic d'improvís.

–Dies ha que em feia estranyesa de no veure'l aquí ni enlloc. He trucat a casa seva i l'he fet baixar. –La Laura i la Teresa aixequen el cap vivament i escolten les delicioses paraules de l'home, sense dissimular gens.– Encara està groc d'una mica de cadarn que ha passat. Jo prou li volia fer prometre que vingués demà a la tarda; però diu que té molta feina. Es veu que s'ha posat de moda a Comarquinal. I me l'he endut a berenar als Mojons, tot i que no volia seguir-m'hi.

–No pot venir cap tarda, i pot anar-se'n per aquests mons de Déu amb tu? –observa la Teresa, ressentida.

–Era per celebrar-ho, i com que jo tenia el cotxe a la porta, l'he temptat.

–No t'ha donat records?

–Poc o molt sí. Alguna cosa o altra bé m'ha dit!

Un cop soles, la Teresa, intrigada pel mutisme de la cunyada, no pot estar-se de dir-li:

–Ja era ben estrany d'aquell xicot que es fes fonedís sense motiu!

–Com que diuen que està tan enfeinat! –respon la Laura no gens convençuda.

–No ho creguis; o és que alguna envejosa se'ns l'ha quedat perquè vol casar la filla amb ell i els feia mal d'ulls veure'l a casa, o bé ell s'ha cansat de venir a escalfar cadires. Ja se sap que els homes són volubles.

–Vols dir? –es queixa la Laura.

–Això és el que a mi em sembla –reprèn la Teresa, amb aire indiferent tot recosint els hàbits d'una vella nina, vestida de carmelitana, que li havia regalat la seva padrina, anys ha–. Potser tu sàpigues més que jo, pobra de mi!

–Què he de saber? –fa l'altra amb una ombra de terror, que li voreja els ulls.

–Com que no n'has parlat més, creia que ja sabies el motiu per què en Pere no venia.

–Tampoc no n'he sentit dir res a tu –es defensa la Laura de seguida.

–Si hagués vingut per mi, ja n'hauria passat angúnia; però en Pere és molt desmemoriat, com tots els homes, i ell no vol saber res de velles com jo.

–Ve perquè és amic de casa, des de tota la vida!, prou vegades ho ha dit.

–Ara se n'adona? –insisteix la Teresa, amb un endurimient sarcàstic a la veu–. No venia pas, abans de marxar a l'estranger! Però a mi m'és indiferent; m'agradava que vingués perquè és un xicot divertit i et distreia. Però si no torna, millor; així callaran les males llengües.

–Males llengües? –repeteix la Laura, amb les mans glaçades.

–Ahir mateix, sortint de funeral, em deia aquella serp de la Josefina Vilella: «Què li doneu, a aquest noi, que el porteu envescat a les faldilles?» La veritat és que, vist de fora de casa estant, tenen una mica de raó. Les dones d'aquí som naturals, plenes de vergonya, sense finors ni compliments. Què ha de fer un xicot que ha vist mig món, sinó decantar-se per una persona com tu, que saps de tot, que ets bonica, que no tens gens gastades les mans, i rius i cantes mal fos davant de vint-i-cinc persones sense canviar el color de la cara? Ell t'admira.

Ho diu amb una gran simplicitat, tot cosint l'escapulari de llana. Acosta la roba a la cunyada i li pregunta:

–Què et sembla, cau dret?

Però la Laura reprèn la conversa.

–Escolta, Teresa: oi que amb això vols dir alguna cosa més?

La germana d'en Tomàs la mira estranyada.

–No t'entenc. He dit el que volia dir-te. És un pecat malpensar!

–Però aquí tots sabeu dir una mena de coses, sense dir-les, que fan tant mal!

–Només deuen fer mal a qui pugui sentir-se'n! –replica la Teresa, amb el seu somriure gèlid–. I no crec que sigui el teu cas, gràcies a Déu. Em refio que tant si en Pere t'admira com no, tu no n'hauràs fet gens cabal.

–Què penses de mi?

–No res. Estic segura que dius la veritat. Saps que el bon nom de casa nostra està a les teves mans, i em refio de tu.

La Laura, que també necessita dissimular, somriu amb una naturalitat tan desdenyosa, que convenceria qualsevol, mentre no fos una dona.

–Per a mi, si en Pere no torna més, li n'estaré ben agraïda.

–Trobo que quan una persona és indiferent, fa el mateix efecte veure-la com no –insisteix la Teresa, no menys natural que la seva cunyada.

–Ho dic per allò que m'has fet saber de la gent!

–Qui té la consciència neta, poc l'espanta que malparlin –replica la Muntanyola, tant pel desig d'acorralar-la com per l'angúnia que si la Laura es nega a rebre en Pere ella tampoc no podrà veure'l més; i aquell home s'ha constituït en centre i únic objecte de la seva vida

–Què vols que faci, doncs?

–Seguir la teva voluntat, però comportant-te d'una manera que, diguin el que diguin els altres, no puguin tenir mai raó. És ben senzill.

«Diguin el que diguin», repetí tota la nit aquella veu enemiga en l'insomni de la Laura, com un eco a la inversa, que, en comptes d'allunyar la veu, l'acostava amb un accent cada vegada més enèrgic. Aquella nit, ajaguda al costat dels esbufecs d'en Tomàs, la Laura va comprendre amb claredat la mena de sentiment que alenava en la seva consciència per en Pere: l'amor! Ara sí que sabia què era l'amor autèntic!, tan autèntic, que fins la gent s'adonava que havia arrelat entre les altres arrels de la vida d'ella. Amor maleït de Déu!, flama clandestina, que de tan abrandada fa transparents les consciències i les abandona a la curiositat de la gent maliciosa, que creu rescabalar-se dels pecats propis fent riota dels pecats dels altres.

A més, el temor de saber descoberta la culpa involuntària,

immerescuda; el temor al·lucinant que us fa creure que esteu sota la pupil·la enlluernadora d'un reflector que mostra, als ulls malèvols de la gent desvagada, totes les misèries de la vostra carn feble i de la vostra animeta tremolosa.

No veure ningú més!, poder amagar-se entre una boira espessa, tal com ara la Laura amaga el cap sota el coixí ardent. I l'abisme de negror que el coixí li posa als ulls s'inflama d'estels sangonosos i verds, abocats cap a una carrera frenètica que s'emporta la Laura i la capbussa en el vertigen...

S'asseu al llit i obre l'interruptor. No res; cada cosa al seu lloc. El mal, el desordre, només és en ella; tot obeeix el ritme de la pròpia llei; sols ella s'ha extraviat de sendera. Cal extirpar aquell element de desordre, restituir-se a la serenitat d'abans, al goig de saber-se lliure, simple, amb aquella força que sols dóna la innocència. No veurà més en Pere!; es valdrà de totes les astúcies femenines per a reconquistar el marit; descendirà fins a la grosseria d'ell per atraure'l, per complaure'l.

La Laura es fa el propòsit de no veure més en Pere, just al punt en què per sota d'aquest pensament es descabdella un segon pensament que ella no vol atendre, però que és l'autèntic, el que lliga la seva voluntat, que li retreu el segon voluptuós de l'altra tarda, quan cantava reclinada a l'harmònium de l'ermita.

> ...sentir tos dits tan dolços
> cloure'm suaument els ulls
> tan plens d'amor,

deia el vers; i ella sabia que accentuava aquests mots amb una intensitat apassionada, que eren adreçats a en Pere, mal volgués negar-s'ho; i sabia que ell els aspirava, els bevia com una aigua bona. Després, la pressió de la mà d'aquell home, escalf dolcíssim que la féu estremir de plaer amb la temptació de sentir-se presa entre els braços d'ell i de poder lliurar-se a una embriaguesa que en Tomàs no li havia procurat mai.

No veurà més en Pere; trencarà l'únic lligam afeccional que li queda. Reconquistarà la voluntat del marit. Ho pensa i ho creu; però només de girar el cap, sent un calfred de repugnància en adonar-se d'en Tomàs adormit, tan apoderat per la torpor; vuitanta quilos de carn roja, entresuada, inútil, les mans caigudes sense gràcia damunt la gira, el ronc persistent que li entreobre els badius del nas al ritme del lleu vaivé abdominal.

Dorm enormement, com un home cansat, ell que no ha treballat mai!, feliç insuportable, revoltant, horrible! Fins que la Laura, en el paroxisme de l'alteració, el sacseja i el desabriga.

–Desperta't, no dormis més, que em moriria! Desperta't –profereix la dona, amb les dents serrades, pàl·lida, convulsa.

En Tomàs obre els ulls i s'incorpora; fa un esforç per coordinar les idees, per copsar la imatge d'aquella Laura tremolosa, els cabells embullats i les mans glaçades, que l'increpa com una posseïda:

–Per què em vas abandonar així, tan aviat? Què tenen de més aquelles dones amb qui et fas, elles que no s'han rentat mai la cara? Tan avorrible em trobes, que em vas arraconar de seguida? Digues: quina gràcia és la d'elles per a aprendre-la jo?

En Tomàs li respon amb una mica de rialla manyaga:

–Per això m'has despertat amb aquesta batzegada? Són manies teves; gelosia sense motiu.

–Gelosa de tu?

–Doncs, de què et queixaries? –torna l'home amb aquell urc de triomfador–. Ja m'agrada que tard o d'hora em demanis alguna cosa; no hi estic gaire acostumat de tu, per no dir gens!

–Què vols dir?

–Res, dona; no facis l'esquerpa, que ja et conec les intencions. Vine: au!

Però la Laura salta del llit, s'atura a l'altre costat de la cambra, arran de porticons. En Tomàs s'adona que vacil·la, a punt de caure, blanca com la roba de nit que li abriga el cos.

–Què et passa, Laura? –fa, intrigat, i va per aixecar-se; però ella s'enretira més; crida.

–Si t'acostes, em llanço daltabaix del balcó.

Ell torna a seure al llit; contempla la dona amb tristesa.

–Tan malament m'he portat amb tu –es queixa– per a ser tractat així?

–M'has abandonat.

–I tu, has tingut gaire interès a retenir-me? No tens motius de sentir por de mi; sempre t'he tractat més bé que a cap altra dona; he fet el que has volgut, jo que podia manar! Vine!

–Oh, no...

–Estic acostumat a ser cregut, i més ara, que tinc raó. Si no véns tu, vindré jo.

I avança de sobte. Agafa la dona ans que ella tingui temps d'obrir la balda. La Laura es defensa amb por d'un acte violent de l'home. Un xiscle anuncia la crisi nerviosa; plors, convulsions i crits ofegats que desvetllen la Teresa i el servei. La germana d'en Tomàs és qui aplica les compreses de vinagre, amb mà sol·lícita; acotxa la cunyada i la vetlla fins que s'adorm; quan l'alba lívida agrisà els regalims de baf als vidres i les campanes de les parròquies criden a missa primera.

Dies de calma aparent, de reconciliació enganyosa, de sol a les finestres, de pluges lleugeres que espongen les primeres roses del jardí. El pare Comerma no ha vist més la Laura al seu confessionari de Sant Felip Neri. A les tardes, ella se'n va amb la Beatriu i passeja, com una convalescent, per indrets poc concorreguts, allí on l'abril estufa amb més gerdor els arbres i esmalta els marges de flors anònimes.

I en Pere tornà, confós, retret com un delinquent. Ja només

el va veure la Teresa al menjador. Tancà les portes, li oferí els licors d'en Tomàs. En va. El diàleg llanguia, malgrat els esforços de la Muntanyola per estergir les converses de la cunyada. Tan absent era ell ara, assegut davant per davant l'un de l'altre, com en temps dels seus viatges per l'estranger. Els ulls se li emmelangien, enyorats, es posaven pels indrets de la cambra on el seu enteniment reveia l'altra dona, única presència efectiva, visible fins per a la Teresa engelosida, vexada pel desdeny inconscient d'aquell home que li era tan a prop i no la veia. De la vora o de lluny, la Laura triomfava; l'amor els lligava per damunt de la seva intervenció ridícula. Fins que en Pere no va tornar-hi cap més tarda; i fou aleshores quan la Teresa refermà la sospita que ell i la Laura potser es veien en algun lloc secret.

La dona d'en Tomàs, tot passejant, mig escoltava els planys de la Beatriu, enyorada del seu enamorat, perquè aquell xicot feia uns quants dies que era a Barcelona sol·licitat pel cosí de la Laura. Li llegia les cartes d'ell, copioses, massisses, i li parlava de les seves grans esperances. De tornada solien anar a casa de l'oncle Llibori, on molts vespres en Tomàs venia a buscar-la en sortir del casino.

Una tarda s'escampa la nova que ha mort la tia Madrona, germana de l'oncle Joanet de les antiguitats. Tot avui que la família es mobilitza per complir com és de llei, amb el bon intent de quedar bé. Cadascú ocupa el seu lloc en ordre rigorós, segons el grau del parentiu: els Terra Negra i els Muntanyola vora l'alcova de la difunta, els cosins i nebots llunyans a la sala, a parlar baix amb les visites que entren i surten amb trepig de dol.

Quan la Laura i la Teresa arriben se'ls fa lloc a primer rengle; preguen al peu del llit, sospiren vora aquell cos rosegat pel sofriment de tants mesos; les fan seure entre els daurats de la sala quan les monges del convent de les *Mosteles* vesteixen la morta. El doctor Grau i l'oncle Joanet diuen una part de rosari, genolls en terra al peu del gran Crist de talla, il·luminat de ciris enflocats, mentre l'angelet del rellotge de sobretaula saltirona, assegut al trapezi, molt optimista, al pas de cada segon.

–No trobeu que ha quedat ben natural? –pregunta l'amo de la casa a les nebodes, quan acaba el prec–. Quina bona pensada ha tingut de bon matí, demanant-me Nostramo!; si arribem a creure el metge, no hi érem a temps.

–No hi entenen, en malalts, els metges! –diu el senyor Llibori entre dos sospirs, rancuniós contra el seu per aquell afer del comptable.

–El que l'ha de consolar –intervé la Teresa, amb veu trencada– és la satisfacció d'haver fet tot el que convenia.

–Sí! –afirma l'oncle, enèrgic–; no li ha faltat res per a l'ànima ni per al cos. D'una sola cosa no la creuré: en les misses. Fins al darrer moment, mentre ha tingut un alè de vida, no s'ha cansat de repetir-me: «Joanet, no en vull més que dotzecentes.» Però el meu gust és de fer-li'n dir un parell de milers.

–Prou s'ho mereixia.

–Ha estat una minyona per a mi, una esclava, una màrtir, que ha preferit la mort ans que veure's exposada a la tafaneria dels metges.

La Laura té calor dins aquella atmosfera enrarida per les flames dels ciris i per l'excés de gent; però no fóra correcte d'anar-se'n ara que comencen a fluir les visites. Es recalca al marbre de la consola, vora unes senyores que parlen baix. La Teresa li pregunta si no es troba bé; està tan pàl·lida! Se la veu tan feble amb el vestit negre! Però no li cal preguntar-ho del tot; pel mirall del moble acaba d'encertar l'esguard de la cunyada, pres, del vidre estant, al d'en Pere Gifreda que entra.

–Es deu haver mullat, Teresa! –fa una de les senyores, passant-li la mà per la mànega.

–És que quan hem sortit de casa començava a ploure.

–L'aigua de pluja, rai!, no deixa taca a la roba de dol. Per a mi, amb la mullena el negre millora. S'ha fixat que prim que està el noi Gifreda? No sembla el mateix de mig any enrere!

La Laura canvia de lloc; no troba un racó prou dissimulat on no pugui ésser vista; però els ulls d'en Pere van seguint-la. Ni l'un ni l'altre no perceben el moviment de curiositat reprimida de què són motiu.

–És un escàndol! –no pot estar-se de dir, molt prudent, la senyora de Torroella a les seves veïnes de sofà, roja d'indignació sota el vel del capell–. No en tenen prou de fer-se babarotes a casa, que han de venir a aprofitar un moment tan trist com aquest?

–Diu que mossèn *Ferro Vell* els fa de tapadora? –confessa la veïna, tota remorosa de medalles beneïdes que li pengen del coll.

–Com que és mig liró, li fan fer tots els papers de l'auca.

–No tan liró com sembla! Jo prou recordo les seves fetes de jove.

–De jove i de vell! –insisteix la vídua del notari–. Sembla que encara li dura el tràfec amb la cunyada de Barcelona.

–M'estranya que no hi hagi una ànima bona que gosi obrir els ulls a aquell infeliç de Tomàs.

–Tots els hereus de cal *Calçot* han estat uns tranquils com ell: d'això els ve el motiu. Veurem com es decanta aquest negoci.

–Ja vaig fixar-me que es deixaven llibres, ell i ella!

–Amb cartes a dintre; tinc massa experiència per a no saber quina mena de correu són els llibres deixats.

El dol d'aquella casa és d'un efecte imposant. Les quatre monges de les *Mosteles*, en espera de les dues mil misses per a l'ànima, preguen amb el rosari als dits entorn del cos de la difunta vestida d'hàbit. El senyor Joanet, abrigat amb una levita descolorida, seu, molt blanc i digne, voltat de les cares llargues dels parents més pròxims. Cada grup s'està molt correcte, molt gris, format per nuclis de simpaties i de parentiu; fins hi ha la colla dels cosins pobres, gent de pagès, roigs de galtes, aïllats i amb els senatxos a la falda. Totes les cares traspuen gravetat; ningú no estossega ni esternuda per no faltar gens al respecte que correspon en un acte trist com aquell. Només, de tant en tant, part enllà del cortinatge de l'altra sala, se sent la raspera que pessigolleja la gola del magnífic canonge Grau, sonora com una contra d'orgue. Aquell sacerdot ha interromput el sseus precs per atendre una dama, esposa del fabricant d'embotits més important d'un poble veí, la qual dama aprofita l'avinentesa d'haver trobat el reverend per a demanar-li un consell. Ella li confessa que, a còpia d'estalvis (que el marit ignora), ha arreplegat uns quants milers de pessetes que ara voldria col·locar sobre segur. Potser alguna persona que necessités hipotecar!... –indica molt ingènua. Ella ha sentit dir que no li fóra difícil que els estalvis li llevessin del divuit al vint per cent.

–Vingui'm a veure qualsevol tarda de la setmana entrant! –expressa el canonge amb aquella noble actitud de mans com si beneís–. Ara no és moment de parlar-ne. Però em sembla que no trobarem res que pugui rendir-li més enllà del dotze.

–Vegi si arribéssim al setze! –torna la senyora amb delicada insistència–; però sobretot no res que pugui semblar un esquer per a ningú, ni un dogal. La tranquil·litat de consciència és primer que els guanys.

El murmuri de precs i de converses esborra el diàleg i el gruny sonor de la gola de vora el cortinatge. La Teresa acosta els llavis a l'orella de la cunyada:

–Ara se'ns acosta en Pere de cal Notari.

Les mans de la Laura es premen com si volguessin entrefondre's.

–I si ens n'anéssim? –pregunta sense saber què diu.

–Tanta por li tens?

No gosa mirar, però sap que ell ve, que ja és a prop. Acosta el front al vidre del balcó per un desig exasperat d'evadir-se. Entre dues cases separades veu la carena blava de Collat Negre, ben clara de sol. Fugir! Anar-se'n amb un d'aquells avions de cinema, providencials com els hipogrifs dels herois de llegenda! Travessar d'una volada el serrat entre l'aire de la primavera! Oblidar la farsa d'aquella gent respectable, que la volta i la guarda i l'empresona. Fugir!...

–M'ha dit en Tomàs que no havia estat gaire bona, Laura!... Sent com aquests mots li passen orelles endins, amb aquell so greu, tan natural, que la fa estremir de fred i de goig com si fos una carícia.

Respon una insignificança que no escolten ni ell ni ella. En Pere mira el rostre pansit, senyalat pel sofriment, els llavis dolorosos, els ulls aombrats per l'insomni. Les mirades d'ell i d'ella es troben, es prenen, es besen, es rescabalen de tants dies d'enyorament.

–Ja ens diu en Tomàs que et diverteixes molt! –intervé la Teresa amb veu lleugera, però que no pot dissimular la reticència. En Pere i la Laura es tomben i miren amb el mateix enuig aquella intrusa, que els dilueix l'encís del diàleg sense paraules que els servia de mútua confessió d'amor. La Teresa comprèn bé que la rebutgen de la intimitat, murada infranquejable contra la qual se li esmussaran els fiblons més aguts. Tot d'arrugues minúscules, negroses, li frunzeixen les vores dels ulls; fa veure que es distreu amb la conversa d'una senyora que parla de miracles i se separa discretament de la parella. En Pere i la Laura queden de costat, com aïllats enmig de les visites, que els miren d'esquitllentes tot pregant per l'ànima de la tia Madrona, voltada de ciris, indiferent als compliments de totes aquelles persones que, quan la trobaven pel carrer, gairebé ni la saludaven.

Així que entra mossèn Joan Serra, l'arqueòleg, s'adona d'en Pere i de la Laura reclinats a la consola de la sala. No els mira i segueix travessant els grups fins a l'alcova de la morta. El seu nebot se li acosta de seguida. Després, quan el vell sacerdot se'n torna, saluda tothom, però no es queda en cap grup. Només, de passada, en veure la Laura asseguda prop de la porta, s'hi acosta amb aquell posat de simple respecte que fa servir quan acompanya pel museu el senyor Bisbe i altres persones considerables.

–No em prengui per impertinent si encara no em sé estar de venir a saludar-la.

–Diu encara? –es queixa la Laura, envermellint d'una manera tan intensa que les visites assegudes a l'altre costat de cambra es veuen en el cas d'haver de comentar-ho.

–Què he de pensar, si no? Quan no ha volgut o no ha pogut venir mai més a veure'm, bé deu ser perquè la disgusta parlar amb mi! El pare Comerma tampoc no s'ho explica.

La Laura no sap què respondre; ploraria si no fos per les mirades de la gent que la sotja amb l'afany perfectament dissimulat, de sentir què es diuen el capellà liró i la frívola mestressa Muntanyola, separats de tothom.

–Si sabés com envejo la tia Madrona! –es plany la Laura.

–Això que diu, a més de no ser cristià, sembla que ho hagi après en algun llibre, i no em fa pas l'efecte d'una resposta clara.

–Mossèn Joan: vostè que és tan bo, també vol fer-me sofrir, com els altres?

–Està segura que són els altres els qui li fan el mal?

–No sé res, ja. Sembla que visqui la vida d'una estranya, que ja no sé qui és.

–Pobra criatura mal aconsellada! Oi que si li dic que vingui a veure'm no em creurà?

–No, perquè no escoltaria el que em digués.

–Malgrat tot, és franca i senzilla com sempre. Pregui a Nostre Senyor que li conservi l'enteniment. No oblidi que moltes vegades nosaltres ens busquem les penes, perquè no tenim la força de simplificar les nostres accions. Jo pregaré per vostè tant com pugui.

Mossèn Joan crida el seu nebot i el fa sortir amb ell sense donar-li temps ni de saludar la dona d'en Tomàs.

–Se l'emporta per fer el desentès –observa la senyora de Torroella, amb la seva rancúnia contra aquell xicot que li havia fet fer tants projectes per a l'esdevenidor de la seva filla gran.

–El doctor Grau ja surt de darrere la cortina! –indica una senyora d'un altre grup–. S'ha encauat a la saleta per poder aconsellar la Vilaplana.

–Hi té la mà trencada, en l'administració de capitals de persones que no se saben valer soles!

–I com que han guanyat tants de diners, els Vilaplana! –fa una altra de les parentes llunyanes.

–A còpia de barrejar carn de bou malalt amb la de porc dels embotits.

–No crec que tinguin tan poc escrúpol! Són persones que compleixen com cal amb l'Església.

–Recorda't de la mare d'ella –indica una senyora de molta edat que fins ara sospirava davant la difunta–. Ves si ho era, de divertida!, i mira quin altar va fer per a santa Marta abans de morir.

–Però que ara es valguin d'aquestes trampes amb el menjar i a costa de la salut de tots!

–És vianda per a Barcelona.

–Ah!...

La Laura se separa del grup, que la ignora, i s'acosta a la Teresa.

–Per què vas d'una banda a l'altra com una forastera? Sembla que no estiguis tranquil·la –li censura la Muntanyola–. Anem a dir una altra part de rosari amb el pobre oncle Joanet?

–És que m'imposa de veure aquelles cares tan tètriques.

–Potser voldries que riguessin, en un dia com avui?

–Em fa angúnia perquè l'oncle Llibori no em treu els ulls del damunt –resisteix la Laura.

–Què vols dir amb això de l'oncle?

–Res més, que em fa angúnia.

–No el miris, i se'n cansarà. Jo no en miro cap d'home; si no, de seguida es creuen qui sap què de nosaltres.

Però no els cal entrar a l'alcova, per tal com en surt el mateix oncle Joanet acompanyat d'en Tomàs, que l'ha convençut que vagi a xarrupar una tassa de brou i una mica de vi ranci per combatre la desgana que s'estila a la casa on hi ha un mort.

En Tomàs es queda a fumar al menjador, prop de la Laura i d'unes quantes persones amigues.

–Feia dies que no se't veia! –interroga la Teresa a una noia amiga de les Torroelles.

–He fet tres setmanes d'exercicis a les Esclaves.

–A perdre el temps, has anat –rectifica l'amo Muntanyola amb aire de savi–. M'hi volguessin a mi; us explicaria cada història de confessionari, que no us vagaria pas d'avorrir-vos.

–El greu que em sabia tornar a casa! –es lamenta la noia sense fer cas de l'exabrupte de l'home.

–Qui us feia les plàtiques? –demana la Teresa.

–El *padre* Carmona. Que bé que parla! L'últim dia sobretot, no sé pas què ens va explicar del diable i de l'infern; no vaig acabar d'entendre'l, però els asseguro que jo estava tota esborronada; més que més amb l'espant que ens havia donat la germana Agnès en dir-nos que acabava de veure un dimoni dels petits a l'hort! Pensa quin esglai! Totes les germanes hi van córrer amb la mare priora a dir una oració molt antiga per a allunyar el mal esperit. Fet i fet, era que s'havia escapat la mona del jardí dels amos del Pujol.

–Nosaltres vam anar a missió a la Caritat –diu la Teresa, displicent–. Predicava mossèn Ramon Casassa.

–És un sant baró –observa la senyora de Torroella, que entra per saber què s'enraonen el matrimoni Muntanyola.

–A dalt de la trona tots ho semblen –insisteix en Tomàs.

–Ten compte com parles –indica la Torroella–. Faràs esgarrifar la teva senyora.

–Les dones de casa, rai!; les tinc acostumades a escoltar les veritats.

–De què parleu? –intervé el senyor Llibori, que també està cansat de fer el carallarg.

–És en Tomàs, com sempre! –assenyala la Teresa amb desdeny–. Desacredita mossèn Ramon Casassa.

–Jo sempre l'he tingut per un apòstol –afirma l'oncle.

–Sap de tot –diu la vídua del notari.

–Massa! –torna en Tomàs.

–I tan *guapo!* Fèiem cua el vespre en què va confessar.

–Quan beneeix –declara la Teresa– mou aquelles mans tan blanques i senyores, entre les blondes del roquet!...

–Us asseguro que és un golafre –s'entossudeix a fer sentir en Tomàs amb una veu que desentona per entre el murmuri de precs i converses tènues que omple l'enlluernadora casa del senyor Joanet–. Encara me'n recordo, de quan caçàvem junts; tenia una gana que no s'acabava mai. Ell i uns altres capellans es jugaven els *quartos* a la sufragània de les «Moreres», i fins sé que amb el vicari s'encomanaven a Satanàs perquè els dugués bona sort. Fins la majordoma entrava a la pila dels guanys...

El grup s'horroritza; la vídua del notari amenaça el Muntanyola amb el cap del dit, mig enfadada, mig divertida.

–Prou!, prou!, irreverent –renya el senyor Llibori.

–Irreverent, perquè els conto el que ja saben de mossèn Ramon? Abans, tot sovint me'l trobava al tren, esparverat, com qui no vol ser vist. Sempre deia que anava a veure companys malalts a l'hospital de capellans de Barcelona. Però d'ençà que rumbeja aquella majordoma tan enfarbalanada se li han posat bons tots els amics.

–Calla, que si Déu no et té pietat, et condemnaràs –afirma la senyora de Torroella; i adreçant-se a l'oncle Llibori:

–Que se n'ha tornat, la seva Angelina?

–De segur; com que és l'hora en què en Cases sol venir quan surt del despatx!

–Serà cert el que es diu d'aquell noi i d'ella? –torna a preguntar, molt subtil, la dama.

–Em sembla que aquesta vegada haurem de donar la raó a la gent –assegura l'oncle amb complaença.

–Amb que sigui bon minyó i sàpiga treballar, no li és cap deshonra la pobresa.

–Més m'estimo per a casa un pobre com ell que no pas un xicot ric i mal cap.

–Mentre la salut li duri!...

–És un roure –assegura l'oncle, molt segur–. Tot allò de la tisi a no sé quin indret, que Déu ens en guard, eren falòrnies del metge Riera, que ens posa mal perquè no vull que em visiti la família. Ja sé que a en Cases no li sobra salut; però no és pas el mateix estar un xic empiocat que allò que feia córrer el metge.

–I de l'estudiant, què en saben?

–Que fa l'home per Barcelona. Qui ens ho havia de dir, que pengés els hàbits vuit dies abans de fi de curs, sense esperar ni a examinar-se? Per a mi que hi ha algun tràfec de faldilles entremig.

–Llàstima de la pobra Madrona! –sospira la dama, fent memòria del motiu pel qual són en aquella casa.

–No m'hauria passat, a mi –afirma el senyor Llibori posant-se la mà al pit–. Mai hagués hagut de lligar-la per fer-la operar.

–Ja li n'ha estalviat, de diners, a en Joanet, aquella pobra noia! –fa la senyora, compungida.

–Si ell ja la feia menjar a la cuina sola i la deixava dormir en un llit de ferro, com a l'hospici! I ara, per molt que ell parli tant de les misses, com que nosaltres no les comptarem, estic segur que li n'escatimarà la meitat.

–No troba que està molt desmillorada la Laura? Sembla trista; fa més d'un quart que l'observo i no s'han dit res amb en Tomàs. Sí!, de vosaltres parlem –repeteix la senyora de Torroella en veure que la Laura s'ha adonat que és motiu de l'atenció de l'oncle i l'amiga–. Dèiem que d'uns quants dies ençà fa molt mala cara la nostra Laura. No t'hi has fixat, Tomàs?

La Laura vol dissimular-ho, però en Tomàs no li'n dóna temps.

–És que no està gaire bona dels nervis. El metge no sap què fer-li.

Si no fos pel respecte al dol de la casa, la senyora de Torroella esclafiria la rialla; però s'acontenta estossegant amb un cert recalçament sonor.

–Ens n'anirem a fora el mes entrant –declara la Laura.

–Sí; no hi ha res com el bon aire per a espargir els mals humors –insisteix la vídua–. A veure si tot això acabarà amb un hereu!

–Si sabés com l'espero!... –torna la Laura.

–Jo fins el somio –diu en Tomàs–. L'altra nit que es va trobar tan malament, bé m'ho creia.

–Així és cosa segura –fa l'oncle.

–Per ara, no.

Se'ls acosta la Teresa amb la noia dels exercicis a les Esclaves. En Tomàs de seguida reprèn el to de befa.

–Tu sí que acabaràs malament si t'acostumes a passar temporades amb monges, i sobretot de les de l'anomenada d'aquell convent!

–Més bona anomenada que no et penses, heretge! No sé si saps que una de les fundadores és santa i era de Comarquinal. A hores d'ara ja treballen a Roma per la santificació de la beata Maria Rosa del Calvari, de la mateixa orde.

–Ja se n'ha acabat la mena, dels sants, aquí!

–No ho creguis –adverteix Teresa al seu germà–. Corre la veu que hi ha alguns casos de visió i altres fets sobrenaturals al convent de les Esclaves i a les *Mosteles*.

–Sols que no volen divulgar-ho en vida de les monges. No se'n parla fins després que moren. Als convents de Comarquinal passen fets miraculosos, més que la gent no es creu.

–És que a còpia de dejunis es mig moren de fam –insisteix l'amo Muntanyola–, i no eren pas visions allò que jo vaig veure quan era noi, d'aquestes Esclaves. Ja ho sap la Teresa, oi?

Però la germana no vol escoltar les paraules irreverents, i se'n va amb l'amiga. El senyor Llibori i la vídua de Torroella no gosen exterioritzar el desig de saber el misteri; però no es mouen.

–No vol escoltar-me perquè sap que dic la veritat. I és ben cert que, quan varen canviar de convent, entre les runes de la paret del cor van trobar calaveres de criatura.

L'oncle i la senyora s'horripilen i no volen escoltar més falsedats. La Laura torna a mirar pel vidre del balcó la tarda clara, que ja comença a declinar dolçament.

–Ara que diu de criatures –recorda el senyor Terra Negra a la vídua–. Com ha quedat l'assumpte de l'administrador dels Vilella i la noia dels masovers de la Pineda?

–De l'única manera possible; han dut la criatura a la borderia, vist que la noia amb prou feines es pot mantenir ella sola.

–No deien que l'administrador volia casar-s'hi?

–Ell hi pensava, però el seu germà li ho va treure del cap. ¿Un home com ell, vidu i amb filles casadores, portar-los aquella mossa tan rebregada per madrastra? Ningú de la família no s'hauria volgut fer amb ell. La noia també se'n va desentendre, perquè veia que ell s'hi hauria casat per força.

–Va ser la solució més escaiguda. Encara no m'explico com aquell home, amb tant de saber, caigués en una debilitat com aquesta –es mig lamenta el senyor Llibori.

–És que el dimoni se'ls apodera de l'enteniment. Déu ens en guard! Quin escàndol es va moure!

–Sobretot en una ciutat com aquesta, on tothom es coneix. Si hagués estat un Barcelona, no se n'hauria sabut res.

–Oh, a Barcelona! –somriu la senyora de Torroella–. Ningú no en faria cabal, perquè allí, d'escàndols com aquest, i de pitjors, en veuen cada dia.

La Laura ha de recalcar el front al porticó per no defallir. L'aire d'aquelles cambres, tebi d'encens, de cera cremada, de vernís de les motllures recents, se li fa irrespirable. L'enerva el remoreig de les converses que fressegen per tots els racons, amb prudència per no desentonar, per no faltar al respecte a la casa on vetllen una persona morta. Voldria anar-se'n, no veure ni parlar amb cap d'aquelles persones que li fan demostracions esquives que la miren amb ironia, que la volten de calúmnies.

Se sent empesa per una estranya força cap a la porta de sortida per la necessitat de respirar l'aire net dels camps feliços, que ignoren les misèries de les persones discretes que es vesteixen de fosc per anar a passar una part de rosari davant el cadàver d'aquella dona obtusa que s'ha deixat morir a poc a poc, amb un entossudiment d'esclau. Veu els rostres pàl·lids dels oncles, de les ties, dels amics, que bescanvien planys de condol formulari.

Anar-se'n, respirar aire blau! Surt sense dir res a ningú, amb estranyesa dels qui la veuen passar el cancell. La noia Torroella ho diu a la mare; la mare, a l'oncle Llibori, i l'oncle, a la Teresa. La germana d'en Tomàs s'acomiada del senyor Joanet amb una excusa. Veu la Laura al capdavall del carrer com si volgués anar al Pas del Rieral i la segueix de lluny.

La Laura segueix avall del passeig dels Trinitaris, trist entre la claror somorta de la casa i les transparències de la tarda de maig. No veu venir en Pere, que, tot i haver promès a mossèn Joan de no acostar-se a la dona d'en Tomàs, tornava a casa l'oncle Joanet amb aquest sol propòsit.

La Laura segueix avall pel passeig dels Trinitaris, atreta per les fantasmagories primaverals. En Pere va seguint-la amb aquell posat de recel que crida tan bé l'atenció dels transeünts. La Teresa té temps de veure'ls quan baixen les escales de la Rambla.

No es recalca gens al brancal de la porta, malgrat el tremolor que se li apodera de les cames, per no atraure cap de les mirades que furonegen darrere les persianes i cortines. L'horrible sospita de l'altre dia es confirma: la Laura i en Pere es veuen en algun indret recollit. Algun racó, només sabut d'ells dos, és testimoni de la infàmia saborosa; potser una cova de pastor, un clot entre la fullaraca del bosquet, com les bèsties, amagats, lluny de tothom, només sota l'esguard de Déu, mereixedors del seu càstig terrible.

Si gosés, correria per sentir amb més intensitat el contacte de l'aire fresc i per allunyar-se de l'obsessió d'aquells rostres que ganyotejaven al flam dels ciris, d'aquella gent trista, revellida abans d'hora per la pena d'haver de traginar una ànima mesella.

Collat Negre sembla allí tocant, la tarda posa tot de claps de cendra a les arbredes distants; la riera passa enrogida pels desguassos de les blanqueries de vora el pont. Més enllà la claredat, el silenci, l'oneig suavíssim dels blats a punt de madurar.

Aleshores és quan la Laura s'adona que algú ve, i s'acosta: en Pere.

–Pere! –exclama amb el terror d'una persona acovardida perquè ha estat sorpresa en un moment de feblesa. Voldria mostrar-se irada, però somriu; anar-se'n però no es mou. Seu en el mateix indret on els primers dies de casada va passar amb en Tomàs, amb la il·lusió de modelar a gust seu aquell home que anomenava seu, per deler d'afecció desinteressada, de crear-se un nucli de convivència que la defensés de la soledat.

En Pere arriba, s'ajup a la vora de la Laura, vencedor, vençut. Li agafa les mans per primera vegada; ella les hi abandona sense protesta. No recorden que estan a mercè de qualsevol ull curiós, allí al mig del ròdol de salzes de la font.

–Quant temps de no veure-la! –es queixa en Pere, posant-se vora els plecs del vestit de la Laura, com un enamorat d'estampa romàntica.

–Per què m'ha seguit? –es plany ella, queixosa però sense gens de greu.

–Avui necessitava parlar-li. M'hauria mort! –sospira l'home amb l'enterboliment de l'amor, que li fa creure que és sincer en dir aquesta falsedat–. Estava tan esgrogueïda, tan sola entre aquella gent! No he pogut acostumar-me a no veure-la les tardes.

El front d'en Pere troba les mans d'ella, fredes, delicades. La

Laura hauria de fer el desentès; en Pere, simular que vacil·la, però són massa sincers; l'un i l'altre saben prou bé que en tots aquells mesos s'han mirat amb interès inconfusible, fins avui mateix, a través del mirall de la consola. No els calen subterfugis. Quan ell li diu i torna a dir, amb unció, que l'estima, ella no afecta gens d'estranyesa, només observa:

–No digui aquestes coses que fan de mal anomenar, i en aquest to, que semblen un pas de comèdia. No fem malbé amb paraules estranyes aquest bon moment, que no tornarà més.

–Mai més? –interroga en Pere, anguniat.

–I doncs, què creu?

–No sé res; només sé que aquell home terrible no té dret a retenir-la.

–En Tomàs m'ha fet tot el bé que ha pogut. Em fa l'efecte com si jo hagués caigut en una trampa per la meva culpa, i ara no és pas cosa de sortir-ne de mala manera.

–Té raó, no pot ser –confirma l'home, desolat.

Creuen que no pot ser, ni sols prosseguir el diàleg, però se'n van de costat, per un camí de carro que s'enfonsa entre dos marges florits. A banda i banda, els acompanyen les roderes blaves de pluja. En Pere va collint roses de les bardisses; la Laura se'n fa un pomell; passen vora un pendís suau, herbós. La Laura s'asseu al declivi per respirar la blavor d'aquell aire tranquil; moment únic, de claror unida, que precedeix el capvespre. En Pere, unes passes més avall, es tomba, veu els plecs del vestit de la Laura sobre el fons verd, la finor del rostre i de les mans, assuavits per l'oreig que li recull els cabells sobre l'orella. És la revelació de la dona, l'incentiu que desvetlla el desig, la dona sola amb ell, enamorada, assequible. S'hi acosta lentament, inexorablement. La mà de la Laura li assenyala un fum del sopar d'una masia; ell pren la mà, puja pel braç, s'atura a l'espatlla. La Laura sent el contacte ardent, com el vespre del dia de Rams, a l'ermita. Sense més ni més decanta el cap i reclina la galta a la mà amorosa. Mira l'home, el veu de prop, de més prop, com li aplica els llavis a la galta, absorbents com un tentacle...

La Laura se separa amb violència; calfred del terror. L'embriaguesa s'ha esvaït. S'adona que s'està allí sola amb un home que s'acosta amenaçador. En Pere allarga els braços de por que ella no el rebutgi; però ella tem l'acostament, llença les flors.

–Déu meu, ajudeu-me! –invoca. I se'n va de vora d'ell corrents, cap al camí de carro, fuig mentre que en Pere s'ajeu sobre l'herbei, sanglotant, oblidat d'ell mateix, vençut, acovardit per l'amor.

–Déu meu, ajudeu-me! –torna la Laura, corrent desficiada, sense gosar tombar-se amb por de sentir l'encalç, la violència, tots els pensaments reduïts a un de sol, fugir de la temptació, del perill. Travessa el pont, no veu la gent que torna dels conreus, no mira la gerdor dels horts ni els estels que ja apunten, puja per les escales dels Trinitaris, arriba a la colzada del passeig, s'atura al cancell dels Muntanyola.

La Teresa li obre la porta, els ulls com fiblons, vorejats d'una ombra terrosa, el rostre angulós, lívid, corsecat per la gelosia. Les dues dones es miren i tremolen, cadascuna amb un terror diferent. Ja no calen somriures de dissimulació ni paraules reticents.

–Al bosquet del Rieral és on us trobeu? –comença la germana d'en Tomàs, l'ull verinós fix en la cunyada.

–Ens has vist?

–Déu ho ha permès per a vergonya de tots dos.

–Avui és el primer i l'últim dia que hem parlat sols –confessa la Laura.

–Per què ments? Si no pot ser –es dol la Teresa, com en un desvari–. Estimant-vos, us hauria estat la mort no veure-us. Ments perquè no ho digui a en Tomàs.

–No mentiré mai. Si en Tomàs pogués entendre'm, ja li ho hauria explicat; però si em pogués entendre, ja no ens passaria aquesta desgràcia –es plany la Laura, dreta davant la cunyada, colpides l'una i l'altra per la mateixa feblesa–. En Pere m'ha seguit de lluny.

–Però no l'has deixat de seguida?

–No podia; estava com retinguda allí, a la font.

–Et sabia greu?

–M'hi estava amb tot el goig de la meva ànima.

La Teresa es posa a riure amb un tremolor nerviós que es fon en un sanglot.

–I t'ha dit que t'estimava?

–Tres o quatre vegades.

–Goses dir-m'ho, dins d'aquesta casa? –salta la cunyada amb un abrandament d'ira que li fa cloure els punys com un home–. I t'ha besat, ell?

–Sí.

–A la boca?

–No, perquè he fugit de seguida.

–Tant t'agrada aquell mal home?

–No ho sé. Només sé que d'ençà que el conec em faig l'efecte d'una altra persona que sofreix unes angúnies com mai no hauria cregut de ningú.

–De Barcelona ens havia de venir aquest afront! Per què el necessites, un altre home? Digues!

–Un altre home? –interroga la Laura, sorpresa–. N'he tingut prou i massa amb un. He fugit d'en Pere per no veure'l més, tot i que no me'n sé estar. T'ho dic perquè m'ajudis.

–Ja veus on ens ha dut el teu modernisme, aquelles rialles!, els vestits!, el desvergonyiment de lluir els braços i les cames per fer l'estrangera! Gràcies a Déu, fins ara no ens hi havíem trobat mai a casa nostra. Ni la mare ni l'àvia no llegien gaire de pressa, però els hauria caigut la cara de vergonya si haguessin pogut pensar que, anys a venir, una de les mestresses de Muntanyola es passaria la vida ajaguda amb flors al pit i un llibre a les mans, com una dona de món.

La cunyada fulmina les seves invectives de peu dret, amb el frenesí de poder accentuar cada paraula amb tot el menyspreu que ha covat en aquells dos anys, i que no creia poder manifestar mai.

–Teresa! –insisteix la Laura dolçament–. Ja sé que no tinc defensa ni vull provar de tenir-ne, perquè tu i jo no entendríem les mateixes coses.

–Ja sé que ets sàvia, però no t'ho envejo, ni envejo res teu. I ara no et valdrà.

–Fes el que et sembli, mal vulguis dir-ho tot a en Tomàs. Però seria una malifeta. No he de veure més en Pere. Quin altre càstig et sembla pitjor per al mal que no he fet? Si tu t'hi trobessis, Teresa!

–Si jo m'hi trobés, Déu sap que tindria prou consciència per a callar-ho i no hauria anat a trobar-me amb ell a la font.

–Encara creus aquesta vilesa que penses?

–Què farien, doncs, un home i una dona que s'estan junts, amagats de la gent? I ell es deu haver encauat en un racó o altre perquè no el vegin.

–L'he deixat plorant.

–Plorant? –crida amb tota la força del dolor, de la pietat, de la tendresa–. En Pere plorava... per tu! I has deixat que plorés?... per tu! –I els sanglots esclaten en el pit de la Muntanyola.

–Què havia de fer, Teresa? –I la Laura va per posar-li la mà a l'espatlla, però la cunyada s'enretira, defuig el contacte.

–No te m'acostis, que em fas horror. No el veuràs mai més, ni jo tampoc el veuré. Serà el teu càstig –diu, il·luminada per una estranya claror als ulls–. No el veuràs; si no, jo ho diria a tot Comarquinal. Sabrien que la barcelonina, la mestressa de Muntanyola és una mala dona. Ens n'anirem al mas de les Aulines de seguida, fins Déu sap quan; no veuràs més en Pere. –I els dits afuats, secs, aspres de tant cosir robes innecessàries, garfeixen el coll de Laura i li clava les ungles.

–Maleïda!...

Però la Laura ja no pot ni valer-se de les mans. Un brunzit fragorós sembla que li esclati cervell endins; després de tantes hores de resistir, cau damunt la catifa entre els núvols de la inconsciència.

Tot Comarquinal aventurà les suposicions més arriscades quan es va saber que a cal *Calçot* se n'havien anat a estiuejar abans d'hora, sense acomiadar-se ni dels íntims.

Ultra aquest detall, la coincidència que en Pere de cal Notari abandonés el despatx per seguir un curs de Dret Internacional a L'Haia, que el retindria uns quants mesos.

–Vols dir que està tan delicada, la Laura? –preguntà en Tomàs en un apart a la germana–. Encara fa fred, de nits, a les Aulines!

–Ja saps què ha dit el metge. Si només has de mirar-li la cara! Tant a ella com a mi ens convé una temporada de repòs. Tu no te n'adones perquè sempre ets fora; però des que et vas casar portem un tragí que no s'havia vist mai a casa.

–Ja li agrada, a la Laura, bellugar-se! –observa càndidament ell–. No ho entenc.

–Però malmet els nervis aquesta mena de vida. Tant entrar i sortir sense profit, tantes angúnies per estrenar vestits cada setmana, els banys, les ungles; ara parlar amb aquest, ara amb l'altre; menjar ben poc per no engreixar-se...

–Vols dir? –va preguntar-li l'amo amb l'esforç d'anar assimilant les veritats que li demostra la germana amb aquell to confidencial, irresistible quan les diu una persona que sempre ha tingut raó.

–És el mal d'aquestes barcelonines d'avui en dia; no saben aixecar una palla de terra, i es fonen per ser senyores. Ara que, quan alguna té la sort de casar-se bé, aleshores s'aprofiten, com si no hagués costat res a ningú guanyar els diners que es troben als dits. I tu li has fet el mal, a la Laura.

–Vols dir?

–De massa ben avesada, ara tot li és poc. T'agradava que lluís; no pensaves que una dona desvagada no pot fer res de bo. De què t'ha servit acostumar-la a sentir-se dir *maca* per tothom? Volies que et tinguessin enveja...

–Jo? –pregunta ell, que ja no es recorda del temps en què es plaïa a exhibir la muller com un nou element per afalagar la seva vanitat d'home poderós; fins li sembla una absurditat haver pogut sustentar aquell caprici.

–Ha fet malbé més roba ella en un any i mig que nosaltres en tota la vida. Té un calaixat de mitges arraconades, que amb el que costen n'hi hauria per a mantenir una família. I en Pere, vinga venir cada tarda a escalfar cadires, i tu sempre fora. La gent aviat pensa de més.

–Vols dir?

–Tant se val, això, perquè la Laura és formal i en Pere també. Només per allò de: «Ai, que bé que li escau aquest vestit blanc, i aquell vermell, i que bé que canta, i ves quina sort que té en Tomàs!» És clar: agrada a totes les dones sentir-se afalagades.

–Vols dir?

–Per això que el millor per a tots serà una bona temporada a les Aulines; és lluny i és a prop. Tenim la rectoria a quatre passes per a anar a missa. Allí desavesaré la Laura de tant fer el senyor i es posarà bona; perquè amb l'enrenou que duia fins ara, a més de ser massa per a la nostra posició, és allò que de vegades priva de tenir fills, com Déu mana.

En Tomàs es gira en rodó i puja a la sala, s'acosta a la Laura, que jeu feble, dolorida al seu racó íntim, i li diu de dret, tan enèrgic com pot:

–Prepareu les coses que us convinguin; demà a les nou marxarem a les Aulines. Et convé menjar força, perquè a casa no vull gent empiocada. Cada dia et llevaràs d'hora i aniràs a dormir com les gallines; vull que et toqui l'aire i que terregis força, en lloc d'estar-te tantes hores aclofada. I al primer foraster que vindrà a escalfar cadires, li faré un trenc al cap.

Se submergí en la quietud enorme de la soledat al camp. Les Aulines són un escampall de pagesies grogues entorn de la masia dels Muntanyola al cim d'un planell sembrat de patates i blats, sense frescor d'ombres, sense cap riera, amb basses d'aigua verda de floridura davant cada cort de porcs. Dues o tres aulines, corsecades, lluny l'una de l'altra, fan més desolada la nuesa del lloc.

El primer moviment de la Laura fou d'obrir el balcó de la cambra en la qual dormiria, per aquell impuls incorregible de mirar lluny d'on era, impuls d'evadir-se de la realitat immediata. El balcó del dormitori, cruixidor, cremat pel sol, donava a l'era polsosa amb el paller a l'angle. Un gran roure mort projectava les branques esgarrifades cap al pendís que duia a la carretera, blanca de pols, assolellada; el fons era d'esquerdes formidables de llicorella.

S'hi abandonà amb indiferentisme d'un fals renunciament. Sabia que quedava en poder del capritx de la Teresa, que la cunyada se l'emportava en aquell erm per poder erigir-se lliurement en administrador de justícia. El secret descobert li era l'arma que brandaria. La Laura va acceptar-ho mig com a càstig mig per fatiga; però aquell esclavatge li desvetllà l'orgull. Va adonar-se que havia de sotmetre la seva independència a les arbitrarietats d'una dona primària, a un esperit sense matisos, limitat. El menyspreu s'equilibrà amb una compassió desdenyosa per la tasca mísera a què es lliurava la seva cunyada. La Laura creia que la millor revenja fóra una passivitat total, sense protestes, el menyspreu que es manifesta sota l'aspecte d'obediència absoluta. Se submergí en la desolació d'aquell paisatge, sense cap llibre ni cap periòdic, sense el repòs de la música; un vestit per a anar diumenge a missa a la rectoria i un altre per a estar per casa humil com el de la Teresa, com el de la minyona.

Les primeres satisfaccions de la cunyada començaren amb la satisfacció de veure la Laura desproveïda dels elements essencials a la seva naturalesa. Quan els migdies de juny i juliol, per les finestres obertes, entrava l'aire ardent, saturat d'emanacions dels estables, espiava la vibració dels narius ofesos de l'enemiga; enfilava converses soporíferes amb la majordoma i les masoveres dels rodals, que com a bones servidores solien anar algunes tardes a afalagar la veritable mestressa Muntanyola, la senyora Teresa, que els parlava en aquell to condescendent, d'amo bona persona, que és com un repte constant i alhora un senyal de protecció per a les animetes que s'hi han de flectir. I la majordoma i les masoveres, tot parlant de malalties del bestiar, de miracles i de cures obrades per persones afavorides d'un do celestial, adreçaven mirades tímides i paraules de tosca falagueria a la Laura per fer-se benveure d'aquella forastera que no s'interessava gens en els diàlegs, que tenia el poc encert de demostrar la seva indiferència amb els ulls fixats en el brunziment agònic, monstruós, dels caramulls de mosques innocents, horribles, preses per les ales a les espirals de paper engomat que penjaven del sostre.

La Laura creia que cedia, es figurava que la seva passivitat era confusible amb l'obediència, mentre que no feia més que rebel·lar-se a les maquinacions de la cunyada. Cert que no llegí cap llibre ni cap diari, no parlà amb ningú, no pogué emmarcar la seva simple bellesa amb robes agradables; el sol i l'aire li colraren el front i les mans; es pentinà el cabell enrere com qualsevol dona de pagès; però s'abstingué de trepitjar la palla mal olent dels estables, no va voler intervenir cap vegada en els avalots del galliner, tal com solia la Teresa amb sinceres vel·leïtats pagesívoles. Va acontentar-se amb els menjars més simples i tan sobris com plagueren a la cunyada, però la Laura parà la taula harmoniosament, sense descuidar-s'hi cap dia un vas amb unes quantes flors anònimes, blaves o morades. S'enginyà la manera de poder banyar-se; repartí les hores planxant i cosint; no pogué abstenir-se de capgirar l'ordre dels mobles del dormitori, fins a trobar-hi relatives solucions de bon gust i de comoditat.

Cada setmana, uns grunys enèrgics de clàxon assenyalaven el cotxe de l'amo. En Tomàs venia per complir, amb presses d'home de negocis. S'estava a les Aulines un o dos dies, impacientat, distret, avorrit; increpava la germana per mínimes faltes o bé per omissions imaginàries, renys que ella escoltava amb docilitat de criat. I aquell home que no havia treballat mai se'n tornava de pressa cap a Comarquinal, cap a les festes majors o cap a la festa ininterrompuda de la Barcelona divertida, amb el sentiment d'haver complert com a germà i com a marit, amb l'esperança que potser el mes entrant la Laura li anunciaria la probabilitat d'un hereu.

La Teresa, darrere la finestra, veia anar i venir la Laura, mústiga, reflexiva, aturada mirant les feines de la sega d'un camp proper o, a les tardes, quan seia vora del roure mort, en la contemplació de les suavitats del vespre sobre els horts llunyans.

–Encara pensa en ell! –rumiava en un bruel d'ira sorda. Era inevitable; comprenia que, malgrat els milers de pams que separaven aquell home i aquella dona, el record els unia; que el pensament d'en Pere travessava tots aquells gruixos de muntanyes, potser el mar i tot, per anar a posar-se en aquella figura reclinada a la soca eixuta del roure, per besar-li la galta, després els llavis i després posar-li les mans a sobre...

La Teresa sentia enveja de la felicitat d'aquella dona odiada, la incomparable felicitat d'haver sabut desvetllar l'amor d'en Pere, aquell home impossible d'aconseguir, enyorat tants d'anys! Qui pogués canviar-se amb la forastera enemiga! Com havia de sentir-se feliç, la Laura, mal no pogués veure mai més l'absent, mal hagués de quedar-se enclotada fins a l'hora de la mort en aquell racó de les Aulines! La sola satisfacció d'haver pogut enamorar aquell home únic, com devia transformar-li l'eixarreïment de la seva vida actual en una successió d'estones radiants, teixides amb els diàlegs misteriosos que, de cap a cap de món, devien enviar-se els dos enamorats!

La Teresa s'engelosia més, de rere la finestra estant, en contemplar la felicitat d'aquella dona reclinada a la soca del roure mort, feliç també perquè podia exterioritzar el seu temperament sense disfresses, presonera que feia d'escarceller del guarda, puix que es comportava amb una independència d'actituds que la Teresa no hauria gosat arriscar. A ella, sols li quedava l'enveja eixorca. La Laura podia seure cada tarda vora el pendís, per concentrar el pensament en el record del seu amor, podia decantar el cap o cobrir-se amb les mans el rostre en uns segons de defallença, d'enyorament o de plenitud d'amor, de cara al gran aire i de cara als pagesos que batien a les eres, de les dones que anaven i tornaven dels camps amb els cistells de la inacabable beguda, davant el reüll malfiat de les oques brutes de fang, que mai no es varen saber avenir de la presència d'aquella dona trasplantada. En canvi, ella, la Teresa, el guardià, ni en el punt de màxim decandiment no hauria gosat abandonar-se a cap d'aquelles expansions; alguna veu interior li advertia com eren de ridícules certes actituds seves, naturals en la Laura, absurdes en ella. La Laura, vestida d'una manera insignificant, sabia el secret de cobrir-se el cos amb el gest noble de la senyora que s'embolca amb el mantell de zibelines; seia en una pedra del camí d'una manera que la faldilla li queia en tot de plecs ondulants; en allisar-se els cabells, enretirats sobre els polsos, la Teresa veia en el gest de les mans de la Laura com si se cenyís una diadema rutilant. I, sense saber per què, la Muntanyola es contemplava el cos oprimit per les barnilles al reflex de vidre de la finestra, la severitat obligada, inevitable, els cabells magnífics encara, aixafats amb agulles, sense poder aventurar-los ni a un intent de fantasia, ni sols poder lluir-los com eren, crespats i suaus, mentre que l'aire de la tarda, que no li havia tocat mai al pit, feia tremir dolçament els cabells de la Laura reclinada a la soca del roure mort. Des de tota la vida havia hagut de manifestar-se així la Teresa, nerviosa, rígida, prudent, com la mare i les ties havien volgut, tal com els altres van voler que fos: seure en cadira sempre, tenir seny des de tota la vida, portar la direcció del rosari capvespral. Ara, parlar amb majordomes, mostrar-se indiferent, cruel contra els pecats de la cunyada, fer-li d'escarceller, mentre que la Laura anava i venia, seia, s'aixecava, collia flors al ritme de la seva voluntat inflexible. Aleshores, al vespre, el sopar era d'una migradesa exagerada, que els ulls de Laura no veien. La Teresa s'avenia a menges de la més ínfima qualitat, fins desagradables al seu paladar, només pel goig de veure com passaven per la boca de la cunyada. I la Laura recollia el menjar del plat amb la distinció de qui seu en una taula de persones ben educades, sense fer cap soroll, submisa com pertoca a qui se sent culpable d'una malifeta, involuntària o no, que li esclavitza la voluntat a la voluntat d'un estrany.

Per a la Teresa era la mateixa satisfacció de quan li feia travessar l'era al pic del sol, amb l'excusa que l'ajudés a estendre la bugada molla, o a traginar una ansa de la cistella de verdures, un braçat de llenya i la senalla del carbó, si per cas la cuinera era fora. Els ulls de la Teresa esdevenien més rodons i lluents quan veia la barcelonina amb els dits emmascarats, ajupida per l'esforç d'arrossegar un objecte pesant.

Però la Laura, després d'obeir i un cop neta de mans, es restituïa a la *seva* normalitat, abstreta o distreta, indiferent a les ingènues mortificacions que li infligia la Teresa. Tot era en va; la Laura li lliscava dels dits febrosos. Els esforços de l'una es neutralitzaven en topar amb la negativa d'esforç de l'altra. La Laura era inabordable; tan bé seia a la cadira de boga al peu de la finestra de les Aulines com abans al canapè de la sala, a Comarquinal, tal com s'hauria assegut a qualsevol terrasa de la Riviera. Era com si els accidents d'entorn no li cabessin a la mirada emperesida. I cert que si algú prou agut per a endevinar aquella lluita somorta hagués preguntat a la Muntanyola què es proposava fer de la cunyada, no hauria sabut què respondre sincerament. Una força inconcreta la duia a voltar-la de dificultats, a minvar-li gradualment la llibertat d'acció, sense pensar si, al fons de tot, esperançava provocar una revolta espectacular, una fugida escandalosa, o la mort de la Laura per decandiment.

La venjança, administrada a mínimes dosis, era de poca eficàcia i procurava més contrarietats que no pas satisfaccions a la germana d'en Tomàs. Cada dia que passaven a les Aulines, l'aversió, més aprofundida, li deixava un pòsit d'amarguesa, no gaire intens, però una mica feixuc. No era penediment, perquè la Teresa creia que obrava amb justícia, ans una queixa de disconformitat contra la tasca imposada. Sabia per l'oncle Llibori, quan anava a veure-les, la qualitat i l'extensió dels comaratges fonamentats per ella mateixa, que es nuaven de tertúlia a tertúlia, a Comarquinal, com una xarxa subtil, que a l'hora de tornar farien més difícil la vida de la Laura entre les persones respectables que es deien amics dels Muntanyola. Fins entre el grapat de famílies rústiques de les masoveries s'escampà algun detall del problema familiar dels senyors. Però la Teresa no cedí, ans sentia un fibló de curiositat per saber com es resoldria el conflicte al moment d'aguditzar-se, desig de contemplar com a espectadora les reaccions de la Laura el dia que li calgués desprendre's de la passivitat present per a defensar-se.

Això féu que quan la majordoma i les dues o tres masoveres més addictes a la casa, ja prou alliçonades per la cuinera, insinuaren l'estranyesa que els feia l'aire misteriós de la mestressa «postissa», la Teresa sols va murmurar, amb un sospir dolorit:

–Persones de mala mena! Pobre Tomàs, poc s'ho mereixia!

–És de mala mena! –va córrer la veu entre les cases de pagès de les Aulines. I les dones, les oques i la mainada fugiren de l'acostament d'aquella dona assenyalada pel dimoni. Els homes, negrosos, palplantats als marges amb la fanga o els arpiots al puny, la mà posada a estil de pàmpol contra els ulls, quan veien la Laura, bescanviaven ells amb ells mirades picardioses i resseguien el cos d'aquella persona pecadora, amb la insistència del qui ja sap que podria tenir-hi un dret, més o menys remot.

El nom d'en Pere no arribà cap vegada al llavi de les dues dones. Les converses, reduïdes a monosíl·labs, no els permetien arriscar-se en un tema tan perillós que hauria pogut provocar l'explosió abans de temps. La Teresa es reservava per a ella sola l'evocació d'aquell nom que, només de proferir-lo, li duia una roentor de llàgrimes als ulls, i totes les tendreses de la seva feminitat, interdites des de sempre com una feblesa vergonyosa, li estremien la carn pansida. Dedicava a l'absent enyorat una lletania de mots dolcíssims, balbucejats a poc a poc, la galta contra el coixí. Benifets de l'amor, que transforma els homes en posseïts sota l'aparença de sants o de criminals o d'estúpids, i que a la fi els rescabala de les tortures sofertes amb un coronament de desil·lusió.

A darreries d'estiu, el senyor Llibori Terra Negra va casar la seva filla Angelina amb el comptable que havia substituït l'hereu repudiat. Les poques famílies que no es movien de Comarquinal malgrat la calor dedicaren les llargues hores d'oci de cada dia a conjecturar el motiu per què es feia amb tanta de precipitació aquell matrimoni, en ple agost. El parer general fou que era per raons d'economia, per defugir el compromís de convidar els amics i també per no donar temps que la salut del nuvi, prou compromesa, com ja era cosa sabuda de tothom, no destorbés la bona solució del festeig de la filla Terra Negra. Algú també va insinuar la possibilitat que el senyor Llibori volia estalviar-se l'afront de veure en aquella festa, barrejada entre les persones honorables de la família, una dona equívoca com era la de l'amo Muntanyola.

Però la Laura, com si pressentís els enraonaments, va negar-se molt suau, però ferma, d'assistir a la cerimònia. Al·legà la feblesa dels seus nervis, la falta de temps i de prou humor per a preparar-se. En Tomàs cap aquells dies era a Mallorca amb uns companys molt divertits, i la Teresa va tenir el goig d'ostentar la representació dels Muntanyola en un acte tan grat. Va anar-se'n de les Aulines després de xiuxiuejar tot de recomanacions a la vella cuinera i a les dones de les rodalies. La Laura quedava sola aparentment, però entre les clivelles dels portals un ull o altre va sotjar-li les passes.

En arrencar el cotxe, la Teresa va poder veure com la Laura començava a anar-se'n cap al seu lloc preferit, a seure al declivi de vora el roure mort.

–A pensar en ell! –remugà la cunyada amb el corc de la gelosia al pit.

I la Laura va, seu prop de la soca eixuta i llança l'esguard en les blavors dels horts pacificats per la tarda. Les grans esquerdes de llicorella, la podridura dels bassals, les emanacions dels estables, el servilisme reticent de les masoveres, tot desapareix com si aquella realitat fos un joc d'ombres reflectides sobre una paret, s'enfonsa en la nova realitat del *seu* món, a dialogar amb les imatges que hi floten, dotades de la corporeïtat que el seu esperit els ha infós.

Cada tarda es restitueix a la imatge d'en Pere, de dia en dia més pura i radiant. Si bé és cert que va acovardir-la el fet d'adonar-se que la cunyada li havia descobert el secret, de seguida va sentir-se com alleugerida d'un gran pes; el secret compartit li llevava una bona part de feixuguesa. A més, era un dels elements de mortificació, de sacrifici, que oferia en homenatge ignorat a l'home benvolgut, el qual cap aquells dies, per poder distreure's, freqüentava espectacles, reia amb amics vora de dones resplendents, d'ungles daurades i llavis envermellits en forma de cor.

En Pere intentava de distreure's i ho aconseguia; les rosses més vaporoses i les brunes més torbadores li passaren per les mans, mentre que la Laura, enclotada entre núvols de mosques a les Aulines, s'enterbolia en els vapors del somni ingrat; es baratava la vida de debò, que tant havia agraït al bon Déu, per extraviar-se en el cercle viciós d'una felicitat imaginària. La compensació li era poder aspirar els efluvis del seu amor, que ella creia comú a tots dos, captació d'un corrent que devia fer vibrar el seu esperit en acord a la vibració espiritual d'en Pere. Tant com més aïllada, tant com més oprimida s'aniria sentint, tant més intensa fóra la seva felicitat. Què li eren les emanacions d'estable, la palla humida de les corts, les esquerdes de llicorella, la curiositat malèvola de la trista gent de les masoveries? La falta de llibres i dels altres elements agradables, la pobresa de l'alimentació, la floridura dels bassals, les pueril mortificacions que li infligia la Teresa, què li eren, si per damunt de totes aquelles insignificances resplendia el sol de l'amor? I encara més, el goig de saber que us sacrifiqueu per un amor sense compensació, el plaer de dir-vos que us hi podríeu morir amb el somriure al llavi i la consciència en repòs perquè sabeu que per aquell amor no us abandonaríeu a cap malifeta de les que Déu castiga com a pecat mortal. I la voluptuositat de no parlar-ne a ningú, la felicitat d'abandonar-se al monòleg que la Laura, desorbitada, confonia amb un diàleg entre ella i la figuració d'un Pere imaginari, sense saber que cada hora l'anava embellint amb nous detalls d'excel·lència, i que, en el cas d'haver de confrontar l'home de debò a l'home que li somreia en el somni, es trobaria que el Pere d'ara era impossible de fer encaixar amb el Pere Gifreda que només li va servir de pretext a la seva necessitat d'afecció, quan ja no tenia ningú al món en qui recalcar-se.

Era per això que la Laura, quan se sentia presa en l'abraçada d'aquell foraster brutal que era el seu marit, que anava cada setmana a les Aulines amb l'únic objecte de fecundar-la, en el ple del seu horror sabia trobar un element de gaudi molt recòndit, el plaer de sentir que sofria per amor a en Pere, de transformar la vilesa en un homenatge a l'home adorable que no fóra mai seu, el qual de segur no veuria més.

Malalta d'aquest desvari, que la projectava vers un món

enganyós, encara perdurava en ella aquell gran desig de repòs, de felicitat, com abans; i en les estones de màxim enyorament, o quan sentia amb més força el pes de la mediocritat de la seva vida, sense esperança, aleshores era quan creia haver aconseguit aquell ideal. I s'ajupia a triar les flors menys míseres que florien pels marges eixuts, per decorar-se'n la taula o la calaixera, es posava el vestit més clar que trobava al seu guarda-roba migrat, feia caure suaument la cortina de la finestra perquè ombregés amb dolcesa la cambra bullent de sol del migdia, s'enginyava noves harmonies en l'ordenació del dormitori i intentava atraure's la confiança de les persones veïnes amb un somriure o un mot tendre a la mainada. Però la gent de les altres cases, malfiades pel canvi sobtat d'aquella dona esquiva, la repel·lien amb l'esgarrifança de qui defuig el contacte d'una persona tarada.

No veure mai més en Pere!, propòsit obstinat que la Laura i la Teresa es repetien mentalment a cada pas d'agulla del rellotge. Però tant a l'una com a l'altra dona, per sota aquell propòsit els bategava, lleu com una ala, el pensament que cada pas d'agulla del rellotge les acostaria a l'hora de tornar a Comarquinal. La Teresa, els vespres, arrencava el full de calendari de la cuina amb gest enèrgic, com qui es desprèn d'un grilló de la cadena. La Laura havia dit, amb un goig irrefrenable que la traí:

–Ja s'acosta el temps de la boira; el primer matí que n'hi haurà vull llevar-me d'hora per veure-la de prop.

–De què ve que tant t'agradi ara? –interroga la cunyada, recelosa, perquè era com si la Laura li hagués endevinat el pensament.

–Ho dic perquè tant de temps de fer sol, gairebé em fa enyorar els núvols.

–Creia que no ho diguessis per tornar-nos-en: però aquest any em sembla que ens convindria no moure'ns fins cap als volts de Tots Sants.

Per sota el cobretaula, els dits de la barcelonina fan el càlcul: dos mesos!, nou setmanes d'espera!; a la Teresa no li ha calgut l'ajut dels dits per a saber-ho; dos mesos d'impacientar-se, d'enyorament, ans de poder veure, de prop o de lluny, aquell home imposant, en el rostre del qual perduren els trets infantils d'aquell adolescent torbador, entreüllat una vegada des dels avellaners del gorg de la Bruixa! Dos mesos ans de satisfer-se en l'espectacle de veure com reaccionaria la Laura entre la parentela i les altres persones de bé, esgarrifades fins a la sospita del pecat horrible d'aquella forastera, duta per voler de Déu com a exemple als hereus que volen sortir-se de les tresqueres assenyalades pels avis.

La Muntanyola autèntica examina de reüll el decandiment que en tan poc temps ha transformat aquella sobrevinguda, blanca, jove, en una dona mústiga, lenta, de cabell aspre, les mans endurides per les tasques humils, el front roig de les solellades i l'aire ardent de les Aulines. Déu s'ha plagut a castigar-li la supèrbia de dona vanitosa. Si fins ara en Pere no havia aturat els ulls en els ulls de la Teresa, enlluernat per la barcelonina, ara, la revenja de la Teresa començarà quan els ulls d'en Pere se separaran amb desencís del rostre esmorteït de Laura, amb aquell desmemoriament ingrat que la Teresa creu natural en tots els homes i amb el seu pessimisme que li fa pronosticar la més o menys propera dissort d'aquelles persones que veu il·lusionades en el ple d'un moment feliç.

I cada vespre arrenca amb gest triomfal el full del calendari, i somriu al número del dia vinent, del qual només la separen unes quantes hores, mentre que la Laura compta amb els dits, per sota el cobertor, els dies que falten per a tornar a Comarquinal, tot dient-se que no veurà mai més en Pere de cal Notari.

Els dispars dels caçadors, que l'eco trametia de fondal a fondal, anunciaren el setembre. Una tarda, d'improvís, les llunyanies del Pla es cobriren d'un tel de boira blava. La Laura la veié de lluny, li allargà els braços com a una amiga, com a un auguri d'alliberament. Les vetlles esdevenien tedioses, inacabables. En Tomàs reclamava la presència de les dones a la casa, abandonada massa temps. Començà a ploure; el camí de la rectoria era un toll de fang. La Teresa aguantà entossudida fins a l'octubre.

–I si tornéssim a casa? –pregunta a la cunyada, amb indiferència, un dia negre i mullat.

–Com vulguis, encara que s'està molt bé aquí –observa la Laura, amb la mateixa indiferència.

–Sí; estem molt bé. Anem-nos-en, doncs?

–Anem.

–Si no fos per tu, no posaria els peus aquí! –declara l'oncle Llibori a la Teresa, la mateixa tarda que la família Muntanyola ha tornat a Comarquinal. La Laura feineja per les cambres altes i el senyor Terra Negra ha tingut la sort de trobar la seva fillola al menjador.

–Ja he dit a les dones de casa que no les vull veure sortir al carrer amb ella.

–Vol dir que hem anat molt per boques, aquest temps?

–S'han dit tota mena de disbarats. Ja va tenir una pensada ben trista el teu germà, casant-se amb aquesta pobra noia! La Remei de Torroella ha fet ben bé de pregó; ja se li coneix la rancúnia perquè en Tomàs no li va voler la filla.

–S'ha sabut res d'ell, d'en Pere de cal Notari?

–Fa més de quinze dies que torna a ser aquí.

Una expressió de felicitat aclareix el rostre de la Muntanyola; però de seguida observa, molt rígida:

–Espero que no gosarà posar més els peus a casa! Perquè, el

que és ara, ja s'ha acabat aquella franquesa d'abans, que tants disgustos ens costa. A ella, li he tallat les ales; ha perdut molt; se la veu tan desmillorada que no la coneixerà.

–És el càstig de tots els que no compleixen com deuen; el mateix corcó no els deixa viure en repòs. Per a mi t'asseguro que com més poc vindrà a veure'ns més content estaré.

–No espera que baixi?

–No em fa gaire goig.

Però l'oncle Llibori, malgrat la repugnància, espera que baixi la dona del seu nebot.

En l'endemig, la Laura ha obert els balcons perquè l'aire llevi l'olor enrarida del dormitori i la sala. Prefereix la humitat llisquent de la boira; si més no, la boira ve de lluny, d'enllà de la muntanya profunda i acollidora, on quasi no sentiu cap veu humana.

Obre la tapa del piano i prova una tecla, amb mirament, que ningú no s'adoni d'aquesta gosadia. Un doll d'aigua del lavabo li refresca la cara i els braços; es perfuma amb la resta de muguet d'un flascó abandonat; contempla amb ulls enyorats els vestits del guarda-roba; no gosa tocar-los; escull el més casolà i fosc.

Ans de tornar-se'n al menjador, adreça una mirada circular al dormitori i a la sala que ella s'havia aparellat, tan il·lusionada, ara fa dos anys. Les fundes blanques, l'ambient de solitud de les cambres on no s'habita, li encomanen una sensació d'estranyesa. Mira amb ulls de forastera; res de tot això no li fa l'efecte de seu. No té res seu, ni la voluntat; només li queda l'amenaça del càstig, la Teresa, amb el braç enlaire, brandant l'espasa justiciera.

Baixa a poc a poc, compareix al menjador i no s'adona del gest de sorpresa de l'oncle i de la neboda. Perquè ni el senyor Llibori veu la Laura revellida que es figurava, ni la Teresa la cunyada mústiga de les Aulines; ans bé una dona revigorida per l'aire sanitós del camp, colrada pel sol, els braços i el coll llustrosos emmarcats per la roba sòbria, el rostre una mica angulós, ennoblit per l'adoloriment contingut. La degeneració esperada no s'ha complert. La Laura seu amb la mateixa distinció d'abans; en passar-se la mà pel front, el brillant de l'anell que no abandona mai fulgura amb les clarors més radiants.

L'oncle Llibori s'està molt neguitós a la cadira, balbuceja compliments desgraciats, i les flametes dels ulls li pampalluguegen darrere la verdor de les ulleres. Al punt d'anar-se'n diu, amb un somriure tot estrafet a la boca ensorrada:

–Vaja; me n'alegro molt, Laureta; i ara a «fer bondat»!

Però no li serví de res de fer més bondat per aturar l'aïllament en què la deixaven els amics de Comarquinal. Tots van saludar-la amb el mateix somriure de sempre, però ningú no sol·licità la seva presència a les tertúlies. La teula del doctor Grau traçà un quadrant de cercle ampul·lós, quan va tenir l'honor de fer acatament a la senyora de Muntanyola; però la solemnial gola del canonge no articulà cap mot de benvinguda. La vídua del notari Torroella li oferí un somriure molt distret quan va passar-li pel costat; les seves filles varen saludar-la amb cara d'espantades. La família Vilella li girà francament la cara, puix que des que tenien un sant a la família no els era possible relacionar-se amb persones de vida escandalosa. La Ventura, la mitja senyora recollida a casa de l'oncle Llibori, cada vegada que la veia li manifestava un menyspreu tan ple de dignitat, que hauria fet riure la Laura si hagués tingut prou bon humor. L'oncle Joanet, d'ençà de la mort de la seva germana, no es tractava amb gaire gent; per això era la visita més constant dels Muntanyola.

Un matí la Laura trobà la cosina Beatriu mig amagada en la

penombra de l'església dels Trinitaris...

–També fuges de mi? –va preguntar-li, asseient-se-li al costat.

L'altra negava, neguitosa, amb por que alguna devota no les veiés enraonar.

–Oh, no!, jo no ho voldria pas... Són ells –s'excusa–. No volen que vinguem.

–Tant de mal els faig?

–Diuen... diuen...

–Què diuen, de mi?

–Diuen de tu...

–Que sóc una mala dona? Déu els ho pagui.

–No és cert, oi? –li pregunta «l'avorrida», amb un desig sincer de creure en l'honestedat de l'única persona que li parla amb dolcesa.

–Tu i tot, podies creure-ho, de mi? –interroga la Laura, melangiosa–. És clar; ells són els bons; poden tenir raó.

–D'aquí a un parell de setmanes vindrà en Ramon a demanar-me a l'oncle. Encara ningú no en pensa res. Estic espantada per a quan sàpiguen que tot ha sortit de tu.

La Laura somriu, agraïda.

–No tinguis por! No vindrà d'una mica més de malvolença.

–És per mi que tinc por que l'oncle no s'enfadi!

–Ah!, per tu. –I la Laura de seguida es fa càrrec de l'egoisme d'aquella persona vacil·lant.– Però ara ja no et poden privar de casar-te; tens prou edat; a més, la meva cosina em va escriure per fer-me saber que en Ramon tenia una bona col·locació.

–En una escola, a Tarragona; però tinc angúnia per les coses que diran.

–No és res, criatura! –fa la Laura–. T'envejo i tot. Vés a Tarragona, i el mar potser t'amorosirà la sequedat que duus.

Se separaren molt amigues. La Laura deixa que se'n vagi

sense gaire pena; l'enerva aquella ànima de tan poc abast, de qui havia cregut poder refiar-se. És la mateixa fatiga que es comença a interposar en el seu propòsit de sotmetre's a la voluntat de la cunyada. La solitud esdevé més desesperadora aquí, entre les quinze mil ànimes de Comarquinal, que no pas a les Aulines. La indiferència, l'aversió que la volta com una reixa, la descoratja en el seu propòsit. És l'illot de glaç que ja no li pot contenir els peus. Els armaris tancats, la desesma d'obrir cap llibre, la por d'acostar-se al piano, de fullejar una revista de modes. La boira de les tardes, blavosa, freda, que esborra les fantasmagories del cel d'octubre, cada vespre s'apodera una mica més del Pla, hermètica com una muralla difosa en l'aire.

Ni gosa sospirar amb amplitud. Tothom és lluny seu; l'esquiven com un llebrós. El marit cada dia més indiferent, més gras i més fora de casa, la Teresa més severa. L'orgull no la deixa franquejar-se amb la família de Barcelona; les seves cartes a la cosina cada vegada són menys sinceres; els dos anys de separació han ajudat que comencin a tractar-se amb paraules complimentoses. En el fons de la seva consciència s'insinua el remoreig de la protesta, la inadaptació a la vida insignificant de cada dia, més restringida per obra de la cunyada i dels altres que li nuen la xarxa entorn. Esperar Tots Sants, menjar les llaminadures que li posen al plat, com la mainada, boira i més boira, Nadal, la Quaresma, Pasqua, la festa major estantissa, sentir els roncs d'en Tomàs les nits que es queda a casa, el seu alè de tabac negre quan l'abraça, acompanyar el rosari de la Teresa, sentir contar anècdotes obscenes més o menys dissimulades de vicaris i majordomes, sofrir les vexacions d'un grup de santedat formal; revellir-se, morir... oh, no!

En Pere no comparegué enlloc. Pressentit de lluny un vespre, no l'havien vist més. Mossèn Joan Serra, del museu, també la defugia. Per reacció intenta sortir sola, vestir-se bé, però va adonar-se que l'esparverava anar pels carrers; es figurà que a cada cantonada la sotjaven uns ulls enemics. D'altra banda, la possibilitat de trobar-se amb en Pere entremig de la gent!; de segur que hauria caigut a terra presa d'un sobrecor.

Es reclogué a la sala, darrere els vidres.

–Què li passa? –deia en Tomàs a la seva germana, serena i metòdica com sempre–. Encara té la «gatina»?

Aleshores, de sobte, a les tertúlies de vora els brasers s'escampà la veu que a casa els Muntanyola tenien la barcelonina tancada amb pany i clau per gelosia d'en Tomàs i per enveja de la cunyada. Algunes bones persones deien que no la deixaven ni anar a missa, que volien fer-la morir corsecada; d'altres, que la Teresa li feia menjar pa i aigua, que l'advocat Gifreda era el culpable de tot.

El comaratge de les tertúlies es propagà al casino dels senyors, fou la conversa general als cafès. Uns quants xicots arriscats passaven de nit davant el casal dels Muntanyola. Algú va veure a deshora llumets misteriosos darrere les finestres. Una tarda, per mor d'una partida de caramboles contradictòries, un envejós de la bona fortuna d'en Tomàs al·ludí davant d'ell al comaratge recent. Corprès, indignat, increpà el company; els altres intervingueren contra el Muntanyola; confirmaren la insinuació malèvola. En Tomàs se n'anà a casa apoderat de la ira tumultuosa dels pacífics, sense saber què diria, empès per la sola força de la indignació.

Aquella tarda, neta de boira, la Laura no havia pogut estar-se de sortir, atreta per l'abrandament de la posta d'octubre. Recolzada a l'ampit del pont del Codolar, com tantes altres vegades, gaudia de l'estona d'independència, lluny dels esguards honestos de la família i dels veïns. Fou en va que mirés el corrent de l'aigua, morada per les resplendors tardorals dels núvols esbiaixats. La quietud del lloc li agreujava la depressió. Sentia angúnia fins d'acostar-se a les coses inanimades, com si pertot arreu la sotgés aquell ull maliciós. S'estremia només de sentir el pas de l'aire entre les fulles escadusseres, cargolades com ocells adormits a les branques nues del bosquet, el bombolleig de la resclosa, l'udol d'un gos d'atura espellifat; el brunzit dels fils de conducció elèctrica la feia tremolar, temia els somriures de la gent que la pogués veure i per sobre de tot li feia por l'atzar d'una coincidència amb en Pere. Mai com ara no conegué l'angoixa del terror, qualsevol trepig al darrere li feia entresuar els polsos i les mans; els batecs del cor li tallaven la respiració, al sol pensament de poder trobar-se al costat l'alta silueta d'aquell home bru de rostre, de somriure clar, simple de gest i de paraula.

Era un sentiment confús, fet de por i de desig de veure'l; espant per la possibilitat que el trepig fos d'en Pere, i enyorament en adonar-se que eren les passes d'un desconegut. La certitud de l'oblit d'ell li feia sentir amb més amarguesa el desordre de la seva vida, a la deriva, esparsa com aquells núvols sense finalitat, destinats a diluir-se en l'aire...

Tant de bo!, perdre's com aquell núvol inflamat, diluir-se en l'aire en un polsim de rosada, sense pensar res, sense sofrir; fondre's en la delícia de l'aire blau, serè, ignorada de tothom, de la família, de la gent horrible que té raó, ignorada de Déu...

S'estremí amb l'horror d'haver proferit una blasfèmia, i féu el senyal de la Creu, aclucada d'ulls, com enlluernada per un llamp. Li ho tindria en compte, Déu Nostre Senyor haver naufragat en el mal a contracor i de defugir tant de temps la seva penitència?...

En Pere no tornaria més! Sacrifici inútil, soledat!

Un remoreig de veus va centrar-la. S'adonà que tornava

d'esma; ja era a les escales de la Rambla, a vora de casa. Fou llavors quan veié que algú s'aturava a mirar-la, que l'anomenava. Li calgué recalcar-se a la paret, per la sentida que li travessava el pit. No era en Pere, sinó en Jaume, l'exhereu Terra Negra, el qual no havia vist d'ençà de la baralla escandalosa amb l'oncle. Al seu costat somreia la muller, amb un somriure poruc, però dissimulant com tota la família. Duia la criatura al braç.

En Jaume li presentà la seva dona; no s'havien parlat mai. Encara no prou ben retornada, la Laura balbucejà una paraula amable i de seguida compadí aquell grup encongit. En Jaume, l'hereu d'abans rialler i galant, s'havia tornat un pobre d'ulls manyacs i de gest vague, prop d'aquella persona mal vestida, de mirada punxosa, que resseguia la Laura amb avidesa.

Anaven al cinema; li ensenyaren la criatura adormida, insignificant dins les robes de mal gust. En Jaume no feia més que repetir:

–Sou cosines!, sou cosines! –amb deler de míser que la dona rica i la pobra es franquegessin.

La Laura no podia entendre per què sentia ganes de plorar. Els prometé anar a veure'ls, dur un present a la criatura. Va besar-la amb un transport no sentit més d'ençà de la mort de la seva filla.

– Que bonica que és!

–Miri quins colors que té! –féu la mare, enorgullida–. No sembla filla de pobres! No és com les de Barcelona, tan grogues i empiocades...

L'acompanyaren un tros de carrer enllà, humiliats.

Així que se separaren, la dona començà:

–Quina comedianta!, duu abric de seda i em sembla que va pintada. Si es pensa venir a casa per fer-nos servir de tapadora dels seus tràfecs, la desenganyaré. Què deurà portar a la nostra nena?

En Jaume escoltava i feia que sí amb el cap, vençut...

La Laura es va eixugant les llàgrimes dissimuladament perquè ningú no se n'adoni. Davant la porta mirant com arriba, hi ha en Tomàs, amb la clau als dits, vermell de cara i de clatell, les celles frunzides.

–No m'estranya que la gent digui el que diu de nosaltres, si et fas amb la *Cacauera* de l'Enterramorts –comença l'amo, així que entren.

El to enèrgic d'en Tomàs fa acudir la Teresa; veu la Laura mig asseguda, defallent, el germà dret al davant, magnífic com un fiscal.

–Què us passa? –interroga la germana amb la fredor de sempre. El dit de l'home acusa:

–He trobat aquesta fent conxorxa amb en Jaume de ca l'oncle Llibori i la *Cacauera*.

La Teresa mira la cunyada amb ulls tan sorpresos com si no l'hagués vista mai.

–Amb aquella gent et tractes? –I després de somriure, compadida–: No ho estranyo. Cap persona de casa nostra no s'hauria rebaixat tant.

–Teniu raó –observa Laura amb esforç–. Només jo podia rebaixar-me, que no sóc ningú, una pobra que entén la tristesa dels altres pobres.

–Ja sabem, dies ha, que tu ets de les complicades –insisteix el marit amb l'empenta de qui pot deseixir-se d'un pensament guardat temps ha.

–Ells no m'han fet cap mal; em miraven tan acovardits!, tenen una criatura tan poc graciosa!, i dormia! La veritat és que no els havia parlat mai.

–Començo a tenir motius per a no fer cabal de les teves veritats –fibla la Teresa, refregant-se les mans, calentes.

–Ells hauran fet córrer això que tot Comarquinal ens retreu –reprèn el marit, enardint-se més–. Que fem morir de gana la Laura i que la tenim tancada amb pany i clau perquè tu li enveges que faci goig, i jo, perquè estic gelós d'en Pere de cal Notari.

La queixa de les dues dones es confon en un sol gemec dolorós. És en va que la Laura intenti defensar-se; els altres tenen massa coses a dir.

–Tu te'ls devies queixar una mica, perquè no te'n deixem fer de les teves com abans –increpa ell amb el mateix posat despòtic que no admet raons de ningú–. En Jaume i la seva colla, amb la rancúnia que ens tenen, ho han inflat per bescantar-nos, i ara nosaltres n'hem de pagar la pena.

La Teresa s'acosta a la cunyada amb encarcarament senyorívol:

–Laura!, només t'hem de donar gràcies pels favors que ens has fet des que vas posar els peus a casa nostra. No ho mereixíem, de tu justament!; de Barcelona havies de ser!

La invectiva desdenyosa aviva tot d'una la vigoria de la dona d'en Tomàs. Protesta amb exaltació creixent:

–Doncs cada dia estic més agraïda a Nostre Senyor que m'ha deixat néixer a Barcelona; i quan vulgueu me n'hi tornaré.

Però en Tomàs no l'escolta; gesticula i parla ressentit pel comaratge que ha posat el seu nom en boca dels desvagats de Comarquinal.

–Aquesta nit hi ha un concert al casino; hi anirem tots tres. Vull que us vestiu bé; tu, Laura, et posaràs el que hi ha de bo i millor a casa meva. Ara podran veure si és cert que fem passar amb pa i aigua la gent.

La Laura prova de negar-s'hi: diu que se sent massa feble, no té cap roba a punt aquest hivern; però l'amo no l'escolta.

–Vull anar-hi amb vosaltres, perquè a casa mano jo i prou.

Hi vindràs de grat o per força. Vull que vegin que encara et sé lluir, i et posaràs ben escotada, que no em fa por ningú. Aniré a trobar en Pere, i si no vol venir a veure't davant de tothom, te'l portaré arrossegant per una orella.

En Tomàs mana que s'obri el guarda-roba; ell mateix escull el vestit per a la Laura, un de color de taronja encès, de moda de l'any passat. Vol que es posi totes les joies. I la Laura, tremolosa, va obeint amb l'ajut de la cunyada. La Teresa també obeeix en silenci, cuitosa, perquè ho mana l'amo, el germà, l'hereu de la casa, un home, i els homes sempre han de tenir raó. En el fons de tot, també la mou una secreta esperança: veurà en Pere!

Quan és l'hora, a través de la porta ajustada del tocador, se sent la mica de sanglots de la Laura, davant la lluna del mirall, que va posant-se les joies més sumptuoses del cofret de les àvies.

Mossèn Joan Serra, tot enderiat en la instal·lació de les noves seccions del museu, va i ve entre la gent, sense fer cabal de ningú. Però de lluny estant ha sabut el comport de la Laura, les seves passejades vacil·lants, la reclusió a les Aulines, els comaratges de les tertúlies. I així que el seu nebot Pere tornà del viatge, insistí en les recomanacions d'abans; li posà en evidència la inestabilitat del matrimoni Muntanyola, les enraonies despietades de les persones d'ordre, el desprestigi de la Laura, les diferències temperamentals de marit i muller, que la intervenció de l'advocat havia fet més evidents.

La seva veu va adreçar-se al nebot tendra i comminatòria, però les respostes d'en Pere el varen fer callar de seguida. Aquells quatre mesos de veure cares estranyes, de respirar aires de qui sap on, havien contribuït a atenuar-li l'embranzida sentimental de l'hivern passat. Ara s'adonava de l'error, es planyé d'haver estat motiu d'algunes incomoditats de la Laura, d'haver fomentat suposicions malicioses. Es veia en cor d'enfrontar-se amb en Tomàs i reconquistar la seva confiança. La Laura podia viure tranquil·la; la respectava prou per a no voler comprometre el seu bon nom.

–I és ara, quan el pitjor mal és fet, quan l'escàndol crema per sota, que et resignes amb aquesta fredor? –observa el vell, dolgut.

–No és el que vós m'heu pregat fins ara, oncle?

–Tens raó. Però no estic satisfet del to en què em parles. La Laura mereix un afecte més sòlid i no un canvi tan sobtat.

–És que voleu que hi torni?

–No sé, què voldria! –repeteix el sacerdot–. Em fa angúnia de veure com els homes som tan expeditius quan ens convé. Deixa en repòs aquella persona; si Déu m'ajuda, he de provar de tornar-li la serenitat, de llevar-li el mal que li has fet. Tens raó, deixa-la; no la mereix cap home dels que li són a prop.

En Pere entra a casa, s'afaita, es vesteix per anar al concert, agafa l'abric. Se'n va pels carrers humits de la boira que comença a caure, travessa la plaça, saluda una mare que el mira gentilíssima, amatent al costat de les filles ingènues, distretes, puja els graons del casino il·luminat de festa, entra a la sala remorosa, seu a la butaca, tomba el cap atret per la força d'una mirada.

Al mig de la llotja, entre en Tomàs, congestionat, triomfant, i la Teresa esborradissa, que li fixa els ulls, seu la Laura, una Laura desconeguda, vestida de vermell els braços i el pit constel·lats de fulgències, una ombra entorn dels ulls, la boca apesarada, emmorenida de rostre, tota ella cerclada per una aurèola de serenitat dolorosa.

Tanmateix, no és pas la senyora del poble que va deixar ara

fa quatre mesos, ans bé una dona que vibra per sota la immobilitat de l'escorça. Els impertinents, els binocles, els caps de dit de Comarquinal repassen centímetre per centímetre aquella dona d'escàndol oferta a l'encuriosiment de la burgesia, grisa i uniforme. Però la Laura té l'encert de comportar-se amb la naturalitat d'una persona que no veu ningú dels qui comenten la seva presència, a qui sols interessa escoltar i aplaudir la cantatriu, vinguda allí innocentment, sense saber que és el pretext perquè les senyores puguin satisfer la vanitat de lluir vestits nous.

De tant en tant, l'esperit de la Laura, errívol en una espiral de torbació, només copsa un fragment de frase de Monteverdi, de Purcell, de Lully o de Scarlati, llisquent com una ala que ve i se'n torna de seguida, perquè no troba lloc on posar-se, vague murmuri sense continuïtat, que li desvetlla el record d'aquelles músiques no sentides anys ha i que, malgrat l'esforç per concentrar-hi l'atenció, no pot retenir. Els llums de la sala, els acords del piano, sembla que convergeixin en aquell rengle on s'escau el seient que en Pere ocupa una mica ajupit, llegint amb obstinació el programa, del qual no tomba pas el full. I ella s'estremeix com d'un espant quan la Teresa li posa la mà al braç i li diu amb un estrany tremolor de veu:

–*Ell* és aquí.

I la mà de la cunyada és freda, palpitant.

De seguida de la pausa, en Tomàs surt a trobar l'advocat. La Laura i la Teresa no es tomben, però saben que els dos homes s'acosten, que la catifa els esmorteeix les passes, enèrgiques les del Muntanyola, vacil·lants, com qui no gosa trepitjar, les de l'amic.

La Laura ofereix la mà a en Pere, distretament, com si l'hagués vist avui mateix. La Teresa li parla de la família, de la humitat, tan pàl·lida que se li ennegreixen les vores dels ulls i de la boca. En Tomàs passeja mirades d'orgull per la sala.

Al senyal de començar, en Pere intenta anar-se'n, però el Muntanyola el reté:

–Queda't amb nosaltres aquesta part!; temps ha que no ens havíem vist. –I com que l'altre refusa–: Queda't, si no hauré de creure que també tens por.

–Por? –interroga en Pere, ressentit–: De qui?

–De la gent, home!

En Tomàs seu entre la muller i la germana; en Pere ocupa el lloc del costat de la Laura. A desgrat del bon desig de l'artista per fer-se sentir, l'atenció del públic es projecta declaradament a l'espectacle, imprevist i picant, que els ofereix la llotja dels Muntanyola. En Pere ni gosa mirar aquella dona que l'enlluerna com si fos una persona no vista mai, o potser vista malament. Sent reviure l'amor condormit o distret en aquells quatre mesos trepidants de viatges, de canvi d'ambients. Però ara l'amor es manifesta en tota la plenitud, violent de desig per la possessió de la dona, i en el seu cor es promet arriscar qualsevol aventura per aconseguir aquella possessió.

A la fi del concert algunes persones coincideixen al passadís amb els Muntanyola. És aleshores que en Pere s'acara a la Laura; ella enretira les mans com per evitar el contacte, però ell li diu, vehement:

–No tingui por, Laura; l'estimo massa per a comprometre-la. Ara, no, però tard o d'hora la veuré.

La Teresa s'adona de l'apart. En Pere ajuda a posar l'abric a la Laura; la cunyada també porta abric, però se l'ha de posar sola. Surten junts; la Teresa camina ben a la vora d'en Pere, d'aquell Pere somiat, enyorat, que ara, en aquest moment, és allí, que li toca el colze amb el seu colze, però tan lluny d'ella que fins ignora la seva presència, que sigui res més que una ombra d'aquella santa Teresa d'altar.

Al moment d'acomiadar-se, al vestíbul la mà d'en Pere queda en la pressió frenètica de la mà de la Teresa. Ell la hi abandona, atret pel breu somriure dolorós de la Laura, fins que la Muntanyola se'n desprèn, repugnada d'ell i de la pròpia submissió.

–Abans morta que no pas veure una meva filla anar pel món com una d'aquestes pobres dones que han de cantar, fetes un cap sense cervell –declara la senyora de Torroella ajuntant-se al grup dels Muntanyola. Saluda tothom i només es descuida de la Laura i en Pere. Sembla que les altres amistats s'ho hagin dit; les mares més honorables i les filles més pulcres passen per davant de la barcelonina com si no sabessin qui és.

En Tomàs surt mig satisfet perquè ha pogut quedar «com un home» davant de la gent, però li queda una resta de disgust que no pot estar-se de manifestar:

–Tanmateix, és massa escotat aquest vestit! Aquí no és un Barcelona!

La Laura se li recalça al braç mig esvanida. La Teresa fixa els ulls, amb insistència, en la foscor de la nit.

El conflicte sofrí un encallament per mor del greus esdeveniments de casa el senyor Terra Negra. Ja feia dies que el gendre de l'oncle Llibori malaltejava, i tots els parents ja n'estaven cansats. Llavors, a la impensada, l'Angelina, la filla gràvida de pocs mesos, decandí de sobte; se li manifestaren alternatives de febres altes i desordres de tot l'organisme, fins que presentà símptomes de deslliurament fora de temps i en condicions tan complexes, que reclamaren l'ajut del cirurgià. Al cap de pocs dies d'aquest accident, el metge declarava l'existència de la tuberculosi en la muller. Localitzada fins aleshores, es generalitzà amb caràcter fulminant i bastaren unes quantes hemoptisis per a dur-se'n l'Angelina a reposar definitivament entre els xiprers del cementiri.

Sort que les persones de la família Terra Negra tenien molt de seny i eren enemigues d'escarafalls. El bon ordre de la casa no s'alterà; la moribunda va tenir temps sobrer per a poder anar al cel amb la consciència neta, i els parents digueren, tal com s'estila, que no li havia faltat res per a l'ànima ni per al cos. El doctor Grau féu costat al pare afligit a l'hora greu de la cerimònia d'enterrar el cos. La clerecia parroquial entonà l'absolta, fent rodona, amb el paraigua sota el braç i la mirada distreta. Els altars de les diverses comunitats afectes a la casa varen encendre els millors ciris per als funerals. El senyor Llibori es va comprar una altra corbata, la Ventura, la mitja senyora, un mantell de crespó. El gendre, cada dia més malalt, fou restituït al seu poble perquè la família d'ell tingués el consol de veure-se'l morir a casa. L'actual hereu Terra Negra, un bell i bon minyó de disset anys, ja ben alliçonat fins aleshores, va poder ocupar el càrrec que abandonava el comptable malalt. Així fou com l'administració del comerç de cereals que havia estat origen de la fortuna del senyor Llibori no sofrí cap trontoll. Tothom assenyalà l'amo Terra Negra com a exemple de resignació i de paciència quan se'l va tornar a veure per sota les voltes de la plaça algun migdia de sol, amb la roba negra, auster i en companyia del seu director, el canonge Grau. Després, als vespres, a les tertúlies amigues, les males llengües es varen entretenir dient el que pitjor els va semblar d'aquell cas.

Al cap de pocs dies s'esqueia la sorprenent aparició de l'exestudiant vingut de Tarragona, ben afaitat, prim, amb ulleres d'or, vestit amb correcció. I la sorpresa adquirí proporcions sublims quan declarà que l'objecte de la seva vinguda era casarse amb la Beatriu, la neboda pobra, aquella «avorrida» insignificant que només feia que amagar-se pels racons de la casa, amb por que l'oncle no la renyés.

Si no hagués estat pel dol, massa recent, el senyor Llibori hauria rigut de les pretensions de l'exestudiant; però com que l'exestudiant es mantenia molt entossudit en la petició l'amo de la casa no va tenir cor per a objectar res. Sols que llavors començà amb escrúpols de consciència, a la manera d'un pare gelós de l'esdevenidor de la filla i no d'oncle com ell era de la pubilla d'aquell mal cap de l'hereu Terra Negra, que havia mort de misèria a Amèrica.

Com que ell no podia estar de bon humor per a ocupar-se de l'afer, més que més vistes les presses de l'exestudiant, varen convenir que la Beatriu aniria a viure amb una parenta de la seva mare, a Manresa, fins per Nadal, data en què se celebraria el casament.

Així fou com la Laura, amb la marxa de la Beatriu, quedava completament aïllada de tota atenció, sola de cara a en Pere, amb la dolça tristesa d'haver contribuït a la felicitat d'aquella noia que, enlluernada pel seu amor se n'anà distreta d'ella, testimoniant-li vagues expressions d'agraïment.

De tornada de l'estació, sola pels carrers suburbials, plora les llàgrimes que havia reprimit fins aquell moment per no desentonar. Només egoisme i incomprensió arreu on tomba el cap! És en va proposar-vos el consol a la fatiga en la confiança d'algú; així que obriu la boca per proferir la paraula que creieu més sincera, es desvetlla el recel de les persones que us són a prop, dels qui us refiàveu que us ajudarien a alliberar-vos de la soledat. Recel, incomprensió, pietat o befa dissimulada, monstres que us glacen la sang, que s'interposen d'home a home i els fan enemics.

El mateix Pere, què tenia de comú amb aquella imatge que acompanyà els seus desvaris a les Aulines sofridor, delicat, generós, gairebé irreal? En Pere!; un xicot somrient i ben vestit, que l'altra nit al concert li premé dues vegades la mà amb estranya violència, que li resseguí el cos amb ulls insistents, mentre li deia que la buscaria, que la trobaria, amb l'embranzida continguda de qui està segur de vèncer en la pugna entre la pròpia força i la feblesa del contrincant. Perquè la Laura va sentir la intenció d'aquell moment, que es revelava pel sol fet de portar la Laura aquell vestit de color de taronja, de l'any anterior, el més escotat de tots, que en Tomàs va imposar-li com a repte als comaratges.

Un tel de boira tot just esfuma els angles de les cases i enterboleix la llum dels fanals. La Laura no gosa travessar la plaça per no sofrir l'experiència de la distracció rancuniosa de les senyores escandalitzades. Va per carrers més deserts; tot d'una s'adona que passa per davant de la porta de Sant Felip Neri, amb els dos caps d'angle que decoren la llinda. Hi entra per evocar el temps feliç que podia acollir-se, amb l'esperit en repòs, a la penitència del pare Comerma, sever i dolç, les confessions amb el qual la tornaven a la serenor i a l'alegria de viure. Prou veu l'àngel daurat pels ciris encesos on s'escau el confessionari, però la Laura sent el terror dels culpables. No!, no tindria prou coratge per a oferir-se a la mirada límpida i penetrant del sacerdot, al cap de tants mesos d'allunyament; no podria confessar-li aquella culpa que no sap ben bé si ho és, però de la qual encara no es pot penedir.

Seu a l'altra banda de la nau, a l'ombra d'una columna per no ser vista. De bon grat pregaria de cara a l'altar major, però està massa inquieta com a vora un perill; les idees se li evaporen, s'encavalquen les unes a les altres. La mort! Per què la mort no se l'emportarà d'una vegada, ja que no serveix per a viure entre la gent? Què ho farà, que ella sigui pitjor que els altres que es diuen bons ells amb ells i tenen raó, i no s'han d'amagar de ningú, aquells altres que, en el fons, ella menysprea amb tot el seu orgull? Com alliberar-se'n?

–Laura! A la fi la trobo –li diu ben a prop la veu, tan sabuda com la de la pròpia consciència. És en Pere, que li ha seguit les passes de lluny, i ara se li asseu al costat.

L'esglai fa enretirar la Laura. Percep clarament el perill de la seva indefensió; vençuda moralment, s'agenolla, les mans contra els ulls, i prega amb tota la vehemència que l'espant li encomana:

–Déu meu, ajudeu-me! –I se senya, fervorosa, tremolant.

En Pere, més acostat, continua:

–Pobra Laura meva! No sofreixi més ni es rebel·li en va. Tanqui els ulls i no miri ningú; no escolti més les lleis d'aquesta gent que no la mereixen, que li faran pagar fins a l'hora de la mort la seva gràcia i la seva sinceritat. Deixi'ls; pensi que, el cop de pedra més fort, el rebria d'aquells que tenen més pecats a la consciència. Ens n'anirem en una terra lliure, que ens deixarà ser feliços.

–Vagi-se'n! No faci de dimoni.

–Per culpa meva li han fet el mal, i no l'abandonaré, perquè l'estimo massa, perquè m'estimarà i perquè aquí ja no podria viure. Són massa bons per a voler entre la família una dona que no ha pogut ser hipòcrita, que ha comès el pitjor de tots els pecats, que és el pecat d'escàndol.

–Vagi-se'n! –implora la Laura–. Si el veiessin aquí!

–Ja no poden creure coses pitjors de les que diuen. L'han assenyalada per tota la vida i no se n'aixecaria mai més. Si ara me'n vaig és perquè està massa alterada. Amb mi serà feliç. Des d'avui l'esperaré cada vespre, sol al despatx; perquè se li farà irresistible la vida aquí, i sé que vindrà; si no vingués, jo me l'emportaria, Laura meva!

S'inclina i li estreny la mà gelada entre les seves, ardents.

Se'n va amb vacil·lacions d'embriac, sense adonar-se que arran de columna hi ha la Ventura, la mitja senyora, vestida de dol. Ja no li cal veure res més; se'n torna pel passadís lateral; abeura la punta dels guants a la pica de marbre, se senya fent una creu molt esbarjosa i surt.

La dida d'en Tomàs li diu que la Teresa ha anat a fer una estona de companyia al senyor Llibori. Travessa el portal dels Muntanyola i se'n va cap a casa fent drecera. No sols troba la Teresa, sinó que té la sort de poder emportar-se-la a la cuina, puix que el senyor Terra Negra està distret parlant de les antigues glòries carlines i del triomf que espera els fidels a la tradició amb el canonge Grau, que somriu escèptic, i amb en Tomàs, que l'escolta fumant la seva pipa.

–Ho dic perquè és un càrrec de consciència callar-ho. S'estaven molt junts, en un racó fosc dels Felipons. Es veu que s'hi havien citat. –La foguerada que puja al rostre de la Teresa li envermelleix els ulls i tot.– El que és jo, i dispensi –insisteix la mitja senyora–, no consentiria a casa meva una persona tan poc escrupolosa, que ni la casa de Déu no respecta.

Com que ja és tard per a l'oncle, en Tomàs i la seva germana se'n tornen d'hora. La Teresa encara té temps de fer alguna indicació al senyor Llibori ans que la Ventura, de qui no es fia prou, pugui dir-li res de l'esdeveniment d'avui.

–Véns a casa? –pregunta al germà, quan són al carrer.

–No encara; tampoc no hi deu haver la Laura.

–Déu sap per on corre!

–Només ha anat a l'estació.

–Poc ho sabem ni tu ni jo, on ha anat. Quan una persona té ganes de fer parlar la gent...

–Què vols dir? –interroga el Muntanyola allargant el coll per veure de cara la seva germana–. Aviat parlen a la nostra terra!

–Sí –fa ella amb reticència–; però de vegades tenen motius

sobrers per a malparlar.

–Vols dir que allò que van dir d'en Pere, i que per cert no m'he pogut treure més del cap?...

–De vegades, els de fora casa saben més que la família.

–Però la Laura... –fa ell, volent esperançar.

–No sopis a casa, avui –aconsella la Teresa–. Prou temps ens quedarà demà per a parlar-hi. Deixa-la per a mi sola aquest vespre i ho sabrem bé.

En Tomàs se'n va cap a plaça per fer una mica de temps, però se'n desdiu perquè no se sent amb prou humor per a veure ningú. Li sembla com si tothom li hagués de conèixer a la cara que sap allò que la gent parla de la seva dona. Encara és dejorn per a anar a sopar al casino; de segur que si el veiessin que menja a deshora se n'estranyarien. Puja un moment al Cercle de Sant Lluís; potser hi trobarà en Pepet de ca l'*Escaldat* i parlaran de la cacera de dijous! A més, en Pepet és un home sorrut que no sap mai res de ningú. Però el local és tot fosc i sols es veu una ratlla de claror per sota la porta de la secretaria. Hi entra; uns quants minyons de la junta hi han parat una taula de set i mig molt arrencada. Al president, que és qui talla, així que veu el poderós Muntanyola, un somriure manyac li eixampla la cara.

–Hola, hereu! Si vols ser-hi, encara hi caps.

Però se'n torna, amb un gruny. Fet i fet, val més anar a entretenir l'estona amb unes quantes caramboles al casino, que potser el distrauran. Hi troba en Llibori de l'Om, no vist dies ha, l'antic company d'aventures per festes majors en el temps de fadrinatge. Sense més ni més el convida a sopar amb ell; li serveix de pretext per a no quedar-se sol i així no pot fer estranyesa a ningú. Mengen, beuen a desdir. L'esbojarrat Llibori de l'Om és el mateix tocatabals de sempre.

–Casar-me, jo? –respon–: et penses que sóc tan ximple per

a mantenir una dona sense fer res, i que tard o d'hora et posi banyes?

Els sécs al front d'en Tomàs s'enfonsen una mica més. Però diu que està content: una escalforeta suau li puja al cap; té ganes de sentir música. Havent sopat se'n van al Continental, prenen cafè, conyac i acompanyen els tangos del quintet amb un cantussol planyívol. En Tomàs s'asseu de cara al gran mirall de la paret decorat amb crisantems modernistes i s'entreté a llegir l'anunci del partit de futbol de diumenge, perquè no li agrada veure de cara a cara el públic del cafè. Si fins li sembla com si el miressin, i juraria que l'oncle Narcís, aquell que és ric d'ençà de la guerra dels carlins, es riu d'ell per sota el nas i no costaria gens al Muntanyola d'aviar-li l'ampolla de l'aigua entre cap i coll.

–No trobes que és molt avorrit? –li diu en Llibori de l'Om, que té una nit joiosa–; hauríem d'anar en alguna banda més divertida.

Surten i es troben amb dos altres amics, solters, hereus i caps de colla dels eixerits.

–És massa d'hora per a pujar al cafè de la *Pica-pica* –observa l'un–. Anem a passejar una estona fora vila?

En Tomàs ho prefereix; potser l'aire de la nit de desembre li alleujarà el mal de cap. S'ha espargit la boira i fa un bon clar de lluna.

Surten just a l'hora que la Teresa se'n va a dormir sense haver pogut parlar amb la Laura, puix que en tornar de veure l'oncle Llibori ja va trobar-la al llit, tremolant de fred i enfebrada. En anar-se'n a la seva cambra, aplica l'orella al forat del pany, com tantes altres vegades; sent uns sanglots ofegats...

Els quatre homes travessen la plaça, vorejada de llums melangiosos; se'n van cap al carrer de l'estació per fer temps i perquè la gent que els mira no pugui figurar-se que volen deixar-se caure al cafè de la *Pica-pica.* Tot d'una, a en Tomàs li sembla veure l'oncle Joanet que travessa la cantonada, amb els guants de cotó, l'abric abonyegat i el seu aire d'home distret que ensopega amb totes les pedres. Heus ací un magnífic element de distracció per a la colla de bromistes. El vell diu que torna del Centre, on assagen *Els Pastorets,* i ell s'hi distreu cada vespre, després d'haver sopat sol entre les seves motllures d'or, l'angelet de l'altar i les antiguitats millorades.

En Tomàs el convida a anar amb ells. Riuran, aniran en un indret molt divertit on veurà tot de noies forasteres amables i alegroies que enamoren.

–No faci el desmenjat, oncle, que ja l'he vist prou vegades anar i venir de Barcelona, mig amagant-se pel tren!

–No és pas per fer res de mal –es defensa el vell.

–És clar que no, al contrari! Però ja sabem que mira les noies de reüll. Vingui, i nosaltres ho paguem tot; ens estarem en un raconet del primer pis del cafè, sense que ningú ens vegi, i farem ressopó.

L'home es deixa arrossegar endut per una il·lusió pueril. Entren al cafè per la porta petita, la de l'escala del pis.

A en Tomàs li sembla que es divertirà molt, que aquella mica de contrarietat que sent com un fibló que el burxa no sap ben bé on, se li fondrà amb quatre rialles a la salut de l'oncle Joanet. Al pis, els serveis són més cars, pero es té l'avantatge que podeu retenir les cambreres tota la vetlla, lliure de les «infidelitats» obligatòries del saló general. A més, són noies escollides d'entre l'escamot de dones arreplegades pels cafetons del Paral·lel i dutes des del tren amb el cotxe de la presó, per evitar la clamadissa de veus més o menys blanques de la ciutat, sempre que el cap de policia fa el distret amb l'ajut d'un parell de bitllets de banc dels mitjans.

–Ha vist quina morenassa, oncle? –comença en Tomàs quan

s'adona que els ullets del vell s'il·luminen en veure de prop les opulències de la cambrera que els serveix. En Tomàs riu, però la rialla li fa l'efecte d'un eco de rialla, com si fos d'un altre; el neguit no li assossega gens. Sent el martelleig de la veu de la Teresa, acusadora. En Pere Gifreda va Déu sap per quins indrets. La Laura surt, aneu a saber cap a quina banda anirà!; però la fantasia del Muntanyola no gosa fer-los coincidir en un mateix lloc.

Els cinc homes s'estan sols en el lloc preferent del recambró sòrdid, de parets encrostonades, greixoses, el sostre guarnit amb sortija; el cartell de toros en una paret, a l'altra una vella fotografia de la Chelito en roba interior, més copiosa que qualsevol vestit de carrer actual. Els amics fan broma, s'han entretingut a regar el pis i les parets amb els sifons de les taules, demanen dones a crits, beuen i parlen fort de la finestra del celobert estant, amb uns quants xicots que juguen al canari en un racó discret de la planta baixa. Les millors dones de la casa se'ls asseuen a la falda, amb l'esperança d'una bona propina. L'oncle Joanet s'acontenta amb una dama de mitja edat petita com ell, molt ben pentinada i ufanosa. De seguida, entre glop i glop, li conta que avui fa mig any que se li va morir la germana; que està molt sol i que no havia vingut mai al cafè de la *Pica-pica.*

Entre els «reservats» i el saló de baix es promou un aldarull de crits i d'interjeccions; aquella casa és un oasi, un indret de deseiximent d'hipocresies i d'encarcaraments. En Tomàs bramula i gesticula com un orat, i fins l'oncle el mira amb sorpresa, com si el veiés per primera vegada. A cada espai d'oblit a oblit del corcó que el burxa des del vespre i que li torna al record de les paraules de la germana, la seva alegria esdevé un esbojarrament sense fre. La dona que té a prop se separa d'ell dolorida de braços. Beuen més i mengen amb grans queixalades i omplen el marbre de la taula de dibuixos obscens primaris. Aposten tot de pessetes que una de les cambreres no tindrà prou cor de beure's una bona copa d'aiguardent en un parell de glops. Ella guanya, i aviat senten, darrere la porta, els esforços de la dona per vomitar el licor; amb la mà s'estreny l'estómac, inflamat, els ulls plens de llàgrimes, però amb l'altra mà s'embutxaca els diners de l'aposta. La colla se'n torna just quan l'oncle Joanet era al punt dolç de l'entendriment. Fan els darrers crits perquè quan seran al carrer els caldrà reprendre l'aparença greu, per no desentonar. Les dones sospiren, alliberades d'aquells monstres que els han engargussat menjar i diners i que els han embellit el cos amb blaus i macadures.

Surten al carreró retort i mal il·luminat, sonor del trepig incert dels homes que no saben on acabar la gresca.

Seuen en el banc de pedra de la plaça de vora la carretera, adormida, plena de lluna i clapada d'ombres negres dels castanyers. El regalim d'una aixeta de la font fa més dens el silenci del lloc.

–És el mal que te d'anar allí! –es lamenta un dels companys–. Et gastes els diners i t'engresques per no res.

–Jo no hi aniria mai! –es plany l'altre; però ve la nit i sembla que les cames t'hi portin.

–Quina llàstima de no ser a Barcelona! –sospira el senyor Joanet. Tots riuen de la seva queixa.

–Vols que anem a provar si la Quica fornera està sola? –pregunta un dels hereus–. Va renyir amb l'home.

–No, que ja han fet les paus.

Els parers no s'avenen, però en Tomàs aconsella intentar l'exploració. Ell creu que el marit de la Quica se li'n va anar definitivament la setmana passada.

Hi van. La casa és un racó de carrer extrem, desert. El fanal del vigilant pampallugueja qui sap on. En Llibori de l'Om, que té tanta o més impaciència que l'oncle Joanet, és el primer que truca a la porta amb els nusos dels dits. Ningú no respon, però la segona vegada senten grinyolar un porticó. En Tomàs, el més alt de tots els companys, s'encara al balcó amb el braç enlaire; la seva mà oberta mostra els cinc dits que volen significar cinc homes que sol·liciten. Fins que, de sobte, a causa de la insistència en els trucs, s'entreobre el balcó i una veu d'home, la del marit de la Quica fornera, increpa els importuns.

–Fora d'aquí, marrans!... –Però és una veu una mica sigil·losa, com en complicitat, del qui sap què volen de la dona.

Se'n tornen decebuts, però sense gens d'estranyesa.

–Sabeu qui està sola, de debò? –fa en Tomàs, il·luminat per una gran pensada–: la Ramoneta del pas a nivell; té l'home de servei per la via.

Però la caseta del guardabarreres és a dos quilòmetres d'allí, i en Llibori de l'Om se'n desdiu. Un dels hereus ofereix durlos-hi amb el seu cotxe; el té al magatzem, a dues passes de la carretera; ningú no se n'adonarà.

–Em sembla que el millor pensament fóra casar-me! –confesa l'inflamat oncle Joanet, assegut vora al nebot mentre van cap a la caseta del guardabarreres.

–Casar-se? –bramula en Tomàs, encès com si l'oncle hagués proferit una indignitat enorme–. Més li valdria morir-se! Si no m'hagués casat, jo no em veuria aquí, ara no hauria de passar aquesta angúnia rumiant les coses que hauré de dir demà.

Però li cal divertir-se fins al darrer moment, oblidar el corcó que el fibla entre el brogit de les converses i de les rialles. Els ulls del vell s'enriolen així que veu venir la teulada de la Ramoneta. Deixen el cotxe entre les ombres d'uns roures i s'acosten a la caseta posada al peu dels dos solcs paral·lels de la via, polits com una aigua al clar de la lluna.

La dona els rep escabellada i amb les sabates a retaló. Els recomana prudència perquè les criatures dormen:

–Sou massa gent, d'un plegat! –exclama.

En Tomàs li diu una insolència que ella escolta rient; se li repenja al braç, mentre que en aquella hora la Laura, blanca, harmoniosa de línies, es tomba i tomba pel llit, abandonada entre els llençols brodats dels Muntanyola.

Beuen aiguardent a la claror de l'espelma vacil·lant que dibuixa a la paret tot de clapes negres, monstruoses dels homes que seuen en rotlle, famolencs al volt d'aquella massa de carn de dona, poc neta. Organitzen el torn; un dels hereus se'n desdiu, repugnat. En Tomàs també, per molt que hagi insistit per anar a veure la Ramoneta. Comença a sentir els efectes de l'esgotament; s'adona que en totes aquelles hores la seva vida ha estat com projectada en un mirall de dues llunes; que com més intenta divertir-se més profund és el disgust que sent remorejar endins, com el bruel d'un mar invisible. Potser aquells mateixos que ara han vingut saben la veritat que ell no pot saber, que tem haver de saber demà, i ells amb ells riuen del ridícul que el volta com una claror, i el dit de la gent que l'envejava l'assenyalarà. Cal divertir-se, revenjar-se!

En Llibori de l'Om se li acosta a dir-li:

–Ara hi ha entrat el vell.

–I si li féssim una broma? –incita en Tomàs a la colla. Tots s'hi avenen; ho diuen a la dona al punt que va per entrar a la cambra; sols volen espantar el vell, per riure una estona més!...

Els companys ofeguen les rialles amb el puny. De sobte, en Tomàs i en Llibori de l'Om obren la porta d'una revolada i entren a l'alcova amb aire de terror fingit.

–Oncle, surti, que ve el marit de la Ramoneta! Afanyi's! –balbucegen les veus amb fals esglai.

Un gemec espasmòdic, un udol de sofriment. El vell rellisca i cau a terra ferit pel xoc que l'esvaneix. Després, uns planys d'infant malalt, la impossibilitat de reaccionar.

Els quatre amics contemplen consternats aquell cos misèrrim que tremola com un gos emmetzinat. La dona plora en un racó, maleeix la broma dels homes que la pot comprometre; els exigeix que la paguin, que surtin de la casa, que s'emportin el vell.

Se'n tornen a marxa lenta, com si temessin una indiscreció dels arbres de la carretera. Conjuminen solucions per sortir sense responsabilitat del mal pas. S'avenen a dir que, tornant d'una passejada amb cotxe, han trobat l'oncle Joanet malalt en un banc de la plaça de la carretera.

Tot va bé. Al cap d'una hora ja tenen el vell oncle abrigat entre els plecs del domàs del seu gran llit barroc; el metge conjectura versions més o menys fantasioses. I quan les campanes de l'hospital i de Santa Marta assenyalen missa en Tomàs se'n torna a casa, feixuc, corbat, la gola resseca, els ulls roents.

L'alba estantissa de l'hivern esborra els estels i fa més sinistra la grisor de les cases dels vells carrers de Comarquinal. Ell no puja al dormitori; no gosaria pas; se'n va a la cambra de vora el menjador i s'ajeu a l'antic sofà de boga. Potser dormirà un parell d'hores!... No pot; ha menjat, ha begut, ha comès la facècia de l'oncle; les rialles d'aquesta nit han estat les més sonores de tota la seva vida, però el disgust ha anat arrelant. Se sent vençut per la por del ridícul i per l'altra por, la d'haver d'encarar-se amb la Laura i parlar-li amb duresa, resistir la mirada d'ella, freda, serena, clara, que l'acovardeix com si li endevinés els pensaments.

I no sap fer més que arrupir-se al sofà amb un calfred de covardia, que li fa estremir els vuitanta quilos de matèria repartida en el metre amb setanta-cinc de còrpora. I va dient-se, ben alt, com si es volgués excusar en algú:

–No m'ho mereixia.

Nit d'insomni per a la Laura i la Teresa, paroxisme d'angoixa, de desvari. La Laura sent que ha arribat al límit de l'aventura conjugal; obstruïts tots els camins, sols li queda l'evasió per damunt de tots els convencionalismes. Caldrà que la gent acabi de tenir raó. Comarquinal la rebutja per inadaptable, per subversiva a les seves lleis. Ella no ha sabut intentar cap esforç per assimilar-s'hi. Va entrar forastera en aquella gran casa i avui n'és més forastera que mai. No ha pogut complir el jurament d'obediència cega a la voluntat del marit; el seu orgull l'ha oposada a les vel·leïtats justificables d'aquell amo, rígida, exigent. En lloc de valer-se dels punts vulnerables d'ell, si més no per explotar-lo a compte de la pròpia comoditat, com hauria fet una altra dona, va cometre la insensatesa d'intentar una transmutació moral d'en Tomàs amb desig de fer d'aquell marit l'home *seu*, el suport de la seva vida, faltada des de sempre d'una afecció sòlida. Però ja era massa tard quan va adonar-se de la vanitat del propòsit i que aquell home fort, ric, violent, manyac, tenia els peus de fang. Ella, en comptes de resignar-s'hi, d'aprofitar-ne els elements positius, va separar-lo totalment de la seva sol·licitud; no era l'home *seu.* Ara pensa que no li costaria gens d'anar-se'n d'aquella casa, sense greu de no veure mai més aquell home que menysprea i que és el seu marit davant del Nostre Senyor.

En Pere! L'amor! L'amor? I en aquella hora de la nit, enduta entre les nuvolades de la febre, la Laura comprèn que aquest nom s'acompanya d'un interrogant. En Pere, ha estat el seu amor o sols el pretext per a donar eixida a aquell gran deler d'atenció, de companyia, d'il·lusions? I és ara quan en Pere la reclama per a ell, quan li suggereix la possibilitat d'una convivència absoluta, alliberats de la boira i dels somriures de Comarquinal, que li sembla que no ha estat lluny d'en Pere, que no l'abandonà mai en la seva estada a les Aulines, que la va fer ser tan feliç!

És un començ de desil·lusió per al Pere autèntic i provocada per certs detalls d'egoisme imperceptibles, que li va sorprendre en reveure'l; la insistència de la mirada, el vespre del concert, l'excessiva recerca del vestit d'en Pere, aquell nus de corbata, d'home que vol agradar, l'aire de vanitat satisfeta, en seure vora d'ella a la llotja, de cara a l'esbalaïment del públic, els trets fisonòmics, que no s'adeien pas als de l'enamorat després d'una absència, ans bé als del conquistador que gradua ressorts.

De què es refiarà aleshores? Què caldrà fer que valgui la pena d'haver vingut al món, per a no sentir la vida com un descabdellament inútil, de dies sense finalitat? Aprofitar la bella vida que us batega entorn, que sentiu en vosaltres i deixeu escapar com un fum entre els dits inhàbils! Per què, quan més de prop veu en Pere, menys s'assembla al seu Pere de debò, com l'acostament excessiu d'un objecte als ulls, que us el desfoca? Amb quina obligació ocuparà les hores de cada dia, que al vespre li faci esperar amb interès la represa de les hores de demà? Què ha de fer ara, si no té res seu, ningú que li faci costat sense exigències de paga? No sap res ben sabut; no ha après cap ofici, ni tan sols pot anar pel món, mentre que en el seu cor palpita aquell afany d'anar qui sap on de lluny. Deler de reposar, d'acomplir accions interessants, de somriure entre persones amables que no malparlin de ningú; seure en llocs acollidors, sense clarors dures que us facin mal als ulls. Que l'absència de mànegues del vestit no desvetlli les mirades lluents dels homes, que els fan semblar tots boigs, ni l'enverinament d'altres dones, que no sabeu mai si és ben bé indignació o enveja! Respirar aire fresc a qualsevol hora del dia o de la nit; escoltar músiques i agrair l'emoció que us ofereix una gran actriu o una ballarina, sense que ningú us conti a l'orella certs detalls de la seva vida privada que us saben greu com si us llevessin una il·lusió! Anar a veure de prop una verdor d'arbres quan el cor us ho digui i que ningú no senti el goig de mortificar els altres. No veure mai l'espectacle d'aquells poderosos agressius, que tenen raó perquè l'han apresa en uns quants llibres, o la d'aquells altres, que no han obert mai cap llibre i són els qui es fan valer més la raó. Convèncer els dolents que es desdiguin de les malifetes amb paraules simples com a un amic, i donar lliçons de claredat a les ànimes tèrboles...

Ja és cap a l'hora que en Tomàs i els seus amics tornen de la caseta del guardabarreres amb cautela de delinqüents, quan la Laura s'adorm, bressada per les seves fantasies, que no li deixen pensar que ha actuat d'element de desordre dins de la família Muntanyola, que és el tumor que caldria extirpar per a restituir aquella casa al seu lloc natural en l'engranatge del mecanisme perfecte de la vida comarquinalenca.

El desordre va iniciar-se amb la primera indicació que féu la Laura per traslladar, per portar-se'n a la sala del pis el nucli central de la casa que des de tota la vida havia estat al menjador, prop de la cuina i de les cambres dels armaris. Ara la Teresa pensa en el capgirament de mobles, de costums; recorda els primers sorolls insòlits; martells de fusters i paletes, esgarips de piano, munts de vaixella a la cuina, l'espoliació del jardí, passejades, visites, rialles, la presència de la Laura a l'hort i al celler amb joies als dits, amb robes blanques, perfumada, una flor al pit, sense gust per les feines que escauen a tota mestressa de casa que ho és amb dignitat des de tota la vida.

Després, la usurpació d'en Pere, del seu Pere! I en la foscor de la nit es desborda la ira de la Teresa contra la insolència d'aquella sobrevinguda, vestida com una còmica, com una dona de món, només amb ganes d'ensenyar els braços i les espatlles als homes, una morta de fam que ha vingut de Barcelona a malgastar els diners guanyats pels avis, diners que totes les antigues senyores de la família ajudaren a estalviar.

La reclusió a les Aulines no ha servit més que per a afamar la cautela d'aquell home odiós i d'aquella dona perversa. La Teresa prou recorda els somriures de la Laura, el menyspreu amb què acceptava les mortificacions. Què li eren aquelles molèsties de no res, si sabia que, de lluny o de prop, en Pere l'esperava embriagat de desig, que tard o d'hora es reveurien, es recabalarien de les estones d'allunyament? I aquella nit del concert, la complaença d'ella a deixar-se ben mirar l'escot pels ulls golafres d'en Pere! De segur que la confusió per la mort de l'Angelina Terra Negra els facilità avinenteses de veure's aprofitant les distraccions de la família dolorida. La penombra còmplice de Sant Felip Neri, aquells dimonis de capellans forasters encauats allí tot l'any potser ja sabien que ells dos eren al racó amagats, que s'agafaven de les mans. La Ventura va veure com la galta de la Laura era a frec de la galta d'en Pere; ella devia sentir-li l'aspror de la cara, punxosa sempre, per ben afaitats que vagin els homes. I els llavis es trobarien, els llavis prims d'aquella dona repugnant amb els llavis saborosos d'en Pere, del seu Pere!...

Encén el llum sense més ni més. No pot resistir la foscor ni l'horitzontalitat del cos. S'ofegaria! Seu, es desabriga. Ni sent la fredor de la nit de novembre. No pot ser! Ha de separar en Pere d'aquella dona valent-se dels mitjans que calguin. Ho contarà tot a en Tomàs; parlarà amb ella; ho dirà a crits a tothom si la Laura no vol escoltar-la. Cal valer-se de tots els recursos per separar-los, ans no s'ajuntin definitivament, abans que la Laura hagi tingut temps de cometre l'horrible pecat de despullar-se davant d'ell, despullat, de mostrar-li els pocs indrets reservats que queden a les dones que vesteixen a la moderna.

I tan meravellosa serà aquella forastera que valgui per a comparar-se a la forta bellesa d'en Pere? I en Pere, com es comportaria si tot d'una se li presentés ella, la Teresa, nua de cap a peus? Nua de cap a peus! I la roba de nit se li desprèn del cos. La Teresa s'abandona en la pròpia contemplació, a la lluna del mirall. Somriu. Tanmateix, encara no s'ha revellit gens; és la mateixa Teresa de línies sòbries com vint anys enrere, tot just una mica menys ondulada. Només la cara s'ha marcit.

Oh, Pere meu!...

Però, de sobte, veu la imatge de l'escaparata, la Verge Dolorosa, sofrida. Amb un calfred d'horror, la Muntanyola s'abriga amb pressa delirant, com si hagués estat sorpresa per un esguard acusador. Apaga el llum i queda embolicada així, fins al cap, tremolant de por, de ràbia, de fred, de desig...

Amb les primeres livideses de l'alba sent que en Tomàs entra a casa. Li ho dirà tot, però abans cal una conversa definitiva amb la Laura. O que abandoni per sempre en Pere i es resigni a la vida de les dones honestes de la família, o que se'n vagi de casa per sempre, amb ell, i que Déu no els deixi assossegar mai més.

Una claror de cendra enteranyina el Pla; la boira s'immobilitza, aïlla cada casa, cada arbre, cada individu. Fins sembla que la gravetat de les campanes s'encongeixi, que s'enrogalli, sense aire net per a dilatar els anells ondulants del so. És un d'aquells dies sense cel ni distàncies, tan característics de Comarquinal, en què la ciutat sembla que es reculli, s'endormisqui. L'eixordadissa dels telers a les fàbriques i el brunzit de les altres indústries hi desdiuen; el retruny dels camions profana la quietud dels carrers.

La Laura, per no desdir-se, es lleva tard, a l'hora que la Teresa ja ha anat i tornat d'aconsellar-se amb l'onde Llibori i ha fet una visita al pobre oncle Joanet, malalt d'un atac que li agafà, així de sobte, mentre l'home es passejava per la plaça de la carretera en sortir de veure l'assaig dels *Pastorets* a l'Associació de l'Àngel de la Guarda. Sort que la Providència havia permès que coincidissin amb en Tomàs i en Llibori de l'Om, si no, el pobre onde s'hauria mort de fred com un ocell, allí al banc de pedra. La Teresa el deixa a la guarda del seu confessor i de les altres persones bones que no l'abandonaran mai més fins que Nostre Senyor disposi de la seva animeta.

En Tomàs va i ve de l'entrada al jardí, puja a veure els canaris al porxo i els coloms a les golfes, examina les bótes del celler, dina amb la Teresa, sols, perquè la Laura té molt mal de cap i no es vol moure de la cambra. En Tomàs no puja a veure-la; se'n va a prendre cafè i venta un bon cop de porta que fa caure la ferradura de la sort. La Teresa entra a la cuina a tapar uns pots de confitura. Després, amb les mans netes, puja escales amunt...

Aquell trepig mesurat ja prediu a la Laura que ve a dur-li la solució. A través de la grisalla de la feblesa encara té prou esma per a somriure, agraïda, quan la cunyada compareix, més terrosa i eixuta que mai. Els dits li formen tot d'angles quan volta la clau; mira la barcelonina amb ulls envidriats i el cor bategant amb tanta violència que la veu li tremola, cavernosa, però no gens agressiva quan parla:

–Només vull una cosa de tu i prou: que em diguis la veritat.

Les paraules arriben una mica esborrades a l'orella de la Laura, com si vinguessin de qui-sap-lo lluny. Cert que preferiria dormir o morir-se o pensar coses agradables o escoltar l'*andante* de la sisena, o rellegir la invocació a l'ànima de Malherbe, que el pare li recitava quan havia begut xampany i de la qual ha oblidat una estrofa. Però ha de respondre a la vana pregunta d'aquella dona estranya, que només sap comptar diners i apedaçar roba innecessària.

–Dir la veritat? –repeteix, sorpresa–. Si és més senzill que dir mentides!

–Quants dies fa que no has vist en Pere?

En Pere? Un home bo i dolent, simple i complicat, que perquè us estima ja exigeix, i el dia que no us estiméssiu li descobriríeu tot de fallides i de tares, com a l'altra gent.

–En Pere? Ahir se'm va asseure al costat als Felipons.

La Teresa es desorienta una mica, però reprèn:

–Devies veure que la Ventura de ca l'oncle us mirava. És per això que te'n vas anar al llit d'espantada que estaves.

–Ens espiava, aquella trista dona? Si no m'espanta! Ens hauria pogut veure tothom.

–Us estàveu al racó més fosc, i la galta d'en Pere et fregava la cara. També ho hauria pogut veure tothom.

–Déu ja sap que me'n vaig separar de seguida.

–Però t'agradava?

–Això sí!

–I on us veieu més?

–Enlloc.

Tant de bo pogués dir-ho sempre! Deixar de veure'l sense sofrir; que Nostre Senyor li concedís la gràcia d'alliberar-la d'aquell influx que l'atrau a en Pere, per poder riure i cantar com abans i veure les glorioses postes de novembre des de Vallvidrera o entre les verdors de Montjuïc.

–I tu... no tens res a veure amb ell... vull dir, intimitats?...

Intimitats amb en Pere! Fet i fet com les intimitats amb en Tomàs, que no és pas el repòs a la vora d'algú no gens egoista i que us entengués les raons que no podeu dir amb gaires paraules, aquell que us acluqués els ulls amb mà pacífica, que us esvairia de seguida la roentor del front.

La Teresa repeteix, amb terror per si ho ha endevinat:

–Hi tens res a veure?

–No... encara.

–Encara? Així véns a dir-me que serà un dia o altre, que en la teva voluntat ja ets la seva amigada.

Com per miracle es fon la llangor de la Laura. L'insult li torna la claredat. S'aixeca per respondre més de prop, directa.

–Ets maligna, Teresa!

–Seré allò que tu vulguis que sigui –declara la Muntanyola en to submís– sols que em prometis, que em juris una cosa: no veure mai més en Pere; que l'esquivaràs.

–No ho juraré, ni tan sols no puc assegurar-ho perquè no ho compliria. Si ja no tinc ningú més!

La Teresa, submisa, es transforma en una dona agressiva:

–No ho vols perquè et penses que enganyaràs el meu germà i a mi. Però tot Comarquinal ja sap la teva vergonya. Em respons amb astúcia perquè jo no t'entengui, perquè no vols deixar en Pere, perquè no en tens prou amb un home; en necessites un parell o Déu sap quants. Justament t'ha fet goig ell! I en Pere no serà per a tu –clama la veu furiosa–, perquè te l'arrencaré de les mans a mossegades. Mal hagués de condemnar-m'hi, no te'n gaudiràs. No ha de ser ni per a tu ni per a mi; no deixaré que me'l prenguis.

–Que *te'l* prengui? –repeteix la Laura obrint molt els ulls–. És que...

–És meu des de tota la vida. Ell no ho sabrà mai perquè no sóc prou jove ni bonica de la cara com tu, i perquè sóc massa decent. Però tu, que tens de tot sense haver-t'ho guanyat, me l'havies de prendre per besar-li els llavis i per tenir-lo tot ell, de cap a peus? –Un tremolor convuls la interromp; s'acosta més amb les mans afuades com urpes. La Laura defuig l'agressió, espantada, repugnada.

–Què vols de mi? No te m'acostis, que em sembles un dimoni de l'infern.

La Teresa comença a riure amb un rogall d'alcohòlic, la boca resseca.

–Ja ho sóc; si tu m'hi has fet tornar!, si faràs condemnar-me! Però tant me fa, sols que en Pere no sigui per a tu. No et vindrà d'un; prou que en trobaràs d'altres, d'homes! Mira, escolta'm –i reacciona en una aparença de serenor; li parla amb modulacions conciliadores–. Busca't el que més t'agradi i jo faré callar tothom; ni en Tomàs no en sabrà res; et guardaré el secret, tant si en vols un com si fossin deu. Però deixa estar en Pere; no me'l prenguis, Laura!, Laura, si sabessis!... –i un sanglot la venç, la fa aturar, ennegrida, horrible–. De petit ja se'm penjava al coll; fins de gran i tot em besava! No n'he estimat cap més; m'he conformat amb tot; sabia que no fóra mai per a mi! Però te li has presentat tu, bonica, jove, casada; i no ha de ser per tu; abans jo et faria malbé la cara, t'escanyaria.

–I és per això que m'has fet tot el mal? –la increpa la Laura, endurida–. No era el bon nom de la casa vostra que planyies, tot i saber prou que jo no l'hauria posat mai en ridícul. Era per aquesta misèria teva, que m'has bescantat i has fet que el meu marit m'acabés d'avorrir i faràs que em llancin d'aquest poble com una empestada. Però, ara, tothom, fins en Pere, sabran que ell t'agrada, a tu!... un xicot que et pot ser fill: tu!, l'escrupolosa Teresa, que pertot veu males intencions!

–L'escrupolosa Teresa! –repeteix la cunyada–. No he tingut més remei que ser-ho, i fins a l'hora de la mort ho hauria estat si no haguessis vingut. Tu en tens la culpa, forastera!, barcelonina afamada que t'has aprofitat dels diners del marit per a fer pecar de pensament els altres homes, perquè ets blanca i bonica i creus que tot se't pot perdonar, fins no tenir vergonya. Però jo, si sabessis!; també sóc blanca i fina; en el meu cos no hi ha ni una arruga enlloc. Si en Pere em veiés nua, amb la cara tapada, no em coneixeria. Però no m'ha pas de veure; fins a morir em consumiré en aquest foc que Déu m'ha imposat com a prova. Però sols que tu no t'aprofitis d'ell, me n'acontentaré. Escolta!, seràs la mestressa; et serviré tota la vida. Té, si vols les claus!; aquesta és del calaix de la plata; aquesta és de l'escriptori del pare, de la caixeta dels valors. Té!... –i les hi allarga amb l'esforç d'abandó de qui lliura la darrera defensa.

Però la Laura refusa, s'empara darrere els mobles.

–Anar-me'n, voldria, per no veure't més, ni veure ningú de vosaltres.

–Pren les claus; sigues mestressa!

–No vull res de tu, santa que només penses en els homes; tapada fins al coll per ganes que et vegin nua.

La Teresa no s'ofèn gens, implora:

–Deixa estar en Pere i faré tot el que em manaràs; t'ho dissimularé tot, tria't l'home que vulguis i t'asseguro que en Tomàs no ho sabrà mai.

La Laura s'exaspera més:

–Però, què hi veus, en el món, i com et figures que sóc jo? Guarda't tots aquests homes que em proposes; no en necessito cap. Què hi tens, a la consciència?

–I què hi tens tu, que deixes la casa del teu marit per anar a amagar-te per les fonts o per les esglésies fosques amb un estrany? Deixa'l estar i no me'n recordaré més. Digues: el deixaràs? Series mestressa de tot...

És en va que la Laura parli; a l'enteniment d'aquella dona frenètica, només cap la imatge d'un home que es projecta a qualsevol indret on fixi els ulls o el pensament. Insisteix:

–El deixaràs?... No surtis, ara; no te'n vagis; respon!

Però la Laura ha tingut temps d'obrir la porta, se'n va avall de l'escala, topa amb en Tomàs al menjador.

I és que en aquella hora decisiva ha augmentat l'encongiment a l'amo Muntanyola per la por d'haver de sostenir un altercat amb la seva dona. Des de tota la tarda que entra i surt, puja i baixa amb inquietud, covardia d'alguns homes amb fama de valents. En dues hores ha adobat el morrió del gos, s'ha netejat la pipa, ha comptat els coloms a les golfes, ha donat corda al rellotge i, a darrera hora, mentre les dones discutien a la sala, s'ha entretingut a la cuina en una operació molt curiosa i practicada aquell temps pels aficionats a la cria de canaris: cremar els ulls d'aquelles bestioles amb una agulla roent, per al bon fi que cantin amb més dolcesa, enyorats de la llum del cel.

En veure entrar la Laura tan de sobte, pàl·lida i tremolosa, en Tomàs s'espanta una mica; prova de fer una mitja rialla.

–Què et passa? –li pregunta en veure-la que vacil·la–. Jo no escoltava!; justament era a la cuina... –I li explica amb simplicitat l'enginy de què s'ha valgut per a afinar la puresa de refiladissa del canari més ben dotat de tot el Pla, que és seu com totes les coses bones de Comarquinal.

El té allí, damunt l'escalfapanxes. La Laura segueix d'esma la indicació del dit que assenyala la gàbia. En un racó, contra la reixa, veu l'ocell arrupit; el cap sota l'ala li posa al descobert entre les plomes una mica de coll impossible de tan prim. El somou un panteix molt lleu. I la Laura ja no veu res més perquè s'acaba d'esvanir entre els braços de l'home.

–Què li passa? –interroga a la Teresa, que entra, encarcarada com una divinitat justiciera.

–Passa que ella o jo hem de sortir d'aquesta casa. Si tu tens tan poca energia que no sàpigues imposar-te, jo no vull més a prop meu una mala dona com ella.

La Teresa es veu en la necessitat de dir això per començar a defensar-se abans que la Laura pugui retreure-li la imprudent confessió. És el moment de la lluita més compromès per a ella; li cal salvar el prestigi guanyat amb tant d'esforç. Ella, la germana sotmesa tota la vida al capritx de l'hereu, tot d'una es dreça en propugnadora de càstig, refiada en el predomini que manté per damunt el germà i que no ha fet valer mai.

En Tomàs, feble a l'hora de demostrar la força, queda pres en la voluntat d'aquella dona que sempre ha tingut raó, la qual l'inculpa de falta de coratge, veritat que irrita el covard i el transforma en agressiu.

–És cert tot allò d'en Pere? –interroga amb un començ de vermellor a la cara.

–Pregunta-ho a qualsevol que trobis; tothom els ha vistos junts i amagats.

La Laura, a través de l'emboirament del sobrecor, recull el sentit del diàleg, com si les paraules fulguressin dotades d'una vida pròpia, sense cap relació amb qui les ha proferides. I voldria alliberar-se d'aquella lassitud que li dificulta l'embranzida amb què s'encarà als enemics per confondre'ls en l'avergonyiment, i la seva paraula sonarà poderosa com la crida que rebaté front en terra la gent acampada entorn del Sinaí voltat de flames divines. Revenjar-se del mal que li han fet, i que ara no sap pas quin mal és ni què dirà...

Fins que, de sobte, obre els ulls. Ni embranzida, ni clamadissa llampegant, ni Sinaí terrorífic; només ella, abandonada al menyspreu de tots. Veu la Teresa al seu costat, justiciera, desafiadora; a l'altre costat en Tomàs, a punt de no voler passar per covard, a punt d'imposar els seus drets de marit ofès, de tenir raó. Veu damunt la lleixa de l'escalfapanxes la gàbia amb l'ocell «preparat» per a optar a un concurs de refilets. S'hi acosta una mica; la bestiola fa com si volgués mirar i no gosa; mou poc o molt les ales en un començament de vol; dues nafres minúscules li omplen la cavitat dels ulls innocents.

La Laura ja no ho vol veure més, i amb les mans aturades al rostre com per interdir-se l'espectacle d'aquell sofriment, esclata en un plor delirant per l'ocell, per totes les malifetes del món i per la seva vida miserable. En Tomàs i la Teresa avancen una passa, però ella els rebutja, s'arracona a la paret, s'estreny de braços al cos:

–No em toqueu, gent horrible. Déu us ha de castigar.

–Les maldats són el que Déu castiga –objecta la Teresa, impassible com una santa Teresa d'altar.

–Vull anar-me'n; no veure-us més; no veure la boira ni aquesta casa podrida de males accions.

–Aquesta casa que t'ha tret la misèria del damunt, la fam de la boca –respon en Tomàs, podent desempallegar-se, a la fi, de la maror que li braola consciència endins.

–Tu vares venir a buscar-me!

–No vas pas fer-t'ho dir dues vegades per venir-hi –insisteix l'home amb agressivitat irònica–. Ja tenia raó l'oncle Joanet; els barcelonins teniu les dents tan esmolades, que allí on hi ha menjar segur us hi aboqueu de cap.

–Vull anar-me'n –reprèn la Laura–; no sentir més aquestes males llengües; ignorants!

–Per saber el que us ensenyen a Barcelona, prefereixo no ser sàvia a la teva manera –objecta la Teresa.

–I ets tu qui gosa parlar així? –pregunta la Laura mirant de fit a fit la cunyada–, santa entremig de sants de l'infern! Prou saps el que puc dir-te...

–Què pots dir-me? –interroga la Teresa amb tot de sécs al front, de severa indignació–. Una dona com tu, qui l'ha de creure?

I la Laura va per parlar, però s'adona que en el fons dels ulls de la Muntanyola frisa el terror, l'esglai, la migradesa de tota la seva vida eixorca, abandonada de tothom, emmotllada a gust del convencionalisme formal i de la rutina de les àvies, de les ties, de la mare, del confessor de monges. La Laura té un moment de vacil·lació, de pietat a la dona torturada per un amor impossible. I és en aquell moment de vacil·lació que en

Tomàs interroga de cara a les dues dones:

–És cert que en Pere i tu sou amigats? –pregunta que esgarrifa la Laura. Aleshores torna a mirar la germana; i ella, malgrat el terror i l'esglai, es recalça en la pròpia migradesa per respondre:

–Tot Comarquinal ho ha vist.

Prou que llavors la Laura es defensaria, descobriria la terbolesa de la cunyada; però el fred i el tremolor se li apoderen de les mans i les cames, li fa balbucejar mots indestriables. Queda, així, confusa, inerme davant dels dos germans drets, justiciers, carregats de raó. Ells només entenen que diu:

–Oh!, anar-me'n...

En Tomàs s'avança molt solemne, obre la porta que separa la del cancell; d'allí estant li diu:

–Vés!: no podran tornar a dir que et teníem tancada per força. Vés!...

La Laura s'acosta a la porta, d'esma.

–Surts de casa nostra pel teu gust; no podràs dir mai que te n'hàgim tret –diu encara la Teresa per quedar bé, a punt de somriure, com si acomiadés una visita.

–Vés...

Trepitja les llosanes del carrer i es tomba de seguida. La porta ja és tancada. Heus ací la llibertat! Cal anar-se'n, però els ulls dels veïns de segur que la sotgen, que li aniran a l'encalç fins qui sap on! Es prem el front per coordinar la dispersió de les idees. Giravolta enmig del tumult eixordada per una simfonia monstruosa. Anar enllà, cap a Barcelona, fugir de la claror sòrdida d'aquests fanals difusa entre la boira del capvespre!

Les persones de bé que comencen a sortir de les cases per reunir-se a les tertúlies d'abans de l'hora del mes de les ànimes veuen passar la mestressa de Muntanyola; els costa de reconèixer-la en aquella dona vestida de fosc, no gens abrigada, que camina fregant les parets com un gos que vol amagar-se, feixuga per l'enorme càrrega de l'alliberament, empesa per una sensació de buit que li fa creure que ella no és ben bé ella, sinó que va a costat d'una altra dona que regula les passes amb les seves, duta pel frenesí de la fugida, sense terme. Fugir!...

–On va, Laura?, que no es troba bé? –la veu coneguda, clara i sincera, que diu la veritat, la veu de mossèn Joan Serra, que travessa la plaça de la Catedral. La Laura es recalca a la paret, per no caure, ara que ha trobat suport.

–Me n'he anat de casa... –mormola–. Vostè que entén les veritats de debò... si sabés què han fet... què m'han dit... No hi tornaré més.

L'alteració d'aquella persona dificulta la conversa allí a la cantonada. Mossèn Joan la fa entrar en una cambra recollida, a la biblioteca del palau episcopal. Passada la crisi de llàgrimes que el to pacificador del sacerdot ha provocat, la Laura li explica l'estada a les Aulines, el terror de sortir de casa els darrers dies, el retraïment de les amistats, les fetes d'avui, la confessió de la Teresa, el martiri de l'ocell.

–Que siguin possibles totes aquestes misèries, Déu meu! –es plany el sacerdot–. Tot això d'avui és la conseqüència de l'error d'un dia, un moment d'oblit del seu deure, Laura. I el pitjor és que no podem culpar ningú d'ells. Tant el meu nebot com vostè han donat motius sobrers perquè la gent, maliciosa de natural, endevinés el que vosaltres no dissimulàveu.

–Me'n tornaré amb la meva família; no vull veure ningú més d'aquesta família d'hipòcrites.

–Ja en parlarem amb calma. Prou sé que és difícil frenar les llengües. I no és que la gent d'aquí sigui pitjor que l'altra; la repressió ens fa com un llevat d'hipocresia i ens fa ser més amables i dissimulats. Ens ve d'aquest fons de sexualisme mal reprimit...

–Vostè no, vostè és l'únic...

–No exageri, Laura; prou em va costar d'adonarme'n!; però Nostre Senyor m'ha ajudat sempre, com hauria ajudat a vostè si no se n'hagués separat d'una manera tan censurable. A Comarquinal hi ha moltes persones discretes. Un dels primers nuclis intel·lectuals que es van formar a Catalunya era de gent d'aquí! És clar que això no ho saben ni les Vilelles ni la seva amiga Torroella, totes aquestes burgeses carregades d'unces, bones només per a fer rodona entorn del braser i malparlar.

–Tants sants pertot arreu!

–Què saben ells, ni vostè, Laura, dels nostres sants? Sortosament tenen un prestigi prou ben guanyat; teòlegs il·lustres, místics autèntics, que no es dedicaven a administrar el capital de certes vídues porugues, com alguns dels meus companys de sacerdoci. El mal ve dels qui volen semblar mig sants; pels convents hi són a vessar. Hem tingut confessors de magnats i repartidors de miracles casolans, que escampen la superstició i el descrèdit.

–Però jo no vull saber res més ni dels bons ni dels dolents –insisteix la Laura–. Me'n tornaré.

–I on vol anar, així, sense saber res del món? Tornar amb la seva família, que en dos anys ha après de no ser-li família. Com s'hi encabirà? No saben ni podran creure la seva veritat!

–Treballaré, lliure...

–De quin ofici, si el seu pare no va ensenyar-li de res més que de sofrir i cantar una mica, per al goig de les persones que li siguin a prop?

Les llàgrimes tornen als ulls de la Laura, acovardida, desolada.

–Dies ha que volia veure-la. Si sabés les converses que hem

tingut amb el pare Comerma, per tornar-la a la serenitat d'abans! Fins ja havíem conjuminat tot un pla; però de sobte es va saber que vostè i aquell xicot destarotat es veien cap allí al Pas del Rieral; tothom ha comentat allò del concert al casino. No vaig poder prosseguir el meu intent.

–Veu com he d'anar-me'n? On em quedaria?

–Ara sortirem d'aquí, perquè no em fio de la simplicitat de cor d'aquests minyons que passen i repassen i repassen per davant de la porta. Vostè s'esperarà en alguna banda de la seva confiança, i jo aniré a veure el pare Comerma a Sant Felip. Ell en parlarà amb en Tomàs i amb la seva cunyada; potser els dirà la veritat del que vostè no ha pogut. No dic d'anar-hi jo mateix, perquè no fóra prudent com a part massa interessada. Tampoc no crec que en Tomàs s'entossudeixi a no escoltar les raons justes. Si el pare Comerma no en sortís, ja ens valdríem d'altres persones més influents, d'aquelles que vostè no coneix però que la coneixen molt. Fins el mateix senyor Bisbe s'hi posaria; ell ja recorda bé qui és la Laura de Muntanyola. Qualsevol camí és bo ans que anar-se'n de casa; perquè, malgrat tot, la casa d'en Tomàs és la seva llar natural. La muller no abandona mai el marit; passi el que passi, només Déu pot trencar la cadena amb què s'han lligat voluntàriament.

–Però la Teresa, el que m'ha dit!, la gelosia que em té! És maligna.

–Pobra Teresa! I no comprèn la tragèdia de la seva vida? Per a un enteniment de poc abast com el d'ella, no hi havia altre camí que comportar-se com ha fet; necessitava passar per damunt de tot, de la veritat, de la raó, perquè no valgués allò que li havia confessat abans. Hi ha persones que en lloc d'arrencar la rel del mal hi tiren terra al damunt i s'acluquen d'ulls; quan no veuen res, creuen que no són vistes. Prou càstig té en ella mateixa i potser no el mereix.

–I si en Tomàs no vol escoltar-lo?

–Ens valdrem d'aquells altres mitjans que deia. Vostè s'esperaria els dies que calguessin en un lloc tranquil.

–Ningú no em voldrà –insisteix la Laura–. No gosaria demanar aquesta mena de favor a ningú d'aquí.

Mossèn Joan somriu:

–Si no hauria de demanar res, criatura! Al més petit senyal del senyor Bisbe, les portes de les cases més senyores i més religioses se li obririen per rebre-la a mans besades els dies que ens convingués. Una darrera cosa vull saber: parli'm d'en Pere.

–L'he estimat molt, i no em sap greu.

–Abans? I ara?

–Encara l'estimo.

–Això vol dir que no tant.

–No tant perquè el Pere de debò no és ben bé el Pere que jo creia.

–I si ho hagués estat, ¿vostè hauria pogut ser allò de què els altres la culpen?

–Em fa l'efecte que sí. Però de segur que el Pere que volia no pot ser enlloc. Nostre Senyor ja m'hauria donat resistència.

–I ara, què? –interroga el sacerdot, al punt de sortir.

–No el veuré mai més.

–Sense greu?

–Amb molt de greu; perquè és bo i perquè ell m'ha entès en unes coses com ningú més del món.

Surten a poc a poc. La Laura ja sent fred, s'adona que va vestida d'una manera impròpia d'anar pel carrer. La senyora de Torroella i una amiga pugen els graons de la Catedral amb altres senyores. Una diu que està preocupada pel fet que el seu hereu puja una mica distret i no gaire entenedor dels llibres d'estudi, mentre que el fadristern, d'un cop d'ull, sap el contingut de les disciplines escolars i la mare dolorida no ho pot entendre; justament l'hereu!, aquell noi tan ros, tan senyor, amb uns ulls com estrelles! Ell, menys intel·ligent, tal com li ha deixat entreveure mossèn Civera, el director? Home insolent!

–Faci com el papà –orienta la senyora de Torroella–. A casa també ens passava. Cada tres mesos, no deixi anar el petit a escola tota una mesada; així el gran tindrà temps de posar-se a ratlla.

–Sí que és una bona pensada –observa la dama–; però em fa por que el petit, sol a casa, s'espavilarà!

–Tanqui-li tots els llibres i paperots. No seran els primers a fer-ho. Per això som els pares...

S'interromp per tal com veu mossèn Joan Serra i la Laura que travessen la placeta.

–On aniran aquest parell? –fa l'amiga–. Mira com va vestida la mestressa de cal *Calçot.*

La vídua del notari no pot retornar de la sorpresa.

–Ja ho he dit sempre, que mossèn Ferro Vell els feia de tapadora. De segur que passen coses estranyes. Me'n vaig a avisar la Teresa. Només em sap greu perquè avui faltaré al novenari.

Deixa l'amiga i se'n va a casa dels Muntanyola, amb l'autoritat que li dóna ésser íntima de la família.

Mossèn Joan i la Laura se'n van cap a les escales dels Trinitaris, com si ella ja tornés a casa. Diu que prefereix esperar-se al pis del senyor Llibori Terra Negra fins que vagin a buscar-la. Mal per mal, prefereix algú de la família més que no gent estranya, la qual caldria posar en antecedents.

Justament se n'anava el senyor Llibori, amb la corbata de seda i el barret, malgrat ésser dia de feina. Però en consideració a la neboda torna a pujar el tros d'escala que havia baixat. Ni la negligència desavesada en ella, ni l'alteració del rostre, no semblen cridar-li l'atenció, tot i haver-ho vist perfectament. La Ventura els obre la porta, i per cert que és la darrera vegada, puix que demà al matí es trasllada a una pensió de monges, vist que, amb la mort de la filla de la casa, la seva presència allí sols podria incitar murmuris per allò de viure ella, soltera i sense família, amb un pare i fill sols a la casa. Entren a la mica de despatx, flairós de romàtic. El senyor Llibori no troba prou bones paraules per a aturar les llàgrimes de la neboda.

–Anar-te'n així, de casa; filla! I si la gent ho sabés?

–No volien pas cap altra cosa, ells –es plany la Laura.

–No diguis aquest pecat; jo sé prou quines eren les intencions de la pobra Teresa! És que tu no la comprens bé. I, posats a dir-ho tot, has abusat una mica massa d'aquella casa.

La Laura no pot entretenir-se en detalls gaire subtils que ell no entendria i perquè arrisca de ferir la susceptibilitat de l'oncle, com a bon comarquinalenc. A més, comprèn que ell fa el desentès; que la deixaria enraonar tot el vespre sense suggerirli cap solució. És l'home llisquent que es neutralitza per por de comprometre's. La Laura plora i plora per primera vegada davant d'aquell home.

–Però, què hi havia de cert, en tot allò d'en Pere de cal Notari? –interroga ell, amb aire de candidesa–. Tothom diu el que li sembla, encara que jo no n'he cregut mai res.

La Laura parla de les visites de l'advocat, de la distracció, de l'abandó, de la falta de companyia del marit, de les afinitats de gust i de sentiments entre ella i en Pere. No esmenta gens la Teresa.

–Ja ho vaig dir, que eren les males arts de la Torroella, perquè no va poder atrapar ni en Tomàs ni en Pere per a les seves filles. Ara, que en Tomàs va fer molt mal fet de deixar-te tan sola amb aquell xicot, i tu també tens una bona part de culpa. No m'estranyaria que en Pere s'hagués encantat de les teves gràcies, perquè t'ho vals; i amb els vestits que portes sempre, que jo no hauria permès en el lloc del teu marit, n'hi havia per a fer tornar boig qualsevol home.

La Laura comença a sentir el pes i la cremor de la mà de l'oncle, aturada amb insistència damunt la seva espatlla. Fa un gest per desprendre-se'n; la mà s'enretira, però al cap d'uns quants segons l'altra mà se li fixa al començament del braç.

–Adob!: bé n'hi haurem de trobar!, perquè tu no pots pas anar sola i perduda pel món, Laureta! –prossegueix la veu entendrida de l'oncle–. Fóra un greu que una noia com tu, que ho mereixes tot, digna d'un altre marit, perquè ell no sap pas quin tresor té, comencessis a ensopegar i anar fent capgirells en un Barcelona ple de trencacolls, només perquè hagis caigut en una debilitat que tots podem tenir.

La Laura mira la vermellor de cara de l'oncle i les flametes dels ulls apagades darrere la verdor de les ulleres.

–Gràcies a Déu, no he tingut cap debilitat! –objecta sense gens més de ganes de plorar ni de prosseguir la confidència.

–Si no t'hi has trobat, t'hi pots trobar qualsevol dia; ens hi podem trobar tots –fa el senyor Terra Negra, una mica nerviós–. Després de l'exemple que m'ha estat la mort de la meva Angelina, ja ho crec tot possible en aquest món.

Comença a ploriquejar, i aleshores recalca tot el braç a l'espatlla de la neboda, per necessitat de consol.

–Pobra filla del meu cor! Un mes i mig que és al cel! D'aleshores ençà no semblo el mateix, trobo que em falta algú que m'entengui, vaig com perdut. –I la Laura sent les primeres punxes de la barbeta de l'oncle que li freguen el coll.– Creu-me: des d'aleshores tinc llàstima de tothom, i tu me'n fas molta, Laureta!; i d'ençà que m'has contat això, t'estimo molt... molt, i vull ajudar-te, perquè ets bona!... i bonica... perquè com tu no he vist mai cap noia; i si ets bona minyona, cap dona no se't podrà comparar, a Comarquinal, perquè t'ho mereixes tot. En

Tomàs no sap qui ets!; i jo et duc clavada a l'enteniment. Perquè no sóc tan vell com et penses, i encara faria totes les bogeries d'un jove, Laura; si ets bona minyona, i ho seràs; perquè no voldràs que m'acabi de tornar boig. El que ha passat a un, li pot passar a... un altre... Laura...

La Laura ha començat a tremolar; no vol creure la sospita horrible i no gosa moure's presa d'esglai; però sent el manyoc espinós de la barba del vell que li puja pel coll, li arriba a la galta i al llavi; una mà se li acosta.

I, com altres vegades, la Laura clama:

–Déu meu, ajudeu-me!... –I d'una empenta aboca el vell contra l'escriptori.

–Què et passa? –li pregunta l'oncle, intentant dissimular el canvi del rostre desfigurat.

–Què vol de mi?; què es proposa? Vostè i tot? –s'esgarrifa la Laura, tornant de sobte a l'alteració que mossèn Joan Serra havia assossegat–. Què volia, hipòcrita, home repugnant?

El vell es torna a lloc les ulleres verdes, guardadores de les flames dels ulls, i amb veu encara no prou ben ferma es queixa:

–Què et figuraves, mal pensada?

–I això que m'ha dit, ara? –crida ella.

–Què? No m'has entès. Si amb tothom fas així, et planyo, desgraciada. Vés; surt de casa meva!

Ja no és un crit, és un xiscle d'horror que profereix la Laura, un aliret exasperat. Ni veu la Ventura que la mira com fuig cap a l'escala, cap a la boira del carrer.

–Què li passa? –pregunta la mitja senyora a l'amo Terra Negra, consternat.

–Desgràcies de famílies. Aquesta pobra noia ens donarà molts disgustos; i no m'estranyaria que acabés malament del cap.

La Laura s'atura al mig del carrer; no sap on anar, on amagar-se, sense record dels consells de mossèn Joan. De bon grat es banyaria en una aigua ben temperada per esvair aquella sensació d'horror que l'estremeix, com si el contacte de les mans obscenes de l'oncle li hagués deixat la certitud del contagi d'alguna malura repugnant, visible als ulls de la gent que li passa pel costat.

Reposar, dormir, aclucada d'ulls, no pensar res, com si fos morta! Ésser a casa, no sentir cap trepig. Contar-ho tot a en Tomàs, ben a poc a poc perquè ho entengui bé, dir-li quina és, de debò, la consciència de l'oncle; que en Tomàs la defensi perquè li és el marit i té dret a reconquistar-la, a protegir-la.

Tornar!, cal tornar a casa de seguida, sotmetre's a totes les restriccions, a totes les servituds.

I ja hi torna. Va per la Rambla, tomba per la colzada dels Trinitaris, passa el portal dels Muntanyola. Truca com una forastera, panteixant, els polsos colpejats per un martelleig atordidor que l'eixorda.

Compareix la Teresa, amb el somriure de la indiferència.

–Tornar? –interroga, meravellosament sorpresa. Es decanta a mirar endins de la casa.

–Ja ho sents, Tomàs; diu que vol tornar!

La Laura es reclina de front a la pedra de la barana, freda, amorosida de l'ardentor dels polsos.

–No vull pas anar-me'n –balbuceja–. No me n'he volgut anar mai!

Surt en Tomàs, enèrgic com un home valent, els punys enlaire a la manera d'un heroi. Darrere seu treuen el cap la cuinera i, al fons de tot, la senyora de Torroella, amb el caritatiu propòsit d'intervenir per a un cas d'alguna violència del marit, ofès amb tanta raó.

–Te n'has anat de casa pel teu gust. Però ara sóc jo qui et treu de casa –fulmina l'amo, gairebé feréstec

–Oh, Tomàs! On aniria si no tinc ningú? Si sabessis... l'oncle...

–Torna amb la gent de cal Notari! És amb ells que t'has d'entendre.

–Si en Pere no la vol, mossèn *Ferro Vell* ja li trobarà *acomodo* –destil·la la germana.

–Me n'he d'anar? –pregunta dues vegades seguides la Laura, com per fer-se'n ben bé càrrec. El llum del portal li encén les clarors del brillant de l'anell, que no s'havia tret mai. El retira del dit, a poc a poc, sense cap queixa, i l'allarga a en Tomàs. Un cop de mà que hi venta l'home el fa caure a terra. La Teresa s'ajup molt lleugera a collir-lo, i se'l passa triomfant al dit.

La Laura fa lliscar la mirada pel muntant de la porta, cap endins, allí on hi deu haver el menjador i l'escala que duu al dormitori, al tocador, a la sala, a la vitrina de les porcellanes i els ventalls, al canapè, al llum de color de mel. Mira amb ulls de comiat el graó que servia a les antigues mestresses de Muntanyola per a cavalcar les mules, la volta de pedra amb el nom de l'amo esculpit en la dovella central, uns brins d'herba que creixen entre l'esquerda de dues llosanes de l'entrada...

–Perduda! –invectiva la Teresa, que és l'última d'entrar a dins. I el cop de porta retruny per sota la volta sonora.

És un cop de porta tan encertat, que esborra com per miracle tota mena de dolor en la Laura; ni mal de cap ni feblesa de cames ni nàusees en pensar en la barbeta punxosa de l'oncle Llibori. És un silenci total, com si s'hagués submergit en una aigua morta. Fred i silenci; el mecanisme mental com aturat; li queda un sol pensament, fix, clar com una pupil·la de far: en Pere!

Travessa la plaça de biaix, en aquella hora en què les persones distingides surten a passejar per sota les arcades. Tothom la veu com passa amb un vestit impropi, els cabells a l'aire, sense guants, els braços caiguts com els miserables. És tan insòlita la seva actitud, que obliga a sortir de la botiga una de les

Noies, les cotillaires del maniquí decent, per seguir-la un tros i veure on va.

La sospita se li confirma amb un calfred de santa indignació, quan s'adona que la mestressa de Muntanyola puja l'escala del despatx de l'advocat, a fora d'hora de visites, sense amargar-se'n, senzillament com si entrés a casa seva o a l'església.

Si la *Noia* gosés, faria el senyal de la Creu. Se'n torna esgarrifada a contar-ho a les clientes. Demà totes les tertúlies comentaran, vora el braser, la procacitat de la senyora de Muntanyola.

En Pere s'acosta a rebre la Laura, pàl·lid de la impressió. Acomiada tothom de la casa; tanca la porta de l'estudi. Ella se li repenja de braços al coll.

–Anem? –comença amb simplicitat, com si parlés en un somni.

–On hem d'anar? –fa en Pere, no sabent-se avenir d'aquell abandó.

Allí on vulgui; me n'he anat de casa; hi he tornat i ells me n'han tret. L'oncle Llibori també, perquè volia de mi... no sé pas quina cosa horrible.

–I és per això que ha vingut? –diu ell, reprimint l'impuls d'apoderar-se d'aquella dona que s'ofereix amb tanta simplicitat. La fa seure vora el foc, li acosta als llavis un vi daurat i suau, li passa el mocador pel front, li fa posar les mans balbes en l'escalf de les seves.

–I només per això ha vingut? –es plany ell–, perquè ningú no la vol? Sols de pensar que una hora o altra potser vindria com ara, em feia tant trasbals com si em posés malalt. Però volia que vingués per voluntat seva, no per força.

–Ja hi vinc.

–No, Laura. Si es veiés al mirall, s'adonaria que no és així com es va a veure l'enamorat. En lloc d'il·lusió, els seus ulls li traeixen l'espant que li ha donat tota aquella gent. No me n'he d'aprofitar pas!

–Vostè i tot em rebutja!

–Oh, Laura meva! –I s'acosta més a la dona, mig agellonat.– Si sabés com he viscut tots aquests dies, amb la il·lusió que potser la veuria entrar per aquella porta! Però sóc més exigent. –Comença a besar-li les mans amb una delicadesa com ella no hi era gens avesada d'en Tomàs.– La vull per a mi sol, voluntàriament, no així, en un acte de desesperació, com un nàufrag que s'agafa en el primer aguant que troba.

La Laura comença a sanglotar amb un plor infantil.

–Per desesperació, diu? A qui la dec, aquesta desesperació? Per què venia a malmetre la meva pau d'abans? Sola amb en Tomàs, tard o d'hora ens hauríem entès. Però vostè va venir a omplir-me el cap d'il·lusions, a fer-me adonar de coses que mai no hauria pensat. He fet que la gent s'avergonyís de mi, que em treguin de casa, i ara em diu, tot escrupolós, que no vol saber res d'allò que va dir-me; un altre mig sant d'aquesta terra!

–Sí, que la vull; però no pas en el moment d'ara i en aquest estat. L'amor també té les seves exigències.

–No tinc ningú més, ni vull ningú més –objecta la Laura amb un recomençament de l'alteració–. Ells m'han dit que jo era la seva amigada, que si no havia caigut en aquesta debilitat avui hi cauria demà. Doncs, donem-los de seguida la raó. L'oncle s'ha cregut que podia ofendre'm, ha provat d'aprofitar-se del dret que deu donar saber que sou la dona de tothom. I cal que ho sigui. Vostè ha començat fent-ho creure, i ha de complir-ho.

–Amb aquest criteri no la voldria mai –rebutja l'home, impassible.

–M'ha fet tot el mal prometent-me qui sap què de la felicitat. Provem de buscar-la. No tinc pas cap altra dèria en tota la meva vida. Ser això que m'han dit les bones persones. Anem a qualsevol part del món on vostè vulgui; seré la seva amiga, una dona perduda, perquè les dones com jo es veu que no podem ser res més.

–Pobra Laura, malmesa per culpa de tots. No, perduda!; guanyada per a mi; la voldria per a mi sol, però no pas així com se'm presenta ara.

–I així serà, perquè no em mouré si no ens n'anem tots dos –i la Laura tremola, pàl·lida–, mal em vegi en el cas de sortir al balcó per cridar a tothom d'aquest poble que no em vol; els mitjos sants que ara van a les novenes sabran que l'home que m'ha fet tot el mal em rebutja, se'm vol treure de la vora perquè no vol compromisos i perquè ja no li faig goig.

–Si no la rebutjo! Sols vull que es calmi; que no s'hagi de penedir mai de la seva precipitació.

–Oh!: ja les entenc bé, aquestes excuses –insisteix ella, acostant-se a l'advocat–. I aquest somriure també, tan prudent, tan amable, amb què se us treuen de prop. Però ara jo els conec massa, i no pot ser. Oi que no voldràs treure'm de casa teva? M'has ensenyat a estimar-te d'una manera que jo no sabia encara. I ara et vull per a mi. Emporta-te'm on vulguis –i se li torna a repenjar al coll–; a qualsevol poble, per arraconat que sigui, sols que la gent no sàpiga somriure ni maliciar coses vergonyoses, encara que siguin veritats, que no em mirin de reüll. I jo t'estimaré i et donaré les gràcies tota la vida, perquè m'hauràs volgut a prop teu, mal sigui una perduda, perquè encara que ho sigui als ulls de tothom, per a tu no ho seré, ni per a mi tampoc. Pren-me!, Pere...

–No ho seràs mai, Laura! –fa l'home, començant a deixar-se arrossegar pel frenesí de la Laura, a cedir a l'acostament del cos perfumat–. Tota la vida veneraré el sacrifici que hauràs fet per culpa meva.

–En qualsevol part del món, que no ens coneguin.

–Lluny d'aquí, estimada.

–I no em deixaràs; així tal vegada no arribaré a creure que la gent tenia raó. I no recordaré mai que sóc una perduda, que em podria aturar a totes les cantonades per llogar-me a qualsevol home, fins al més repugnant, com l'oncle Llibori. –I les mans de la Laura passen pel rostre d'en Pere, els braços li lliguen el coll. Els d'ell abracen totalment el cos de la dona palpitant, somiat, l'estrenyen en l'abraçada màxima, se n'apoderen, l'ajeuen.

–Laura meva!, estimada. Ja ho sabia; m'havia fet el jurament que series per a mi.

A la Laura, li sembla que rodola avall de la cinglera, entre les fragors d'un vent de tempestat. S'hi aboca amb dolor, no pas amb plaer. I és aleshores, entre aquell desvarieig, quan queda encesa la flama lleu i clara, la veu distant que raona per entre el tumult que li fa obrir els ulls per mirar aquell home que l'estreny, que se li recalca contra el pit. Aquest home és en Pere, el Pere de carn i ossos, no el Pere de les Aulines. I el veu, enardit per la passió, que no és pas aquell que venia cada tarda a la sala i li parlava dels núvols, dels estels i dels marges florits amb veu simple, que acaronava l'ibis brodat de la cortina i li recollia els papers de música amb unció. S'ha transformat en un ésser instintiu, enrogit, anhelós, la boca cruel com un conquistador al punt que va a assaborir la venjança, un amo que venç. Sent el gest egoista, veu el rostre de prop, la roentor de l'alè contra la seva boca, uns punts negres, minúsculs, als porus del nas, la lleu suor del front, un emboirament animal als ulls, com els ulls d'en Tomàs, en moments com aquell, els ulls inflamats de l'oncle darrere les ulleres verdes, el reflex d'ulls de la Teresa quan avui parlava del Pere adolescent...

Oh no!: no pot voler això.

–Déu meu, ajudeu-me! –invoca. És la reclamació de la consciència, lúcida malgrat tot, que la fa adonar que no vol així en Pere, que no l'ha volgut mai per això. No és pas aquest el sentiment d'ella. Un cruixit de roba que s'estripa...

–No! –clama en un crit. I rebutja la besada, la mà, el contacte. Llisca del divan i fuig cap a l'altre costat de cambra, les mans contra els ulls–. No m'abandoneu, Senyor Déu meu! –insisteix–. No se m'acosti –es rebel·la–; no podria. Déu no ho vol mai, això, i jo no puc. No l'he estimat prou per a estimarlo així...

–No? –gruny la veu fosca d'en Pere, com en una amenaça.

–No, mai!

–Te raó –fa aquella veu que es va restituint a la veu de sempre, la que la Laura havia estimat–. Però vagi-se'n de seguida, que no la vegi mai més, perquè no la respectaria. –Acosta el front a la taula, panteixant.– Vagi-se'n de seguida a Barcelona ans que torni a veure-la.

La Laura ja no el pot sentir perquè se n'ha anat. Es llança per entre la boira sense saber cap a on camina; no veu que passa vora de mossèn Joan Serra, que anava a casa del nebot, contrariat perquè el pare Comerma no era al convent.

L'esglai de veure que la Laura surt d'aquella casa el paralitza, li lleva l'esma d'aturar-la. Un moment sospita tota una maranya de falsedats. I entra com un esperitat a l'estudi.

–És cert, doncs?... –comença, en adonar-se de l'alteració d'en Pere. El nebot el mira amb una gran tristesa:

–No és cert, ni ho serà mai. M'ha fugit dels braços.

–És bona, la Laura; oi? –fa el vell, sense poder reprimir el goig.

–Ara sí, que l'estimo de debò –respon en Pere–. Ara que no la podré tenir mai!

Mossèn Joan no comprèn quins fets puguin haver impulsat la Laura a entrar en aquella casa. En Pere li repeteix els mots amb què ella li ha contat l'agressió de l'oncle Llibori, la seva tornada a casa i el refús dels Muntanyola a admetre-la.

–Uns quants minuts de retard a trobar el pare Comerma han motivat aquesta desgràcia –es plany el sacerdot–. I ara, què deu fer aquesta criatura duta pel desesper? On anirà a raure, sola, amb les mans buides, desorientada?

–Hem de trobar-la, perquè pugui arribar en seguretat a casa de la seva família. Anem.

–No; tu no –rebutja el vell–. Déu sap qui ens veuria. No empitjorem el cas. Deixa'm a mi sol! Preguntaré a tothom que pugui haver-la vista. Sempre hi ha ulls que vigilen i no és fàcil de perdre's ningú.

Surt de pressa; comença l'encalç entre la boira...

Boira de novembre, boira amable que l'abriga, l'acull, l'esfuma i potser la fa invisible als ulls de les bones persones de Comarquinal, malgrat ésser ulls que travessen les tenebres, penetrants a la manera d'aquell pampallugueig verdós que, llavors, de joveneta, projectà l'ombra dels pulmons de la seva mare damunt un vidre translúcid. Fugir!, cercar la pau, sigui on sigui, cap enllà d'aquella ombra negra que la boira tenyeix de color d'absenta. S'hi acosta. No res; és l'hospici; més enllà l'asil de Sant Vicenç, amb tants quadrets de finestres, pupil·les negres que la sotgen, que li barren el pas. Més enllà una resplendor. Horror!; és la plaça, voltada d'arcades: boques obertes a punt de riure, a punt de malparlar, de retreure-li que és la forastera indesitjable, la barcelonina sarnosa, una pobra, una perduda, una carn mísera! Carn mísera, que els ulletts dels homes de les Aulines valoraven amb mirades de ramader al mercat, carn venuda a canvi de vestits i de brillants a un amo voluble, que ho pot comprar tot amb els seus diners; carn que ha sentit l'escalfor de les mans impúdiques d'un mig sant amb ulleres verdes, que maleí el fill i ha deixat morir la filla per conveniències mercantils; carn que ha sofert la pressió de les mans d'un home amb egoisme d'amant, carn que conté una ànima abandonada de Déu...

Morir! No sentir riure ni parlar ni acompanyar rosaris confegits per boques negres de pecats. No haver de veure més el frenesí d'aquells cossos que cremen d'una xardor infernal per sota els escapularis, els vestits honestos, les mànegues decents. Reposar! No sentir mai més aquella gran set que li crema la boca, l'ardentor dels polsos, el fred que li gela les llàgrimes a les parpelles, la feblesa dels turmells. Reposar per sempre, entre les aigües brutes de la riera!

I va dins la boira travessada per tot de biaixos de clarors nuvoloses, de carrers imprevistos, d'ombres que l'entretopen. Corre cap al codolar del Pas de la Riera, el pont alliberador. I el pont dreça la doble arcada negra en la negror de la nit, a l'estiu verda d'una heura de vellut. I com més a prop hi és menys voluntat té d'acomplir el que es proposava. No en té desig ni voluntat ni n'ha tingut mai. La mort, el desig de la mort, és una falsedat, li havia dit el seu pare, aquell il·lús que s'aferrava desesperadament en l'optimisme que li anà lligant la vida, com aquella heura del pont, que l'absorbí i se l'emportà amb les cançons de Schumann, les vel·leïtats artístiques, els somnis de grandesa:

«N'espérons plus mon âme, aux promesses du monde;
Sa lumière est un verre, et sa faveur une onde
Que toujours quelque vent empêche de calmer.»

declamava amb èmfasi després de beure xampany. I un dia de Santa Laura en Tomàs s'ennuegà bevent xampany; dos regalims li lliscaven pels costats de la boca, talment com els bous a les Aulines en abeurar-se en l'aigua verda de floridura dels bassals.

És en va proposar-se la companyia d'algú que us conegui les intencions! Soledat i malfiança pertot, com si nedéssiu a les fosques! Anar així pel món, al pas de la boira entossudida, folla, impalpable fins a la mort! Inútil deler de viure una vida serena! Soledat!

Bo i repenjada a l'ampit del pont sent passar l'aigua entre els còdols, però li sembla com si ara s'estigués asseguda al canapè de la sala, o com si se sentís actuar com a entreteniment d'en Tomàs, o com si fos l'hora de casar-se: la roba blanca, el brillant de l'anell; l'anell!, si avui l'hi ha pres la Teresa amb un gest àvid, de garsa!...

Li torna el plor inconsolable, cerclada pel pressentiment de la boira entre les branques nues del bosquet. I, de sobte, la certitud d'un trepig darrere seu, de l'acostament d'un home innoble, monstruós, la barbeta esclarissada, la cara vermellenca de propietari enrabiat amb escapularis i ulleres verdes. El trepig, la por enorme... cega! I comença la carrera folla, amb la figuració del trepig més a prop, d'un alè ardent que li garfirà l'espatlla. I corre cap a la ciutat amb el terror aclarit per la sobtada visió, oblidada fins ara, d'aquells bordegassos de les Aulines que un migdia buidaven un femer, amb les mans i les cames xopes d'una secreció pestilent que li enroentí els ulls. Fugir entre la fragor delirant, descompassada pel record de les gesticulacions de Stravinsky, posseït, enmig d'aquella fragor del *Sacre* una vetlla tumultuosa al Liceu immers en un bany d'or. Fugir; evitar el contacte de la mà enorme que gairebé ja la toca, mal hagi de passar per davant de casa; clourà els ulls per no veure-la. Però sap que la casa és allí, a la colzada del passeig; la mira de reüll malgrat la carrera furient sense eixugar-se les llàgrimes que li cremen els ulls. Reprimeix el gran desig d'anar-hi, de pujar l'escala i seure al canapè vora el ròdol del llum de color de mel i beure la infusió de violes en una tassa holandesa decorada amb ocells de cendra, que besava quan ningú no la veia...

Fugir! Topa les ombres que van i vénen. La gent es tomba a mirar-la, i riu. Cal saltar per damunt d'aquelles ombres amb peu lleuger mal rellisqui per abismes de més fondària que els abismes on descansen els peus descarnats dels àngels i apòstols del Greco, entre flames lívides, amb ulls d'èxtasi, de santedat autèntica que no dissimula terboleses ni males passions. Fugir de la mà que l'encalça, fugir...

Les clarors de la Rambla la retornen. S'adona que no la seguia ningú més que la por. S'asserena. No vol veure cap de les cares conegudes que la miren. Tornarà a Barcelona de seguida, mal sigui a deshora. Ha de restituir-se la pau d'abans. Que ningú no sàpiga mai més res d'ella; els qui l'han rebutjada ignoraran on sigui. Allí, al garatge de la placeta de Sant Damià, és on sempre hi ha cotxes a punt...

És al cop de portella del vehicle, en seure entre els coixins, quan s'adona que se'n va de debò, més pobra que abans d'anar-hi, lliure i sola. El cotxe marxa lentament, deixant a banda i banda la desfilada obliqua de les soques blanques, el breu núvol dels fars en la boira. Al tombant de la carretera veu tota la ciutat abrigada per un vapor fumós rogenc, que la preserva de dany, que li guarda els bons i els mals pensaments.

La Laura adreça en aquella rojor el puny clos com si maleís; però se'n desdiu; no pot odiar. Ara, al punt que deixa Comarquinal per sempre, s'adona que havia clavat unes rels invisibles en la terra que l'ha repudiada. La greu campana de Santa Maria assenyala una agonia. Demà, les persones piadoses vetllaran un difunt amb disciplina rigorosa; després, els funerals; els ulls baixos per pregar i per veure com és el gruix de les candeles d'oferir les robes de dol, impecables... el dolor, ben uniformat...

El cementiri, allí prop, guarda la seva criatura, morta abans de poder estimar-la, oblidada abans d'hora per amor a un home que ella no ha estimat prou. I plora un doll de llàgrimes vehements, per amor a les persones i a la ciutat que ara es figura que no veurà més, ara que ja comencen a ser lluny. Fatalitat de no poder estimar sinó el que ha passat o que no ha de venir mai! Amor per l'absent, pel núvol, per la llunyania inabastable...

Mossèn Joan Serra, després de dues hores de recerca angoixosa, arriba a temps que li assenyalin el cotxe resplendent, que s'emporta la barcelonina, punt lluminós que es fon enllà...

El vell sacerdot allarga els braços cap aquell punt lluminós, mou una mica les mans com si abracés o com si beneís. I se'n torna cap cot, amb el manteu que li curteja, les ulleres d'or que la boira li entela...

La boira baixa cada vespre, es fon cada migdia i s'emporta els murmuris de Comarquinal, corprès per la mala fi de les disbauxes de la mestressa Muntanyola, lliçó exemplar per a les mares distretes de pujar les filles sota una disciplina rígida.

Mossèn *Ferro Vell* va obrint tot de noves seccions al seu museu gloriós, fulleja pergamins, escruta racons inquietants de retaules negrosos de vellúria amb la lupa als dits, va i ve amb la sotana que li curteja, i ningú no li sent mai proferir el nom de la Laura.

Passen els mesos i es fon la boira. El sol de l'estiu crema les pedres de Comarquinal, clivella la terra dels camps, eixuga els rierols i inflama la nuesa dels turons de llicorella. Després la boira torna, a poc a poc, s'apodera del Pla i tothom reprèn la vida normal sota els diàlegs de les campanes melangioses.

Mossèn Joan Serra va seguint, des de lluny, les fluctuacions de la Laura. Les primeres cartes reflectien la depressió de l'arribant, de quan va restituir-se a la família de Barcelona, desavesada de la seva companyia, en aquells dos anys d'absència. Però les cartes d'ara traspuen un començ d'estabilització; fins diria que la Laura es decanta vers una normalitat definitiva.

Ha fet el miracle el repòs claustral d'aquell pensionat de religioses franceses on s'ha acollit per gràcia de la intervenció d'una amiga influent prop de l'abadessa. A ulls de tothom, la Laura és una senyora que viu retirada i que s'està a la guarda de les educandes més menudes; les alliçona en tasques simples i en vagues rudiments musicals. A la primeria, atordida per la gran calma i per la regularitat de totes les estones, no sabia avenir-se prou a la disciplina conventual; però de mica en mica n'ha descobert l'encís, l'esperit s'hi reposa, ocell marí aturat un moment al pal del vaixell lent, i creu que el repòs d'un minut serà perdurable, sense pensar en la impossible inactivitat de les ales.

Cada matí se li renova la desesperació d'haver de llevar-se a les vuit, però de seguida té el consol de veure, de la finestra estant, les verdors de Pedralbes entorn i les trasparències del mar al fons de la ciutat. A més, comprèn que ja no viu en va, que no és la parenta sobrera dels cosins, la tieta inútil, el fracàs de la qual s'ha de comentar en veu baixa. A poc a poc, entre les clares rialles dels infants li torna la confiança; els somriures i la prudència de la comunitat fan que se senti emparada i lliure alhora. L'abadessa, una parisenca que seu i camina com una dama, l'ombra dels vells dolors als ulls, reconfortà la Laura en l'angoixa tumultuosa dels primers mesos. Fins l'una i l'altra tenen el mateix confessor. En acabat de les lleus tasques de cada dia, encara li resten hores sobreres per a llegir, per a les seves músiques i, sobretot, per a pensar, tot passejant a l'ombra de les pomeres i dels presseguers de l'hort.

La Laura pensa i pensa; no sabria pas estar-se'n. Gràcies a Déu ja és sola i lliure, per bé que de vegades li fa l'efecte com si llibertat volgués dir soledat. Ara sap que si vol no li caldrà moure's mai més; en aquell recer plàcid, la seva vida lliscarà amb assossec, lliure de convencionalismes, de ficcions. No ha de fullejar revistes de modes, ni vestir-se de moda, ni dur joies, ni decorar-se les ungles. Quan es mira al mirall, li sembla que aquella figura simple que s'hi reflecteix no té res a veure amb la Laura d'un any abans. Quan la seva cosina la va a veure s'indigna; és que no comprèn que la simplicitat de la Laura és un alliberament d'inquietuds, de falsedats. Ja no fa riure ni plorar la gent; ningú no la va a veure i així no ha d'anar a veure ningú, ni fer compliments, ni queixar-se. Però quan treu el cap a la seva finestra veu el sol, les estrelles, les gràcies de la ciutat. En aquelles tardes d'estiu, quan passen caps de núvol tempestuosos, la Laura s'enlluerna amb l'esclat formidable dels llamps, que l'esgarrifen amb basarda i delícia.

Com que no ha de quedar bé amb la gent ni fer bonic, tot li són comoditats. El seu goig d'ara és parlar i riure amb les educandes del pensionat, criatures gracioses que la miren sense gens de feresa, com una amiga. Es refia que, ben alliçonades, tindran la sort de desconèixer les males passions que lleven la felicitat; amb l'ajut de Déu i un guiatge escaigut, creu que podrà extirpar-los aquelles inclinacions al sofriment inútil.

Sap que quan voldrà l'enviaran un quant temps a la residència general, cap allí a les verdors ombroses de la Bretanya, per millorar el seu coneixement de l'idioma francès. Aleshores, posada més a prop de les seves criatures, podrà cooperar en la tasca de pujar-les netes de cor, joioses, clares. De més a més, ha tingut l'encert que el seu confés li reveli, gradualment, el secret d'eliminar els elements de tragèdia en la seva vida. És la màxima alliberació. La Laura es proposa defensar-se amb tot el coratge, perquè la tragèdia no torni a apoderar-se de la seva voluntat, supressió definitiva de records importuns, de llàgrimes de feblesa, d'enyorament morbós; propòsits de cada matí i de cada nit.

Està segura que ho aconsegueix; ho escriu a mossèn Joan. I es reclina a l'ampit de la finestra, mira aire enllà, cap a la franja de boira violeta que esborra el mar, segueix el fum de les xemeneies que també fuig enllà, com els grans vaixells, com els avions, com les falzies a la tardor.

Aleshores, quan li sembla que ja ha aconseguit la màxima felicitat, és quan li fa l'efecte com si no hagués aconseguit res, com si se sentís buida i desemparada vora el dolç somriure de la comunitat. Pensa que aquelles criatures que la volten entre jocs i rialles deixen entreveure uns vagues inicis de les males passions temudes, de les quals voldria alliberar-les i que els germinen per dintre sense saber-s'ho; que ella i tot, a estones...

Estones terribles, desvaris innominables, desig de la mort. I els fums de les xemeneies, els núvols dramàtics de la tardor, la franja violeta del mar, li recorden la boira de Comarquinal, les cantonades barroques, els arcs de la plaça, les campanes familiars, el ròdol de claror de mel damunt la catifa; en Pere!, miratge de l'amor, cada dia una mica més esborrat. Recorda la companyia d'en Tomàs... grosser... sol com ella... vexat... innocent... culpable... seu, ara que és lluny... les besades, la pressió dels braços de l'home... seu.

Li sembla que hauria d'anar-se'n, que tard o d'hora se n'anirà qui sap on, enllà d'aquella boirina... per oblidar de debò. Potser enllà d'enllà hi ha la felicitat i, anant més lluny, donaria la volta al món i es trobaria de cara al poble que l'ha rebutjada, poble odiós, poble estimat, amb tota la seva gent que també sofreix i ha de morir, com ella, que hauran de rodolar daltabaix de la fondalada misteriosa, impalpable, amb l'inútil anhel d'evadir-se...

Anar a la delícia, a l'horror de Comarquinal impossible? Quedar-se al convent? Travessar el mar? Fondre's cel amunt, com una volva, en les blavors de l'aire! Senyor!, només una mica de felicitat!; una mica de la Vostra serenor divina. Senyor Déu!, per no morir ofegada, per alliberar-se del resclosiment d'aquestes parets mediocres que l'empresonen. Senyor!; una mica de felicitat de no res...

Mossèn Joan Serra interromp la lectura de la darrera carta de la Laura que li conta totes aquestes vaguetats; contempla els caràcters de l'escriptura, fina, vacil·lant, incerta com la mà que els ha traçats. Rodeja el paper amb els dos braços; hi acosta els llavis, reverentment.

–Laura!; il·lusa incorregible... –mormola.

La Laura, darrere la seva finestra de Pedralbes, contempla, amb angoixa, la llunyania del mar, temptadora, enganyosa.

Mossèn Joan, a Comarquinal, des de la seva finestra, mira com la boira li esfuma totes les llunyanies; i encara sembla que no hi estigui ben avesat. I la boira, densa, cau i abriga la ciutat amb tots els seus sants vius i morts.

Propostes de treball

Activitats

a) Sobre Comarquinal i els seus habitants

1. L'oncle Llibori Terra Negra.
- Refés els principals trets del personatge: com ha obtingut la fortuna, les referències ideològiques, el motiu del malnom «Nas de Rei» i els principals objectius a la seva vida. Descriu com tracta i com es relaciona amb els seus fills.
- Defineix la hipocresia del personatge a través de la seva relació amb Teresa i amb Laura. En què basa el seu poder?
- Determina el sentit del seu cognom i posa'l en relació amb el topònim del «Collat Negre». Observa quins trets converteixen el personatge en una caricatura.
- A través de l'oncle Llibori l'autor defineix una suma d'aspectes negatius de la humanitat en general. Com la veu Miquel Llor?

2. Defineix altres aspectes del comportament humà a través de les històries secundàries descrites a *Laura a la ciutat dels sants*: la vídua Torroella i les seves filles, l'oncle Joanet, la tia Madrona i el canonge Grau.

3. Descriu la història de Beatriu, «l'avorrida»: com la veuen i la tracten a Can Terra Negra? Quins paral·lelismes té amb Laura? Defineix les seves relacions.

4. Un dels principals esdeveniments de Comarquinal són els enterraments. Resumeix les distintes converses que tenen lloc en el vela-

tori de la tia Madrona i indica de quina manera cada conversa defineix els comportaments dels personatges.

5. A través del deambular final d'en Tomàs s'ofereixen ambients nocturns de Comarquinal. Descriu-los i posa'ls en relació amb el teatre, el lloc on Tomàs obliga a anar Laura perquè tothom la vegi.

6. L'Església té un pes important en el control dels comportaments socials i la repressió sexual. Com obtenen el poder sobre la gent? Apunta algun fet que ho demostri.

7. Anota alguns fragments en què s'afirma la superioritat masculina i argumenta en què es basa.

8. Tot i la fabulació que representa Comarquinal, la plaça i els carrers del voltant corresponen a Vic. Ajuda't d'un mapa per observar quins altres espais –descrits en general o concrets– pots identificar-hi.

b) Sobre els protagonistes

9. Busca informació sobre alguna de les novel·les més representatives de la narrativa realista del segle XIX –*Madame Bovary*, *Anna Karènina* o *La Regenta*– i apunta les principals semblances i diferències respecte a *Laura a la ciutat dels sants* pel que fa a l'actitud de les protagonistes davant el matrimoni i desenllaç de les parelles. Argumenta per què Miquel Llor no aboca Laura al suïcidi.

10. Sota la mirada de Laura, Tomàs aviat esdevé desagradable i primitiu. Anota'n els trets físics i psicològics, el comportament davant els gustos de Laura i en les relacions amoroses que el converteixen en un home odiós. Què aporta l'episodi de cremar els ulls als canaris perquè refilin millor?

11. A través de Teresa, la perspectiva d'en Tomàs s'enriqueix: com el veu la germana, com el tracta i com el manipula? Explicita la teva resposta fent referència a algunes escenes significatives.

12. De totes maneres, Tomàs també es troba subjecte a les pressions i les malfiances dels habitants de Comarquinal. Quines assenyalaries com a més importants? Fins a quin extrem el personatge és lliure o sotmès a la pressió ambiental?

13. Defineix la primera idea que té Laura sobre el matrimoni i les relacions sexuals; per què et sembla que fracassa tan aviat?

14. Explica la relació que mantenen Laura i Teresa amb el lloc on viuen, el casal Muntanyola. Relaciona les seves actituds amb la seva visió del món. De quina manera mostra la preeminència d'una o altra? Tingues en compte que Laura no vol manar ni ser manada i que Teresa porta sempre les claus.

15. Teresa és un personatge torturat. Com s'imagina i es defineix a ella mateixa? A qui en dóna la culpa? Per quins motius no pot canviar?

16. Teresa viu l'amor a través de Laura. Enumera alguns dels aspectes que li enveja més. Com se la imagina sexualment?

17. Interpreta el gest de posar-se l'anell al final de l'obra.

18. Seguint la lògica dels personatges, imagina un altre final de la novel·la.

c) Sobre la prosa narrativa i l'art

19. Llegeix el fragment de descripció de Comarquinal que s'inicia amb els mots «La boira! Va caient, espessa, grisa, negra; [...]» fins a

«el moment d'escapçar el tuti subhastat.» (p. 89). Relaciona la «boira» amb la mentalitat de Comarquinal.

20. Observa l'evolució de la boira: en quin moment i per què Laura se sent a gust amb aquest fenomen atmosfèric?

21. Analitza les diferents tècniques narratives d'aquest fragment de desvari de Laura: l'ús metonímic i sinecdòtic de la descripció, les metàfores i personificacions, l'associació del record seguint Proust, l'estil indirecte lliure, els paral·lelismes sintàctics o la tècnica impressionista.

«Boira de novembre, boira amable que l'abriga, l'acull, l'esfuma i potser la fa invisible als ulls de les bones persones de Comarquinal, malgrat ésser ulls que travessen les tenebres, penetrants a la manera d'aquell pampallugueig verdós que, llavors, de joveneta, projectà l'ombra dels pulmons de la seva mare damunt un vidre translúcid. Fugir!, cercar la pau, sigui on sigui, cap enllà d'aquella ombra negra que la boira tenyeix de color d'absenta. S'hi acosta. No res; és l'hospici; més enllà l'asil de Sant Vicenç amb tants quadrets de finestres, pupil·les negres que la sotgen, que li barren el pas. Més enllà una resplendor. Horror!; és la plaça, voltada d'arcades: boques obertes a punt de riure, a punt de malparlar, de retreure-li que és la forastera indesitjable, la barcelonesa sarnosa, una pobra, una perduda, una carn mísera! Carn mísera, que els ullets dels homes de les Aulines valoraven amb mirades de ramader al mercat, carn venuda a canvi de vestits i de brillants a un amo voluble, que ho pot comprar tot amb els seus diners; carn que ha sentit l'escalfor de les mans impúdiques d'un mig sant amb ulleres verdes, que maleí el fill i ha deixat la filla per conveniències mercantils; carn que ha sofert la pressió de les mans d'un home amb egoisme d'amant, carn que conté una ànima abandonada de Déu...» (p. 306-307)

22. Llegeix el text crític de Carme Arnau titulat «Els ulls / l'ull, a Laura a la ciutat dels sants» i aplica la idea que hi exposa sobre els ulls al text de la pregunta anterior.

23. Una de les idees de Miquel Llor és que «l'art transcendeix la realitat mediocre». Redacta un text argumentatiu a partir de la importància que té l'art –la música, la literatura, el mobiliari, la bellesa de què s'envolta Laura...– en els personatges de Laura i de mossèn Joan Serra.

24. Per a Teresa, en canvi, tot senyal de modernitat o de canvi és sinònim de costums relaxats i de pecat. Comenta el fragment següent sobre el paper de la dona a partir de la posició de Teresa Muntanyola. Fixa't també en el refús de l'art modernista:

«–Ja veus on ens ha dut el teu modernisme, aquelles rialles!, els vestits!, el desvergonyiment de lluir els braços i les cames per fer l'estrangera! Gràcies a Déu, fins ara no ens hi havíem trobat mai a casa nostra. Ni la mare ni l'àvia no llegien gaire de pressa, però els hauria caigut la cara de vergonya si haguessin pogut pensar que, anys a venir, una de les mestresses de Muntanyola es passaria la vida ajaguda amb flors al pit i un llibre a les mans, com una dona de món.» (p. 234)

25. Joan Serra, l'únic personatge positiu, es pot veure com l'*alter ego* de l'escriptor. Fes-ne una valoració a partir de les idees freudianes dels impulsos sexuals reprimits que ell mateix s'aplica.

Textos crítics i literaris

«Miquel Llor», per Domènec Guansé

Tant ell com la seva literatura tenen un lleuger aire vuitcentista. Les seves narracions, o evoquen aquella època amb els colors –deliberadament, pensadament– esmorteïts o en conserven un deix. Hom se l'imagina habitant d'un dels carrers més antics i nobles de la ciutat, en interiors senyorívols, immobilitzats, museístics: persianes, cortinatges, cortinetes, mobles de xicranda, feixucs i elegants, pianos fúnebres, amb el dentat esgrogueït, gastat en les genives negres, retrats de senyores revingudes; ventalls, crinolines, pameles, a la manera de Caba..., tot net, polit, repolit. La seva figura, les seves maneres lligaven amb l'ambient: ulleres d'or en un rostre pàl·lid, vestits foscos, triats amb la preocupació de fer poc vistent l'elegància, moviments lents, recercats, de clergue o de notari, una cordialitat absoluta; veu baixa, més que per timidesa, per discreció, reacció de bon gust contra el mediterranisme imperant. [...]

Volia ser, i ha estat realment, un renovador en el seu gènere dintre el clos pairal. [...] Els seus inspiradors foren Freud, Proust, Gide, que, encara més que els surrealistes, el decantaren a explorar els sentiments dubtosos, a buscar en el subsòl –no gens atret per la metafísica– el misteri del perfum i de la flor. De Gide, més que lliçons d'estil, va aprendre la manera de mirar els personatges, de penetrar en llurs íntims, equívocs replecs. Gide l'atreia i l'espantava alhora. L'atreia per l'immoralisme, l'espantava per la derivació social que, sobretot amb els *Souvenirs de la Cour d'Assises* i *Le voyage au Congo*, anava prenent el seu art. Mentre Gide, combatent els prejudicis, les convencions per les quals s'havia sentit atenallat, pretenia desencadenar Prometeu, el nostre autor, individualista a ultrança, utilitzava els àcids invisibles, els corrosius d'aparença innocent, amb pures finalitats estètiques i psicològiques. És clar; hi havia en tot això una morbosa complaença, s'hi dissimulava un esperit de revenja, frustració de l'esperit de revolta, característic en bona part de la literatura catalana d'aquell temps.

Domènec Guansé: *Abans d'ara. 30 retrats literaris*. Barcelona: Ed. Proa, 1966, p. 146 i 149.

«Ambients», per Miquel Llor

Des del dia que vaig agafar la ploma per començar el meu primer intent literari, he mirat amb recel, per no dir amb aversió, tots aquells elements escenogràfics que constitueixen l'ambient; el tipisme; el pairalisme; i cada vegada que me n'he servit, ha estat considerant-los com a fons inevitable, tan simplement com he pogut, damunt el qual poguessin gesticular les figures del drama, però mai com a protagonista.

En canvi, des de la primeria, i amb tot el meu greu, a la publicació de cada nou llibre signat per mi, sembla que certs aspectes de la crítica s'hagin aturat amb preferència a comentar aquella part accessòria de les meves novel·les, les quals, per ella sola, no valdria la pena d'haver-les escrit. No m'interessa ni el resclosiment i la migradesa dels interiors vuitcentistes en què es morfon la protagonista d'*Història grisa*, ni els carrerons regalimosos de totes les humitats del districte cinquè, per on rodola frisat d'anhels de serenor i puresa Eloi, en *Tàntal*; ni la boira per entre la qual va i ve mig a les palpentes aquesta Laura d'ara, que no sap ben bé què vol, ni es pot avenir als somriures hipòcrites ni a les genuflexions farisaiques de la ciutat dels sants. Només m'interessen els ambients interiors d'aquelles figures; explicar els estats d'ànim que les contorsionen; que les impulsen a plorar o a riure, a fer el sant o a fer el dimoni. Tota altra cosa són complements necessaris per a mi, fins avui. Això a la superfície; però en el fons de tot, bateguen, com un pols, els veritables motius que m'han impulsat a escriure llibres. Fins ara no he sabut contar més que tres casos de desplaçament, d'inadaptació, d'insuficiència per a establir-se una línia de conducta «normal», de la normalitat burgesa.

Als protagonistes de les meves tres novel·les els anima un deler comú: la recerca delirant d'un encaix; d'una serenor que els faci oblidar d'ells mateixos; de felicitat. De tots tres, potser qui ho aconsegueix, en certa manera, és l'Eloi, de *Tàntal*, però només quan s'aprofundeix en les obagors i el misteri de la follia; solució fal·laciosa i per tant poc recomanable. Aquella Maria d'*Història grisa*, tan llunyana ja, potser temps a venir es podrà veure, en una segona part, com arriba a dos dits de la serenitat enyorada anys i anys, per bé que li falli la darrera empenta. I la Laura d'avui, clara, vacil·lant i tremolosa, malda per sobrevolar damunt la mediocritat que l'ofega; es passa la vida conjuminant embranzides mentals que s'exterioritzen tot just amb una mica de somriure o de plor. S'il·lusiona amb les arquitectures que simula la boira provinciana; a cada cantonada creu que l'espera la felicitat; i aquella mena de felicitat se li fon en acostar-hi la mà; s'adona que topa amb una catedral de boira.

Els mitjos sants; les terboleses que formiguegen rere Laura, només són el fons: la vaga tintura escenogràfica. Me n'he valgut perquè de temps ha que m'havien cridat l'atenció els fariseus descolorits d'aquell indret de Catalunya on m'ha semblat descobrir algun tret temperamental comú als seus habitants. En el meu darrer llibre he intentat comentar-lo, sense insistir-hi, per no semblar tendenciós, ben a contracor, encara que per molt que hagués acumulat anècdotes i detalls reveladors, no hauria pas arribat a copsar en la seva totalitat la psicologia d'aquest poble que, per altra banda, ostenta les més autèntiques virtuts i ha tingut sants de màxima i ben guanyat renom.

Miquel Llor: «Ambients», *Mirador*, 96, 18-12-1930, p. 4.

«La novela de Miguel Llor», per Antonio Vilanova

Pese a sus resabios de superficialidad y a la romántica pedantería de la heroína, de un refinamiento inmotivado y no muy convincente, defectos no percibidos por el que esto escribe en una primera y apasionada lectura a los quince años, su firme arquitectura clásica y su perfecta estructura narrativa hacen de *Laura* la mejor y más lograda de las novelas de Miquel Llor y uno de los hitos culminantes en la historia de la novela catalana contemporánea. Sátira implacable y certera de la santidad fingida y de la rastrera hipocresía de una ciudad levítica, encenagada por el vaho turbio de la envidia y de la murmuración, cuadro magistral de la vida provinciana sobre el que gravitan como sombras egregias el recuerdo de Balzac, de Galdós y de Miró, Miguel Llor sostiene dignamente la difícil competición y este hecho revela sobradamente el alcance de su acierto.

La historia de la joven barcelonesa a la cual las conveniencias familiares y el deslumbramiento de una gran fortuna inducen a casarse con el rico heredero de una vieja familia provinciana, no es sólo la reprobación del matrimonio sin amor, sino la sátira feroz y despiadada del clima moral de represión y de envidia que impregna de maldad un mundo fundamentalmente mezquino. Immersa en una turbia atmósfera de estrechez moral y de prejuicios inflexibles, sometida al celoso rencor de una cuñada que detesta los más mínimos detalles de su ser, defraudada en sus ilusiones amorosas por la rudeza de un hombre incapaz de comprender sus sentimientos y que sólo anhela su posesión física, únicamente la rectitud moral de Laura le impide abandonarse a la ilusión de otro amor para convertirse en una nueva Madame Bovary provinciana. Así y todo, el veneno de la murmuración y del escándalo propagado por la cuñada fea y celosa se ensaña despiadadamente en su inexperta juventud, y la imposibilidad de adaptarse a la angosta mediocridad de un pueblo de hipócritas y santurrones devotos culmina en la fuga que, agravada por la calumnia envidiosa, cierra ante ella las puertas del hogar.

En mayor grado que un análisis psicológico del carácter de la heroína, mezcla subyugante de ingenuas perfecciones que recata una certera adivinación de la feminidad, *Laura a la ciutat dels sants* es la pintura magistral de un mundo levítico y provinciano que, a través de la transparente alegoría del nombre fingido, refleja como un símbolo una de las más graves causas de nuestro estancamiento espiritual.

Antonio Vilanova: «La novela de Miguel Llor» (30-12-1950), dins *Auge y supervivencia de una cultura prohibida. Literatura catalana de postguerra*. Barcelona: Ed. Destino, 2005, p. 360-361.

«Els ulls / l'ull, a *Laura a la ciutat dels sants*», per Carme Arnau

«La mirada –escriu Starobinski– constitueix el lligam vivent entre la persona i el món, entre el jo i els altres: cada mirada de l'escriptor qüestiona l'estatut de la realitat (i del realisme literari) i, també, el de la comunicació (i de la comunitat humana). És evident que els ulls i la mirada són el camí d'entrada de la realitat, una realitat que esdevindrà, així, subjectiva i que el novel·lista reflectirà en el seu univers de ficció, que tindrà, d'aquesta manera, l'empremta de la seva personalitat.» Però la mirada és, també, l'única comunicació i, en el cas del novel·lista Miquel Llor, l'única possible, l'única permesa o acceptada. Els ulls i la mirada assoliran, per tot plegat, un paper rellevant a la novel·la. Central. [...]

En efecte, a la novel·la tot comença amb un doble joc de mirades, que assenyala l'oposició de dues sensibilitats contràries; la de Laura, innocent i franca, i la de tot el poble, punyent i crítica. Tot a través dels ulls que són el mirall de l'ànima, i que fan experimentar a Laura un sentiment de culpa, d'interioritat i crítica. Així, en baixar del tren, els primers contactes amb Comarquinal s'estableixen entre Laura i un rengle d'ulls, gregaris i hipòcrites: «iguals que la fixen insistentment, una mica esparverats. La família. Són ulls rodons, de color d'acer que fiblen; miren terriblement tristos, seriosos, mentre la cara somriu amb falagueria». A partir d'ara, les diferents relacions que s'establiran a través dels ulls, de la mirada, d'una manera semblant al que s'esdevenia a *Tàntal.* Perquè la resposta de Tomàs, el marit, a aquell ull inquisidor, és una altra mirada: «En Tomàs mira el ròdol de curiosos amb un urc de gall triomfador. La Teresa també veu la gent que els mira.» Però, inicialment, aquest ull no és encara excessivament maligne i representa el costum provincià d'observar, si és possible sense ésser vist. És més endavant que esdevé força més inquietant, més amenaçador, en convertir-se Laura en la víctima d'una mirada anònima, d'un espectador que ha perdut, ja, tota identitat personal. Perquè aquest ull hostil, aquest testimoni sempre a l'aguait passa, de no ser ningú en concret, a esdevenir, finalment, tothom i representa una obsessió, que la porta a vorejar la follia. Es tracta d'una imatge que, d'una banda, sembla respondre anticipadament i literal a la coneguda frase de Sartre: «l'infern són els altres», i de la qual Laura no es pot desempallegar: «es figurà que a cada cantonada la sotjaven uns ulls enemics»; «Sentia angúnia fins d'acostar-se a les coses inanimades, com si pertot arreu la sotgés aquell ull maliciós». Però, d'una altra, d'una obsessió realment demoníaca, que la mirada de l'oncle Llibori, el patriarca familiar que porta el nom del patró de Comarquinal, representa ben significativament: «El vell es torna a lloc les ulleres verdes, guardadores de les flames dels ulls», «els ulls inflamats de l'oncle darrere les ulleres verdes». Aquest ull, doncs, és realment un infern per a la protagonista de *Laura a la ciutat dels sants.*

Però deixant de banda l'aspecte simbòlic, el sentit de la vista és el més matisat i complex de la novel·la. El més important i el més ric de possibilitats, també, com a únic reflex dels sentiments dels personatges. L'únic indici de vida, en definitiva. De vegades, fins i tot, els ulls són el crit silenciós d'una consciència desgraciada i oprimida.

Carme Arnau: «Miquel Llor o el tantalisme», dins *Marginats i integrats en la novel·la catalana (1925-1938)*. Barcelona: Edicions 62, 1987, p. 45-46.

Laura Sants, per Emili Teixidor

Vaig començar a escriure noms i connexions al quadern. La Laura ja no podia ser una dona burgesa, això ho veia clar; tot i que tenia curiositat per conèixer bé la Laura de la Mallola, perquè pressentia que era el darrer testimoni que em quedava per descartar definitivament una Laura benestant, la dona d'un dels homes més poderosos de la comarca, amb poder polític i tot, com a model de la moderna insatisfacció femenina. M'agafava a aquell clau per justificar les ganes de tornar a la Mallola i descobrir els seus secrets. O el que jo imaginava que eren els seus secrets.

Les dones benestants ja havien aconseguit la llibertat, el problema que se'ls presentava era ara com sobreviure a la llibertat conquistada. Aquest, potser, era el nou repte: què fer amb la llibertat. Els homes i les dones eren més lliures que anys enrere, però ara no sabien què fer d'aquella rierada d'energia sobtada, i per això ara no paraven de moure's, buscar, viatjar... ¿Potser la insatisfacció podria quedar reflectida en el nou turisme sexual que porta molta gent, sobretot homes però també dones, a anar a l'altra banda del món, de Cuba a Tailàndia o la República Dominicana, a la recerca de plaers prohibits i de la parella que no han sabut trobar al veïnat? Una Laura o una Emma o una de les dues Annes que viatgen a qualsevol d'aquests paradisos sexuals en cerca del seu ideal era una altra visió, però el cap de programes no acceptaria aquest enfocament del tema.[...] El mite i les arrels eren fonamentals, la filosofia del programa, diria, obligava a no allunyar-se dels codis morals en què s'havien format.

Però els codis morals havien canviat, tot i que les televisions anessin amb compte a l'hora de reflectir el canvi. Els manaires no entendrien que la invasió del caos sexual que ens obsedia, que reduïa l'amor a simple mecànica sexual i la fidelitat a una comoditat contractual, suposava una dramatització diferent de la d'un vulgar fulletó de sobretaula. La Laura o les Annes o l'Emma modernes havien de trencar els codis que encara les encotillaven i arribar a la sacietat i al desplaer per entendre que tota civilització té unes regles, uns límits, unes obligacions.

Emili Teixidor: *Laura Sants*. Barcelona: Ed. Columna, 2006, p. 195-196.

Índex